菲利普·罗斯 小说的 身体叙事研究

田霞 著

A STUDY
OF
BODY NARRATIVE
IN
PHILIP ROTH'S
NOVELS

社会科学文献出版社
SOCIAL SCIENCES ACADEMIC PRESS (CHINA)

序

在漫长的世界文学发展史上，较之历史悠久并有着辉煌传统的中国文学和英国文学，美国文学的历史确实是很短的，但越是发展到后来越显得重要，这当然与美国在 20 世纪迅速崛起并极大地提升了其综合国力不无关系。文学史家一般认为，美国文学直到马克·吐温出版杰作《哈克贝利·费恩历险记》才真正找到自己的独特文学风格，并开始在世界文坛发出自己的声音，而在此之前的美国文学只是英国文学的模仿和跟随者。如果这一看法得到普遍认可的话，那么作为世界文学之一部分的美国文学至今也不过 100 多年。但在这 100 多年里，却涌现出了一大批蜚声世界文坛的文学大家：德莱塞、海明威、菲茨杰拉德、福克纳、奥尼尔、艾略特等均已载入 20 世纪的世界文学史册，成为我们今天研究的世界文学经典作家。虽然美国当代文学仍在发展演变之中，但是一批堪称大师的杰出作家也已经陆续成为代表人物。在这方面，三位犹太裔小说家的创作成就无疑格外耀眼：索尔·贝娄、伯纳德·马拉默德和本书所讨论的菲利普·罗斯现已被公认为世界文学大师，成为一代又一代本国和世界各国文学研究者研究的对象。

作为一位外国文学研究领域内的学术新秀，本书作者田霞在完成了博士论文之后，又出访英国剑桥大学。其间，她搜集了大量的第一手资料，阅读了大量理论著作和文学作品，并更新了参考文献，最终写出这部独具一格的学术专著《菲利普·罗斯小说的身体叙事研究》。与国内外大部分已经出版的专著往往聚焦罗斯的民族和文化身份所不同的是，本书选取了一个新的理论视角——身体叙事。当然，对身体的研究长期以来一直受到压抑，但在女性主义理论家和性别研究者的努力下，再加之近期兴起的后人类学者的推进，身体美学和身体研究逐步成为一个热门话题，甚至有人称其为文学研究中的"身体转向"。诚然，这里所说的身体并非那种单一的人的肉身具象，还包括围绕具象化的身体的一些象征性的东西。身体的这种二重属性和特征均在本书的讨论中涉及。

正如田霞所言，本书所讨论的身体叙事是指文学作品"赋予叙事以肉体"的方式，而远非叙述层面的具身化操作。也即按照作者的意图，本书旨在强调这种具身化如何以叙事主体方式在作者、文本和读者之间实现叙事的伦理。这样，本书便跨越了文学的界限，进入了美学和哲学伦理学的领域。作者并未对罗斯的小说作泛泛的介绍和评论，而是聚焦他的"凯普什系列"小说，以此为研究对象，结合当时的美国社会和文化背景，以及身体哲学的实践视角来探讨身体叙事的创作意图以及它所反映的20世纪以来的美国犹太知识分子的狂欢化意识框架。读完本书校样，我感到作者的视角和理论建构是新颖的：一方面从叙事伦理的角度切入探讨罗斯的"凯普什系列"小说的身体和伦理意义，另一方面又通过分析罗斯的小说文本，据此与当代叙事伦理进行对话。这样便使人读来丝毫不感到枯燥乏味，反而随着作者写作的深入，越来越对研究对象产生兴趣。

正如作者所表述的，本书在身体叙事研究方面具有下面三个特点：第一，作者通过研究发现，在"凯普什系列"小说身体叙事对欲望/伦理二元论进行质疑和消解中，"狂欢化"伦理构成了其叙事修辞的主要宗旨。第二，"凯普什系列"小说以身体主体取代了意识主体，从而在身心交融的身体中扬弃了身心二元论，这样它在小说叙事中便同时具有了消解与建构的意义。第三，"凯普什系列"小说中的身体叙事对欲望/伦理二元对立的质疑和消解揭示出，作为叙事主体的身体也可以构建某种伦理。应该说，作者的这些思考和建构基本上是发前人所未发，具有自己独立思考的价值。因此当田霞请我为这部专著作序时，我便欣然同意了。

T. S. 艾略特曾有一句名言，评价一位当代作家的成就，不应该仅将他与同时代的其他作家相比较，而更应该拿他与文学史上的经典作家相比较，这样便可客观公正地评价该作家在文学史上的地位。这一点田霞也做到了。她把罗斯放在欧美文学的历史和传统中来考察，认为任何一位当代作家的成就都无法脱离其传统。欧洲文学艺术传统自然给罗斯的"凯普什系列"小说提供了丰富的文学想象。譬如果戈理的《鼻子》和卡夫卡的《变形记》给他的启迪和影响，契诃夫的小说以及卡夫卡的《饥饿艺术家》和《城堡》对他创作《欲望教授》的启迪和影响，托马斯·曼的《威尼斯之死》和叶芝的《驶向拜占庭》对他的《垂死的肉身》的启迪和影响，等等。通过这些比较，我们更可以看出罗斯本人在文学创作上的独创性。确实，作为一位有着后现代主义倾向的美国犹太作家，罗斯并没有效法那些专门玩弄文字游戏的后现代主义小说家而在语言实验上走极端，他始终没忘记两个传统：欧美文学的现实主义传统和犹太文化的传统，并试图在这二者之间取得一种平衡。因此，罗斯的去世在一些文学史家和评论家看来，是当代"美国文学界最后一位大师"的离去，他的去世所留下的"人去楼空"般的巨大空白将日益显现出来。

本书除了注重文学史的发展脉络外，还注重对作品的理论阐释。本书所参考的西方理论五花八门：尼采的悲剧理论，福柯的性学理论，弗洛伊德的精神分析学，利奥塔的后现代主义理论以及巴赫金的狂欢化理论。作者并没有简单地选取某一种理论作为讨论的视角，而是将这些理论糅合为一体，以自己的语言来表达对作品的阐释。尤其值得称道的是，作者对巴赫金的狂欢理论把握比较到位，并与后结构主义的解构策略糅为一体，通过对罗斯小说的细读和分析，令人信服地总结道：罗斯在美国社会反主流文化运动的影响下，从20世纪下半叶一直到21世纪初将近半个世纪里，以大卫·凯普什为小说主人公，从身体叙事视角创作出的"凯普什三部曲"——《乳房》、《欲望教授》和《垂死的肉身》，不仅是罗斯本人，同时也是美国社会转型时代对传统理性文化、道德法规及意识形态和价值观念的系列反思。此外，这些作品也是对追求身体刺激、探索身体欲望，挣脱种种约束、革新生活方式而进行的身体叙事的创作实验。

在阅读本书的过程中，我不禁断断续续地写下了上述文字，权且充作一篇短序。好在读者在阅读本书的过程中将会对研究对象罗斯的创作成就有着更为全面的理解，并做出自己的判断。

2024 年 1 月

目　录

绪　论

　　"身体叙事"是 20 世纪以来西方和中国的文学理论及其研究中的一个重要话题。然而，这个话题边界含混，见仁见智。身体在文学叙事中的概念以及二者关系至今未能得到深入研究。

　　"身体"这一概念无论是在词典里还是在文学叙事或理论中，都具有一定的含混性。尽管《牛津英语大词典》（*Oxford English Dictionary*，2011）把"身体"（body/soma）一词解释为"一种动物或植物的物质性的存在形态"或者"以动物或植物的物质形态呈现某种事物"，[①] 然而，只要回顾一下 20 世纪以来西方围绕"身体"现象的人文研究，我们就会发现"身体"几乎是一个包罗万象的概念，其内涵和外延非常模糊。它既是医学和解剖学意义上的肉体存在，又集合了艺术、政治、人性、道德，甚至宗教等社会观念诸因素。在哲学、社会学、人类学、宗教学、精神分析、女性主义等人文研究领域就存在这样的代表人物，譬如，弗里德里希·威廉·尼采（Friedrich Wilhelm Nietzsche，1844—1900）、西格蒙德·弗洛伊德（Sigmund Freud，1856—1939）、莫里斯·梅洛-庞蒂（Maurice Merleau-Ponty，1908—1961）、米歇尔·福柯（Michel Foucault，1926—1984）、吉尔·路易·勒内·德勒兹（Gilles Louis Rene Deleuze，1925—1995）、布莱恩·S. 特纳（Bryan S. Turner，1945—　）、雅克·德里达（Jacques Derrida，1930—2004）、米哈伊尔·巴赫金（Mikhail Mikhailovich Bakhtin，1895—1975）等。在这些学界代表看来，"身体"要么被认为是"肉体""肉欲"，要么被看作"意象""范式""建构"或者"反叛"。"身体"的含义始终没有得到清楚的解释。因此，"身体"作为作者的一种思考方式，在文学叙事作品中既创造整体情节形象，又创造反抗情节的

---

① Stevenson, A. and Maurice Waite, eds. *Concise Oxford English Dictionary*. 12th ed. Oxford: Oxford University Press, 2011. 154.

东西。从对叙事客体的分析向叙事主体的转变中，身体叙事作品如何对读者产生意义这一问题仍然是阅读的一大难题。

本书研究的"身体叙事"是文学作品"赋予叙事以肉体"的方式，但远非叙述层面上的具身化操作，而是强调这种具身化如何以叙事主体方式在作者、文本和读者之间实现叙事的伦理。

从"身体"与"意识"二者关系来说，"身体叙事"是柏拉图以降，在笛卡儿的"身心二元论"影响下构建出来的一种逆向叙事范式。本书试图以菲利普·罗斯（Philip Roth，1933—2018）"凯普什系列"（Kepesh Books）小说为研究对象，结合当时的社会、文化背景，从身体哲学的实践视角探讨"身体叙事"的创作意图和它所反映的 20 世纪以来美国犹太知识分子的狂欢化"意识框架"。

因此，绪论首先回顾"身体叙事"的兴起及其特点，进而提出以菲利普·罗斯"凯普什系列"小说为研究对象的思路、内容、方法和意义。

"身体叙事"作为一种文学叙事范式，自然不是 20 世纪文学创作及其研究独有的现象。作为希伯来文学和西方文学的思想渊源——《圣经》，无论是基督徒手中的宗教与神学典籍，还是意蕴深邃的文学文本，都含有典型的身体叙事。也就是说，身体作为创造与显现的二重协奏、作为惩罚与规训的双向调控、作为虔诚与献祭的两面表征，以及作为拯救与荣耀的两极建构，深刻地影响了众多欧美作家的文本叙写。在文艺复兴时期（14—16 世纪），拉伯雷（Francois Rabelais，1495—1553）可以说是与莎士比亚（William Shakespeare，1564—1616）比肩的伟大作家。他的小说《巨人传》（*Gargantua et de Pantagruel*，1545 年左右）涉及奇怪的身体和性所产生的笑料，富有诙谐性和狂欢性。因此它具有极高的艺术魅力。苏联著名文艺学家、文艺理论家、批评家巴赫金将其称为"怪诞现实主义"，并从民俗文化的视野提出了"狂欢化"文学理论，极大地改写了传统意义上文学文本的书写、阅读与批评的向度。正是从这个意义上说，巴赫金用理性的智慧论证了身体叙事的"狂欢化"。

诚然，"身体叙事"是一种强调"身体"主体性的文学创作和研究范式。它在文艺复兴时期人自我觉醒的时刻就已经达到了鼎盛时期。这种叙事范式强烈主张个性解放，反对中世纪的禁欲主义和宗教观，其主要体现于文学、建筑、雕像、绘画等方面。

众所周知，"身体叙事"是一种区别于传统意识叙事的现代叙事方式，其不断发展必然与人们的性观念改革存在某种关系。尽管身体叙事并不一定就是性与欲望的叙事，但是，正是性与欲望将身体叙事推向了一个极端。我们很多人可能会认为，有史以来的第一次性革命发生在 20 世纪 60 年代的美国，后来又传播到西方各国。但是，牛津大学历史学家法拉梅茨·达豪瓦拉在《性的起源：第一次性革命的历史》（*The Origins of Sex: A History of the First Sexual Revolution*，2012）中说，从 1600 年到 1800 年，英国人以及其他许多欧洲人刻板的性态度突然发生了翻天覆地的转变。他在书中声称，18 世纪中期，英格兰以及欧洲大部分地区的性风俗发生了革命。这场决裂来势汹汹，势头比 1963 年的性解放更猛烈。这被毕业于牛津大学的桂冠诗人菲利普·拉金（Philip Larkin，1922—1985）形容为交媾开始了。① 尽管拉金的评论看似过激，但在 18 世纪，人们对极端禁欲主义确实展开了激烈的反抗。1732 年，苏格兰成立了乞丐的祝福俱乐部。除此之外，还有一个俱乐部可以让上流人士"随心所欲、无所顾忌地讨论性别、性，还有宗教"，那就是 18 世纪的地狱火俱乐部。英国历史学者伊芙琳·劳德（Evelyn Lord）在他的《地狱火俱乐部：性、撒旦和秘密社会》（*Hellfire Clubs: Sex, Satanism and Secret Societies*，2008）一书中说，地狱火俱乐部的组织者让那些来自伦敦、受人尊重的上流社会人士建立俱乐部，目的在于享受感官和性的愉悦，并以此为宗教。② 如前文中达豪瓦拉所述，第一次性革命的起因多样而复杂，民众搬进大城市，传统道德鞭长莫及；报纸印刷规模暴涨，传播思想的同时也在诱惑人们对性闹剧的试探和兴趣；欧美人从探险旅行中也带回各种异乎寻常的性文化故事。不过，达豪瓦拉认为主要推动力当数宗教宽容和非教条化。这种精神侵蚀了教会的权威，让人们对伦理道德的定义日趋个人化。这为后来身体在文学中的叙事开启了方便之门，并将身体叙事推向了一个极端，而且赋予了其以下叙事特征。

第一，身体在文学叙事中表现为身体间性。

身体间性指的是梅洛-庞蒂对胡塞尔的主体间性思想的创造性读解。它是让"活的身体"占据原先由纯粹意识所占据的地位，用身体意向性取

---

① Dabhoiwala, Faramerz. *The Origins of Sex: A History of the First Sexual Revolution*. New York: Oxford University Press, 2012.

② Lord, Evelyn. *The Hellfire Clubs: Sex, Satanism and Secret Societies*. New Haven, Conn.; London: Yale University Press, 2010.

代了意识意向性，以身体主体取代了意识主体，从而在身心交融的身体中扬弃了身心二元论。

身体间性主要体现为身体与社会的关系。由于文学作品作为反映社会现实的一面镜子，性观念改革的社会现实必然在身体叙事作品中不断再现。作为叙事主体的身体自然是这种叙事作品的话语表征。丹尼尔·潘代（Daniel Punday，1966—　　）认为，身体作为叙事文本的对象以及一种叙事主体，用来生成某种意义。① 这取决于身体间性的作用。它不仅体现在文本与读者之间，以及作品中人物之间身体的互动关系，还在于身体与社会的关系，否则就会丧失叙事性。在叙事情节上，正如布鲁克斯（Peter Brooks）的身体欲望动力学机制所说，身体欲望似乎既是动力又是阻力。② 同时，如弗莱（Northrop Frye，1912—1991）的循环论所言，个人与社会可以规约为一种出生—死亡—再生的模式，③ 这也许揭示了身体叙事作品的运行轨迹。在身体作为欲望对象推动情节展开的同时，还有一种阻碍情节的"抵抗身体"，即身体抵抗身心二元论的传统理性束缚，从中解放出来成为话语叙述的主体，并对普遍意识进行质疑和消解，甚至构建一种新的伦理秩序。

第二，"身体叙事"在 20 世纪中后期美国小说中构成了一个反复出现的叙事范式。

美国作家塞林格（J. D. Salinger，1919—2010）的《麦田里的守望者》（The Catcher in the Rye，1951）、俄裔美籍作家弗拉基米尔·纳博科夫（Vladimir Nabokov，1899—1977）的《洛丽塔》（Lolita，1955）均为经典的身体叙事作品。非裔美国黑人作家托妮·莫里森（Toni Morrison，1931—2019）从身体的维度对黑人以及黑人种族生存境遇做出了深刻的思考。她的《所罗门之歌》（Song of Solomon，1977）、《宠儿》（Beloved，1988）分别获美国图书评论奖和普利策奖，也是斩获诺贝尔文学奖的身体叙事名作。

除了这些经典小说，"身体写作"的诗人群体在其作品中明显地刻画了"身体"的意象。美国诗人西尔维亚·普拉斯（Sylvia Plath，1932—

① Punday，Daniel. *Narrative Bodies: Toward a Corporeal Narratology*. 1$_{st}$ ed. New York，NY：Palgrave Macmillan，2003.
② Brooks，Peter. *Reading for the Plot: Design and Intention in Narrative*. Cambridge，Mass：Harvard University Press，1992.
③ Frye，Northrop. *Anatomy of Criticism*. Princeton，NJ：Princeton University Press，2015.

1963）属于美国自白诗派（Confessional poets），是身体叙事诗人的代表，曾获得普利策文学奖。由于与英国桂冠诗人特德·休斯（Ted Hughes，1930—1998）从天堂直坠地狱的绝望爱情，她终生被灵魂伤痛与迷乱心智所折磨，饱受精神梦魇摧残。在她的诗歌中，她把个人经验和社会历史糅合在一起，表达了对社会尤其是女性身份的思索。

从 20 世纪初英国作家 D. H. 劳伦斯（David Herbert Lawrence，1885—1930）的《查泰莱夫人的情人》（*Lady Chatterley's Lover*，1928）到法国女性主义者埃莱娜·西苏（Hélène Cixous，1937— ）的身体写作，再到中国 20 世纪 80 年代以来的女性文学，无不明显涉及"身体"这个话题。不过，它在 20 世纪 60 年代爆发青年大规模反主流文化运动的美国社会中显得尤为突出。在《查泰莱夫人的情人》解禁的美国社会转型时期，身体叙事在性道德的独特社会氛围里显现出迥然不同的特点。

亨利·米勒（Henry Miller，1891—1980）被 60 年代反主流文化运动的参加者们奉为自由与性解放的预言家。他的《情欲之网》（*Plexus*，2015）、《北回归线》（*Tropic of Cancer*，1934）、《南回归线》（*Tropic of Capricorn*，1939）试图对传统观念进行猛烈挑战与反叛，以原始的性爱方式找回人在现代文明社会中失去的自由。这给欧洲文学先锋派带来了巨大的震动。艾兹拉·庞德（Ezra Pound，1885—1972）十分推崇米勒。他把米勒与意识流小说大师乔伊斯（Joyce）和伍尔夫相提并论。[1]《荒原》的作者 T. S. 艾略特（Thomas Stearns Eliot，1888—1965）认为《北回归线》所体现的深刻洞察力远远胜过劳伦斯。他把《北回归线》称为"一本十分卓越的书……一部相当辉煌的作品……在洞察力的深度上，当然也在实际的创作上，都比《查泰莱夫人的情人》好得多"[2]。英国著名诗人、学者、艺术评论家赫伯特·里德（Herbert Read，1893—1968）声称，正是因为亨利·米勒违背了人们在审美、道德、宗教、哲学等方面的传统期待，所以他才有可能做出"对我们时代的文学最有意义的一大贡献……使米勒在现代作家中鹤立鸡群的，是他毫不含糊地把审美功用和预言功用结合在一起的能力"[3]。

---

① 〔美〕亨利·米勒：《情欲之网》，北京：时代文艺出版社，2004 年。

② Martin, Jay. *Always Merry and Bright: The Life of Henry Miller an Unauthorized Biography*. California：Santa Barbara Press，1979.

③ Gottesman, Ronald. *Critical Essays on Henry Miller*. G. K. Hall, Maxwell Macmillan Canada, Maxwell Macmillan International，1992.

值得注意的是，"反主流文化"（Counterculture）一词由美国学者西奥多·西扎克（Theodore Roszak）在《反主流文化的形成》（*The Making of a Counter Culture: Reflections on the Technocratic Society and Its Youthful Opposition*，1969）一书中首次提出。① 它又被称为"嬉皮士运动""后现代主义运动"，意指 20 世纪 60 年代美国青年以自己的方式对工作伦理、功利主义、物质主义、科技至上论等工具理性观念的反叛。它与同时发生的其他社会运动，如新左派运动、民权运动、女权运动、反战运动等相互交织，对美国的社会制度和价值体系提出质疑和挑战，以身体主体方式强调价值理性，对美国的政治、文化和价值体系产生了深远影响。

事实上，美国青年所反对的主流文化就是"白种盎格鲁—撒克逊新教徒"（White Anglo-Saxon Protestant，WASP）文化。它以清教主义为核心，构成了美国传统文化的重要组成部分。基于上帝与人之间的"恩惠契约"，清教徒认为自己肩负上帝使命。为了从原罪中获得拯救而成为上帝的选民，清教徒们自觉履行上帝赋予的世俗责任，强调吃苦、节欲等传统的新教伦理和工具理性。

这种主流文化带来了技术的进步与资本主义的发展，但其经济领域的"效益原则"导致物质主义日益盛行，人的物化不断加深。工业生产与管理的自动化、机械化、系统化使现代科技居于主导地位，导致了资本主义社会"见物不见人"的精神困境。现代工业社会犹如新型的极权主义社会，利用科技手段制服离心的社会力量，使人产生"单向度"的思想和行为模式，从而使人逐渐从属于物，丧失了人之为人的主体地位。

因此，美国"婴儿潮"一代对"新教伦理"传统文化价值观下的"丰裕社会"的物质发展与人之主体地位的理解错位，导致了精神上的匮乏，并陷入了高度的迷茫之中，因而面临严重的"认同危机"。"新左派"思想家赫伯特·马尔库塞（Herbert Marcuse，1898—1979）在《爱欲与文明》（*Eros and Civilization*，1955）一书中倡导"身体解放"等方式，从思想上对美国社会及其制度展开激烈的批判，并希望青年一代能够担当改良社会的责任。② 马尔库塞的社会批判理论对反主流文化运动的兴起有很大

① Roszak, Theodore. *The Making of a Counter Culture: Reflections on the Technocratic Society and Its Youthful Opposition*. New York: Doubleday, 1969.

② 〔美〕赫伯特·马尔库塞：《爱欲与文明》，黄勇等译，上海：上海译文出版社，2018 年。（参见 Marcuse, Herbert. *Eros and Civilization*. London: Vintage Books, 1955。）

的影响。因此，美国青年公然宣告他们同美国主流文化的决裂，从而思考人在技术社会中应该采取什么样的生活方式才能保持住人自身的存在及人的本性。

这场运动不仅是青年一代对主流文化的反叛和背离，更是他们在文化失范状态下以性解放等身体主体方式探求建立一种新的文化价值体系的尝试。虽然反主流文化运动并未成功，未能成为动摇美国资本主义制度基础的根本力量，但对其观察与反省或许就是对这段历史最好的尊重。

"反主流文化运动"作为美国社会的一支反叛力量带来了一种新型革命方式，促使人们重新审视自身及美国社会的价值标准。这种新兴的反主流文化为美国社会注入了一股开放、包容、多元的新动力。它给思想界、理论界带来了活力，打破了陈旧古板的传统论调，开启了一个思想活跃、各抒己见的新阶段，使人们对资本主义社会的工具理性产生了怀疑。它也尖锐地批判了美国资本主义制度，促使人们关注人之为人的生存状态，承认作为主体的人的欲望存在的合理性以及社会伦理的建构性。

于是，与"身体叙事"紧密相关的"身体"构成了美国 20 世纪 60 年代中后期反主流文化运动时期一个敏感的社会问题。一方面，60 年代美国社会尽管经历了战后 50 年代经济的高度繁荣，但无法使机械式工作后身心压抑的人们愉悦起来。他们更渴望身心愉快、新奇探险的感觉。另一方面，60 年代中后期发生了许多重大事件，比如，古巴英雄切·格瓦拉（Che Guevara, 1928—1967）被杀害、黑人解放运动领袖马丁·路德·金（Martin Luther King, 1929—1968）遇刺等。另外，由于媒体疯狂对极端艺术行为和摇滚音乐会的表演与骚动进行报道，美国的中产阶级年轻人渴望挣脱一切传统桎梏，这推动美国社会制度进一步民主化，导致了美国社会生活方式的自由放任。其中，性自由成为美国社会多年以来难以治愈的顽疾。这种反主流文化的"性"在文学作品中再现为革命式的"身体叙事"。在美国社会学家丹尼尔·贝尔（Daniel Bell, 1919—2011）看来，反主流文化是生活方式的一次革命，因为它主张追求刺激、探索幻想，并挣脱种种约束，追求各种形式的乐趣。① 因此，"身体叙事"是 20 世纪以来文学创作及其研究的热议话题。

第三，身体叙事不仅是批判现代文明的工具，而且构成了追求理想时

---

① 〔美〕丹尼尔·贝尔：《后工业社会的来临》，高铦等译，南昌：江西人民出版社，2018 年。

代的产物。

当代美国著名文学批评家、耶鲁大学教授哈罗德·布鲁姆（Harold Bloom，1930—2019）在2005年接受《新京报》记者采访关于他的《西方正典》（*The Western Canon*，1994）时说，反主流文化是20世纪60年代追求理想时代的产物，遗憾的是，今天还很时髦。①

当然，我们需要注意的是，20世纪正是西方现代文明发生重大危机的时代。西方社会发展到20世纪初，已建立雄厚的物质基础，科学技术和工商业都达到空前发达的程度，但是精神危机席卷西方各国，美国也不例外。如果西方人因为现代物质文明而感谢上帝的话，那么他们会痛苦地发现，上帝无法将他们从灾难和痛苦中拯救出来。从这个意义上来说，那些"身体叙事"作家应被看作西方现代文明的批判者。

在西方现代文明的时代背景下，犹太裔美国作家罗斯的《再见，哥伦布》（*Goodbye，Columbus*，1959）体现了他早期反主流文化的感情基调，并揭示了在犹太传统文明和美国现代文明的夹缝中备受煎熬的新一代犹太人的精神危机。

在1959年出版第一部短篇小说集《再见，哥伦布》之前，罗斯对社会问题的敏感性和写作天赋在《纽约客》（*New Yorker*）和《时事评论》（*Commentary*）等美国名刊上已经受到索尔·贝娄（Saul Bellow，1915—2005）、莱斯利·菲德勒（Leslie Fiedler）、欧文·豪（Irving Howe）、阿尔弗雷德·卡津（Alfred Cazin）等评论家的青睐。《再见，哥伦布》这部小说在出版的第二年便斩获美国国家图书奖，同年获得犹太小说最受欢迎奖。罗斯常常被称为与伯纳德·马拉默德（Bernard Malamud，1914—1986）比肩的犹太作家。关于罗斯反主流文化的意识，最早比较重要的一篇评论就是20世纪50年代末源自《芝加哥评论》（*Chicago Review*）由罗斯的好友西奥多·扫罗塔罗夫（Theodore Solotaroff）所著的《菲利普·罗斯与犹太卫道士》（"Philip Roth and Jewish Moralists"，1959）。在这篇评论中，扫罗塔罗夫从比较的视角出发，基于罗斯的《再见，哥伦布》这一小说，结合索尔·贝娄与伯纳德·马拉默德的作品，对这三大犹太裔作家进行比较分析，讨论了罗斯对于犹太传统道德究竟有无损害的现实问题。

---

① 周文翰：《哈罗德·布鲁姆：反主流文化是理想时代的产物》，http：//news.sina.com.cn/c/2019-10-15/doc-iicezuev2272828.shtml［2019-11-15］。

扫罗塔罗夫发现,罗斯与贝娄、马拉默德一样,并非反叛犹太传统,而是勇于直面现代文明的生存困境,以身体叙事方式艺术性地构建了某种身体哲学的实践场域。它正如果戈理(Nikolai Vasilievich Gogol, 1809—1852)、陀思妥耶夫斯基(Fyodor Dostoevsky, 1821—1881)通过人物情节与内心活动的精巧叙事,深刻地揭示了某种道德伦理的现实主义寓言。①

在美国社会转型时期的 60 年代,罗斯的《波特诺的抱怨》(*Portnoy's Complaint*, 1969)以狂放的笔触写出潜意识里最深层的焦虑,成为至今描写关于身体的书中最惊世骇俗的一部。然而,索尔·贝娄和莱斯利·菲德勒对罗斯的身体叙事表示赞赏。他们发现,这种直白的叙事有利于揭示罗斯作为犹太作家对本民族传统的讽喻和悲悯情怀。约瑟夫·兰迪斯(Joseph Landis)在《论罗斯的悲悯之心》("The Sadness of Philip Roth: An Interim Report", 1962)② 中提到罗斯在 1961 年 4 月的《时事评论》中告诫读者不要停留于文字的表面,认为即使罗斯本人"也还没有弄明白亚伯拉罕、以撒、雅各布以来的犹太伦理与信仰"③。因此,对于谜一样的犹太传统以及对一个理想时代的追求,罗斯在小说中无法给出一个确切的答案。正是从这个意义上来说,兰迪斯为后来的罗斯评论定下了谜一样的基调。

对一个理想时代的追求肇始于罗斯率直的笔触。诺曼·里尔(Norman Leer)在《菲利普·罗斯短篇小说中的困境与出路》("Escape and Confrontation in the Short Fiction of Philip Roth", 1966)一文中作了深入讨论。里尔认为,罗斯在小说中对种种困境的率直叙述来自美国的社会同化对犹太人的道德观与心理所造成的深刻转型。④

评论家欧文·豪⑤和索尔·贝娄对犹太传统在美国社会的同化下所发生的断裂和转型表示深切的关注。他们与阿尔弗雷德·卡津共同认为,在

---

① Solotaroff, Theodore. "Philip Roth and the Jewish Moralists." *Chicago Review* 13.4 (1959): 87-99. JSTOR. Web. 13 Nov. 2019.

② Landis, Joseph. "The Sadness of Philip Roth: An Interim Report." *The Massachusetts Review* 3.2 (1962): 259-68. JSTOR. Web. 13 Nov. 2019.

③ For myself, I cannot find a true and honest place in the history of believers that begins with Abraham, Isaac, and Jacob. 参见 Roth's untitled contribution to "Jewishness and the Younger Intellectuals—A Symposium." *Commentary*, 31 April (1961): 351。

④ Leer, Norman. "Escape and Confrontation in the Short Fiction of Philip Roth." *Christian Scholar* 49 (1966): 132-46. JSTOR. Web. 13 Nov. 2019.

⑤ Howe, Irving. "Goodbye, Columbus." *New Republic CXL* June (1959): 117-32.

美国社会同化下，罗斯小说的伟大之处在于表现同化力量下犹太人思想意识所受到的扭曲以及最终未被同化的智慧。①

在罗斯对理想时代的追求中，即使人们认为罗斯在很大程度上揭露了犹太人消极的一面，但文学所折射的价值观究竟属于犹太传统还是美国社会，同一时代的其他作家几乎对此避而不谈，而这正是罗斯小说的关注重心。尽管马拉默德的小说富有人文和道德精神，但遗憾的是，他最终未能找到救赎之道。罗斯的小说试图在一个虚构的世界中对某种身体哲学进行实践，竭力观察、思考和面对美国社会所有的现实伦理问题。

丹・艾萨克（Dan Isaac）在《为罗斯一辩》（"In Defense of Philip Roth"，1964）中，对罗斯 1963 年 12 月在《时事评论》上所发表文章中的"创作无关道德"的美学思想表示赞同。他认为，罗斯出于文学创作的需要，可以享有一定的身体自由和身体叙事的权利，塑造各种文学人物。而且他提出，罗斯的小说一旦为人所理解，将不仅证明罗斯是一位伟大的作家，而且他所怀揣的犹太赤子之心，甚至还可以作为犹太牧师的布道词，有助于认清美国犹太人自身所处的伦理境遇。②

可见，身体叙事在 20 世纪追求理想时代的过程中构成了批判现代文明的工具，也成为追求理想时代的产物。

第四，身体叙事的文本内外研究凸显身体叙事的审美性与社会性。

一方面，身体叙事的文本外研究揭示了身体叙事的社会性。20 世纪60 年代西方反主流文化运动的氛围极大地影响了罗斯以及同时代作家的叙事范式，即以身体叙事描写与表达对当时社会传统的意识形态和价值体系的颠覆和重构。然而，这一叙事范式在 70 年代中期很快走向衰落。因此，"身体叙事"总体上还是一种边缘的学术话题。它更多地出现在有关20 世纪西方性别意识、文艺理论、身体哲学、身体美学、身体社会学的研究之中。直到 21 世纪美国学者丹尼尔・潘代的"身体叙事学"专著的问世，身体叙事再度回归文学叙事研究的中心。在潘代之前的研究虽然不以文学领域为研究重心，却仍然为解读文学作品中的"身体叙事"提供了性别主义、文艺学、哲学、美学和社会学的知识框架和理论背景。

① Mr. Roth's achievement is to locate the bruised and angry and unassimilated self. 参见 Bellow, Saul. "The Swamp of Prosperity." *Commentary* 27 July （1959）：77-79.

② Isaac, Dan. "In Defense of Philip Roth." *Chicago Review* 17 （1964）：84-96. JSTOR. Web. 13 Nov. 2019.

　　法国女性主义学派的代表人物埃莱娜·西苏在《美杜莎的笑声》(*Le Rire de la Méduse*，1975；*The Laugh of the Medusa*，1976) 中提出，女性通过写作，在写作—话语—身体—女性主体间拉起了一条紧密的关系链，以"写身体"或"用身体去写"的策略颠覆男权并建构女性话语。①

　　露西·伊利格瑞 (Luce Irigaray，1931—) 的《他者女人的窥镜》(*Speculum: De l'Autre Femme*，1974) 从内容到结构都具有强烈的革命性色彩。它借助"窥镜"揭示传统哲学中的菲勒斯中心主义、同一性逻辑，使女性从以男性为标准的逻辑中解放出来而不再作为"他者"，从而重新发现、确立女性的主体身份。②

　　如果说文学中作为叙事主体的身体基于女性主义的阐释视角，在一定程度上揭示了其折射社会意识形态的单向关系，那么苏联文艺理论家、哲学家米哈伊尔·巴赫金在《拉伯雷和他的世界》(*Rabelais and His World*，1984) 中，则揭示出了艺术与生活的双重变奏。③ 他结合中世纪狂欢节的民俗文化历史背景，认为拉伯雷《巨人传》中的怪诞身体形象被赋予了一种狂欢节的世界感受。死亡—再生、交替更新的关系始终是节日世界感受的主导因素。巴赫金常以怀孕老妪的怪诞身体形象揭示不断的新旧更替、生死相连以及始末相接的伦理真相。

　　与巴赫金比较来说，法国哲学家米歇尔·福柯的《规训与惩罚》(*Surveiller et Punir：Naissance de la Prison*，1975) 则被称为关于现代道德谱系的论著。④ 在很大程度上，它借鉴并发展了德国哲学家弗里德里希·威廉·尼采《论道德的谱系》(*On the Genealogy of Morals*，2009) 中的观点与论辩方法。⑤ 它追溯了 17 世纪以来欧洲尤其是法国刑罚方式的演变，并检视了现代社会中权力的运作机制。

---

① Cixous，Hélène. *Le Rire de la Méduse*. 1975；*The Laugh of the Medusa*. Trans. Keith and Paula Cohen. *Signs* 1.4 (Summer，1976)：875 - 93. Chicago：The University of Chicago Press，1976.

② Irigaray，Luce. *Speculum: De l'Autre Femme*. Paris：Editions de Minuit，1974.

③ Bakhtin，M. *Rabelais and His World*. Trans. Helene Is Wolsky. Bloomington IN：Indiana University Press，1984.

④ Foucault，Michel. *Surveiller et Punir: Naissance de la Prison*. Paris：Gallimard，1975. (参见 Foucault，Michel. *Discipline and Punish: The Birth of the Prison*. Trans. Alan Sheridan. London：Penguin，1979。)

⑤ Nietzsche，Friedrich. *On the Genealogy of Morals*. Trans. Douglas Smith. Oxford：Oxford University Press，2019.

　　如果说尼采在《论道德的谱系》中通过重审古希腊至中世纪道德传统的变迁，无情地批判了基督教将人"奴隶化"的伪道德；那么福柯则是通过回顾古典时期直至现代惩罚方式的演化，揭露了现代道德的标杆——人道主义——的伪善。尼采呼唤人类回归酒神信仰以摆脱"病人"的困境，而福柯却拒绝建立任何单一的意义形态，因为他指引我们看见的是一张无可逃遁的权力罗网。

　　雅克·德里达则从政治的角度将身体与伦理的关系问题推向了后现代主义语境下的研究前台。约翰·普罗特维（John Protevi，1955—　）的著作《政治物理学：德勒兹、德里达以及身体政治》（*Political Physics：Deleuze, Derrida and the Body Politic*，2001）①，以及琼斯·欧文（Jones Irwin）的著作《德里达与身体写作》（*Derrida and the Writing of the Body*，2010）② 是对德里达的身体政治思想的深入解读。普罗特维发现，德里达的"不可确定性"和"踪迹"是对"身心二元"哲学体系的解构。欧文指出，德里达关于性（sexuality）和身体（embodiment）的哲学受到了巴塔耶（Georges Bataille，1897—1962）、尼采、黑格尔（Georg Wilhelm Friedrich Hegel，1770—1831）、哈贝马斯（Jürgen Habermas，1929—　）、阿尔托（Antonin Artaud，1896—1948）等先锋派（avant-gardism）的影响。可以说，是巴塔耶而不是黑格尔形塑了德里达在《书写与差别》（*Writing and Difference*，1967）中的"延异"（differance）论；是法国戏剧家阿尔托解放了德里达的思想，使他成为身体哲学范式的解构派。阿尔托的残酷戏剧观（Theatre of Cruelty）极大地激发了德里达、福柯等后现代思想家的理论思考与探索。"话语就是身体""身体就是剧场""剧场就是文本的存在"，即所有的作品文本不再受原有文本或原有话语的支配。

　　德里达的《刺》（*Spurs：Nietzsche's Styles*，1978）也体现了他的"身体哲学"思想中尼采的痕迹，③ 并以挑战风格深刻地影响了以西苏、克里斯蒂娃（Julia Kristeva）和伊利格瑞为代表的法国后现代女性主义学派。

　　如果说德里达从解构视角挑战了身体的政治与哲学问题，那么莫里斯·梅洛-庞蒂的《知觉现象学》（*Phenomenologie de la Perception*，1945/2014）

---

① Protevi, John. *Political Physics: Deleuze, Derrida and the Body Politic.* London：Athlone Press, 2001.

② Irwin, Jones. *Derrida and the Writing of the Body.* Farnham；Burlington, VT：Ashgate, 2010.

③ Derrida, Jacques. *Spurs: Nietzsche's Styles.* Chicago：University Chicago Press, 1978.

为了反叛意识哲学的窠臼和羁绊，则将身体整合推进一个更为宽泛和宏大的"终极"概念——"肉"或"世界之肉"里。[1] 通过这一概念，梅洛-庞蒂把一切东西都看作与身体具有同质性的东西。由于我的身体与世界由相同的"肉"构成——同是一个知觉者，我会在与世界的不断"交织"和"参与"中认识和超越它，最终达到"共生"与"共存"。因此，身体反映了存在的关系系统，也是叙事的对象与动力。

对于揭示某种道德伦理的身体如何让读者在文学叙事中欣赏其美学意义，犹太裔美国美学家理查德·舒斯特曼（Richard Shusterman，1948—　）的《通过身体思考》（*Thinking Through the Body*: *Essays in Somaesthetics*，2012）[2] 与《身体意识》（*Body Consciousness*：*A Philosophy of Mindfulness and Somaesthetics*，2008）[3]，在西方传统的"身心二元"体系中提供了"身体"的审美范式。它与中国儒家的仪礼思想，以及道家的身心合一与天人合一的思想非常契合，即突出"身体"在形塑社会观念和道德伦理过程中的重要作用。加里森（James Garrison）、文（Haiming Wen）以及蒙特罗（Barbara Gail Montero）在 2015 年分别对舒斯特曼的身体美学思想进行了富有卓识的评论，[4] 在很大程度上推进了身体叙事在 21 世纪的理论发展。

另一方面，把身体作为社会阐释的理论方法置入社会语境中来进行考察则是英国学者布莱恩·S. 特纳的《身体与社会》（*The Body and Society*: *Explorations in Social Theory*，1984）[5]、英国肯特大学社会学教授克里斯·希林（Chris Shilling）的《身体与社会理论》（*The Body and Social Theory*，1993/2012）的关注焦点[6]。

---

[1] Merleau-Ponty, Maurice. *Phenomenologie de la Perception*. Paris：Gallimard, 1945.（参见 *Phenomenology of Perception*. Trans. ColinSmith. London：Routledge, 2002；Trans. Donald A. Landes. London：Routledge, 2014。）

[2] Shusterman, Richard. *Thinking Through the Body*：*Essays in Somaesthetics*. Cambridge：Cambridge University Press, 2012.

[3] Shusterman, Richard. *Body Consciousness*：*A Philosophy of Mindfulness and Somaesthetics*. Cambridge：Cambridge University Press, 2008.

[4] 参见 Garrison, James. "Reconsidering Richard Shusterman's Somaesthetics." *Contemporary Pragmatism* 12（2015）：135-55. Brill. Web. 13 Nov. 2019；Wen, Haiming. "Introduction to the Special Theme on 'Richard Shusterman's Somaesthetics'." *Frontiers of Philosophy in China* 10.2（2015）：163-66. Brill. Web. 13 Nov. 2019；Montero, Barbara Gail. "Book Review." *Mind* 124.495（2015）：975-79. Brill. Web. 13 Nov. 2019。

[5] Turner, Bryan S. *The Body and Society*: *Explorations in Social Theory*. Oxford：Blackwell, 1984.

[6] Shilling, Chris. *The Body and Social Theory*. 3$_{rd}$ ed. SAGE Publications Ltd. 1993, 2012.

　　综观该研究领域诸多研究路径的长短优劣，全面探析各路发展如何推动身体成为突破场所，从身体与伦理、社会意识形态及文学审美之间的关系研究，到特纳提出的整合论身体观，对本书具有较大参考与启发价值。这些研究主要是把身体放在文本之外的社会语境下做出种种探讨，要么是从意识形态着眼，要么是脱离文本的审美认知，不免各执一端，顾此失彼，最终未能回归真正意义上的文学作品本身，从而进行充分切实的探讨。对于将身体作为叙述主体的这种新范式的文学叙事，如何权衡文本外的意识形态和文本内的形式审美则是全面理解一部文学作品关于身体的叙事话语在作者、文本和读者之间实现叙事伦理的前提条件。

　　一些颇有启发性的叙事学论著在"身体叙事"研究史上产生了重要意义。例如，丹尼尔·潘代被誉为"后解构主义叙事理论的旗手"①。他在《叙事身体：走向身体叙事学》（*Narrative Bodies: Toward a Corporeal Narratology*，2003）中认为，传统叙事学主要关注作为叙述客体的身体，而作为文学作品中的叙述主体所暗示的叙事伦理并未得到阐明。文学中身体概念之厘清与界定始终存疑。在他所建构的身体叙事学中，一个核心问题便是，以某种开放的方式思考身体如何形塑情节、性格、背景以及如何超越文本的叙事话语。对于潘代构建的"身体叙事学"，威廉姆斯（Carolyn D. Williams）与卢娜（Alina M. Luna）在同一年分别深入客观地评述了潘代将"身体"纳入叙事学领域，不仅作为一种叙事客体，而且作为一种主体阐释方法，来看待身体在叙事作品中的情节构建与抵制的双重作用及其后现代主义叙事效果。② 因此，身体叙事兼具审美性和社会性。

　　另外，巴布（Genie Babb）的《身体的遮蔽：笛卡儿式人物叙事理论》（"Where the Bodies are Buried: Cartesian Dispositions in Narrative Theories of Character"，2002）与卡拉乔治（Eleni E. Karageorgiou）的《身体的故事：叙事的身体》（"Stories of the Body: Incorporating the Body into Narrative Practice"，2016）分别从不同的向度阐述了"遮蔽"与"敞开"两

---

① 刘爱萍：《"后解构主义"叙事图式的绘制》，《南京工业大学学报》2008 年第 4 期，第 69 页。

② 参见 Williams, Carolyn D. "Narrative Bodies: Toward a Corporeal Narratology." （Book Review）*The Modern Language Review* 100. 3（2005）：748 – 49. JSTOR. Web. 13 Nov. 2019。参见 Luna, Alina M. "Narrative Bodies: Toward a Corporeal Narratology." （Book Review）*Style* 39. 3（2005）：367–70. JSTOR. Web. 13 Nov. 2019。

种渐变的身体观念,① 也进一步揭示了身体叙事的审美性和社会性。

根据以上所述我们不难看出,"身体叙事"研究并关注身体在文本内外的审美性和社会性。尽管从"叙事"方面研究身体的专门论著不多,但从本书所掌握的相关文献可以看出,"身体"已得到了一定程度的关注与探讨。

第五,身体叙事的开放性已在跨学科层面上得到了具体的关注与研究,这进一步阐释了身体叙事的审美性与社会性。

马文(Lyn Marven)的《德国当代文学的身体叙事》("Body and Narrative in Contemporary Literatures in German Herta Müller Libuše Moníková and Kerstin Hensel",2005)、司考尔兹(Susanne Scholz)的《身体叙事:早期现代英国的民族书写及其塑形》("Body Narratives:Writing the Nation and Fashioning the Subject in Early Modern England",2000)均从国家与民族的历史角度研究身体叙事。②

布鲁克斯(Peter Brooks)的《身体活:现代叙述中的欲望对象》(*Body Work: Objects of Desire in Modern Narrative*,1993)、希夫等(Brian Schiff, et al.)共同编辑的《生活与叙事:经验叙述的困难与责任》(*Life and Narrative: The Risks and Responsibilities of Storying Experience*,2017),以及米尔托亚(Hanna Meretoja)的《叙事伦理:叙事阐释、历史与可能性》(*The Ethics of Storytelling: Narrative Hermeneutics, History, and the Possible*,2017),则从人自身的"欲望""经验""阐释可能性"等方面研究身体与叙事之间的关系。③

---

① 参见 Karageorgiou, Eleni E. "Stories of the Body: Incorporating the Body into Narrative Practice." *International Journal of Narrative Therapy & Community Work* 3(2016):1 - 7. Social Science. Web. 13 Nov. 2019。参见 Babb, Genie. "Where the Bodies are Buried: Cartesian Dispositions in Narrative Theories of Character." *Narrative* 10. 3(2002):195 - 221. Project Muse. Web. 13 Nov. 2019。

② 参见 Marven, Lyn. *Body and Narrative in Contemporary Literatures in German Herta Müller Libuše Moníková and Kerstin Hensel*. Oxford:Clarendon Press;New York:Oxford University Press, 2005。参见 Scholz, Susanne. *Body Narratives: Writing the Nation and Fashioning the Subject in Early Modern England*. London:Macmillan, 2000。

③ 参见 Brooks, Peter. *Body Work: Objects of Desire in Modern Narrative*. Cambridge, Mass;London:Harvard University Press, 1993;Schiff, Brian, A. Elizabeth McKim, and Sylvie Patron, eds. *Life and Narrative: The Risks and Responsibilities of Storying Experience*. New York:Oxford University Press, 2017;Meretoja, Hanna. *The Ethics of Storytelling: Narrative Hermeneutics, History, and the Possible*. New York:Oxford University Press, 2018。

戴维斯（Cynthia J. Davis）的《身体叙事的形成：美国文学的医学叙事（1845—1915）》（*Bodily and Narrative Forms*：*The Influence of Medicine on American Literature*，*1845—1915*，2000）、苏布罗（Gustavo Subero）的《拉丁美洲电影的酷儿叙事》（*Queer Masculinities in Latin American Cinema*：*Male Bodies and Narrative Representations*，2014）分别探讨了美国文学和拉美电影中的身体叙事，以及可能的医学影响或酷儿文化的渗透。①

米奇娄（Vida L. Midgelow）的《重写芭蕾：消解叙事与多重身体》（*Reworking the Ballet: Counter−Narratives and Alternative Bodies*，2007）探讨了"身体"在"芭蕾舞蹈"中构建叙事和消解叙事的双重性。露丝（Hannah Ruth）的博士学位论文《作为媒介与修辞的身体：自传介入或反叙事的构建》（"The Body as Medium and Metaphor：Autobiographical Interventions or the Construction of the Anti−narrative"，2002）从叙事的构建与消解的双重作用入手，深入研究了"身体作为叙事方式构建了情节，同时也对其叙事性进行了消解"这一悖论。②

科尔（Jonathan Cole）的《无以触摸：无身体之人》（*Losing Touch: A Man Without His Body*，2016）不仅传记式地描述了伊恩·瓦特曼（Ian Waterman）19 岁时身患神经官能症的个人生活经历，而且翔实地记录了他积极参与诊疗的过程，揭示了身体触感（touch）对于神经官能障碍者的积极建构作用。科尔从思维、语言与认知方面探讨了具体个人对"身体叙事"问题的关注和参与。有意思的是，剑桥大学英文系教授以及艺术、社会科学和人文研究中心主任史蒂文·康纳（Steven Connor，1955—）的《肤之书》（*The Book of Skin*，2009）把人的皮肤之触感提升为西方文化的一门显学，着重论述了皮肤在身体叙事中的审美性与社会性。③

鉴于上述"身体叙事"的兴起及其特点，本书在前人关于身体与身体

---

① 参见 Davis，Cynthia J. *Bodily and Narrative Forms: The Influence of Medicine on American Literature*，*1845 - 1915*. Stanford，Calif.：Stanford University Press，2000。参见 Subero，Gustavo. *Queer Masculinities in Latin American Cinema: Male Bodies and Narrative Representations*. London：I. B. Tauris，2014。

② 参见 Midgelow，Vida L. *Reworking the Ballet: Counter−Narratives and Alternative Bodies*. Abingdon：Routledge，2007。参见 Ruth，Hannah. "The Body as Medium and Metaphor：Autobiographical Interventions or the Construction of the Anti−narrative." Diss. University of Cambridge，2002。

③ 参见 Cole，Jonathan. *Losing Touch: A Man Without His Body*. 1st ed. Oxford，United Kingdom；New York，NY，United States of America：Oxford University Press，2016。参见 Connor，Steven. *The Book of Skin*. London：Reaktion Books，2004。

叙事的研究基础上，将深入研究菲利普·罗斯"凯普什系列"小说，即《乳房》（*The Breast*，1972）、《欲望教授》（*The Professor of Desire*，1977）、《垂死的肉身》（*The Dying Animal*，2001）。本书采用后现代有关身体哲学的理论和叙事理论，论述身体叙事的欲望书写、对欲望/伦理二元论的质疑与消解，以及狂欢化伦理构建的问题，分别涉及尼采、梅洛-庞蒂代表的身体哲学理论，巴赫金、特纳等代表的身体与社会理论，以及德里达、福柯等代表的身体政治理论，从费伦（James Phelan）的叙事修辞意义上深入阐释该系列小说深刻的叙事伦理。

一　写作思路

鉴于罗斯"凯普什系列"小说的研究现状，本书采用的后现代身体哲学理论与叙事理论在某种程度上与该系列小说身体叙事存在契合点。其理论视角的阐释优势必将丰富对"凯普什系列"小说的理解。而且，本书认为，该系列小说的身体叙事是作者基于作为叙事主体的身体，就某种伦理如何通过身体叙事文本对读者实现叙事修辞而展开的。而这正与罗斯的创作观密切相关。本书研究发现，这种创作意图吻合了后现代主义理论思维框架。它通过对身体的欲望书写对欲望/伦理的二元论做出质疑和消解，并且以隐含作者的方式在身体叙事中建构狂欢化伦理，从而揭示"凯普什系列"小说的叙事宗旨。与一般意义上的文学叙事比较来看，本书的"身体叙事"在研究思路上具有以下特点。

第一，在"凯普什系列"小说身体叙事对欲望/伦理二元论进行质疑和消解的过程中，狂欢化伦理构成了其叙事修辞的主要宗旨。

巴赫金给"狂欢化"一词赋予了一种广延意义，使其最终变成了"符咒"。它在意识形态上具有"颠覆性"。对于"狂欢化"，我们不能望文生义，它并非节日盛典的庆祝狂欢，而是对受制于人的心灵反叛。对于巴赫金来说，中世纪的狂欢仪式就是人们以裸露下体的越规方式表达心中对基督教规重重约束的不满。这种狂欢活动是基督教意识形态严格操控下理性与欲望尖锐对立的结果。代表欲望的身体，特别是下体，具有粗鄙性和堕落性。无论是大笑，还是咒语，都充斥着与身体相关的词语，如跟性交、排便、吃喝相关的"生殖器""肚子""排便""排尿""病痛""鼻子""嘴巴""肢体"。这些语言有失典雅，违背了当时盛行的美学标准——文艺复兴时期的古典主义与新古典主义。不过，到了20世纪80年代，狂欢化美学思想跃居前沿，成为时下的审美标准。于是，与狂欢化相关的如集会、颠倒、面具、怪诞等各种意象反复出现，成为 21 世纪扮演小丑、颠覆话语、重构世界的必备道具。

对本书研究所涉及的"凯普什系列"小说《乳房》，巴赫金针对所谓的"怪诞身体"或"未完成性身体"阐述过独特的看法。他认为，怪诞身体是对"封闭性身体"的一种否定和抵制。这是因为"封闭性身体"是铁板一块，拒绝身体的任何突起或孔穴，然而，怪诞身体一反常态，凹凸错落，鼓凸自然，其目的在于倡导一种新的规约范式。

针对"封闭性身体"与"未完成性身体"的二元对立模式，叙事学家赫尔曼（David Herman）曾有过类似的理解和划分。他以时间界定的方式将具有这种二元对立的叙事学划分为 20 世纪 70 年代的经典叙事学和 80 年代到目前的后经典叙事学。那么，本书有别于叙事学历时划分的逻辑，而是从身体与意识的关系出发，认为叙事学历史可以划分为"亚式叙事学"（Aristotelian narratology）和"尼式叙事学"（Nietzschean narratology）。前者与托多洛夫（Tzvetan Todorov）、热奈特（Gerard Genette，1930—2018）等叙事学家的观点一致，认为叙事文本是一个自足体，其普遍真理可以通过读者的文本分析要素得以辨识。后者与德里达、巴赫金、潘代以及费伦等人的观点一致，认为叙事具有未完成性。叙事文本的意义生成取决于文本、作者、读者以及他们所处的社会世界的互动结果。它正是对封闭自足的静态文本的反叛与抵制。

传统观点认为，叙述行为就是一种按照时间顺序组织经验的话语方式。为了构建故事情节、推动情节发展，预先设置好全知的封闭情节。然而，在分析巴赫金探讨古罗马阿普列乌斯（Lucics Apuleius，约 124—170）创作的长篇小说《金驴记》（*The Golden Ass*，1904）时发现，"欲望"本身作为传统意义上的情节因素却成了叙事的前景，其中的抵抗与反叛因素成了情节之外的狂欢化存在。

第二，"凯普什系列"小说以身体主体取代了意识主体，从而在身心交融的身体中扬弃了身心二元论。它在小说叙事中具有消解与构建意义。

根据潘代的观点，身体叙事就是反叙事。他从新历史主义视角来看待叙事的本质和当代的叙事观。他还提出，叙事不应是永恒普遍的形式，而要考虑到文本性和社会语境，且还要考虑到 18 世纪以来伴随科技文化产生的与普遍意识相对的身体观。叙事学应将现代身体概念意识纳入进来，以推进身体叙事学的构建进程。1990 年，伊格尔顿（Terry Eagleton）加入了风行的身体研究队伍，但他似乎对自己的研究兴趣有所不安。然而，其实他这种看似窘迫的研究早在十年以前就开始掀起热潮了。90 年代中期，大量的身体研究成果出现于学界。在这样的形势下，潘代推出著作《叙事身体：走向身体叙事学》。当时，这种叙事范式下的身体研究已经不是什么新鲜话题。但是，如果这仍会让人感到惶恐不安的话，可能就像书皮封面上所谓的序跋那样：长期以来，关于人的身体研究几乎完全被排除在叙事学研究范畴之外。然而，潘代以广博的知识对各门学科专业展开交叉研究，最后完成了目前为止论证最为翔实的关于"身体叙事学"的一部大书。这部著作基于大量的精神分析理论、社会学理论，以及巴赫金、福柯、但丁和伍尔夫的相关理论，与身体共同构建了"身体叙事学"。这证明了这门学科中的身体与社会密切相关。

如果说传统意义上的叙事学旨在探索叙事的普遍原则及模式的话，那么，潘代出版的这本身体叙事学著作是鉴于某种历史语境而生成的杂语性成果。潘代将"身体"概念置入叙事理论框架，并对其做出了具有重大意义的理论修正。从此，评论界又增加了一个人们感兴趣的话题，那就是：身体在故事里是如何叙事的？身体叙事学成了一个值得研究的问题，即身体怎样消解叙事和构建意义。

至于身体在叙事中的地位问题，潘代在书中专设了"情节与欲望"章节，论述了身体是推进情节的一个引擎，并将现代叙事的时间因素以及影响情节发展的身体因素进行了理论化。潘代在作为叙事的身体——"普遍意义的身体"（overarching body）与"个体意义的身体"（individual body）的双重性基础上，针对身体欲望的个体性对其普遍性产生的叙事抵制展开了深入的研究。为了阐明身体双重性之间的张力互动，他借鉴了巴赫金的"情节延迟"概念，即叙事因素的不断迂回、延宕、抵制，甚至阻滞情节往前推进，导致情节愈加复杂化，从而生发出完全不同于先前叙述的情节故事。因此，是身体赋予了叙事一个全新的结构。潘代认为，这种叙事并非一种自足封闭的话语，而是在某种社会语境下具有政治性以及认识论和本体论意义。

潘代将叙事学与现代意义上的身体概念联系起来，在很大程度上是将叙事文本与读者关联起来。本书正是基于读者视角，以罗斯"凯普什系列"小说为研究对象，不仅关注作为叙述客体的身体，而且注重作为叙述主体的身体。本书发现，"凯普什系列"小说主人公凯普什和次要人物作为叙事主体的身体与潘代的叙事身体存在某种契合之处。同时，作为叙述客体和叙述主体的身体话语在本书关于罗斯该系列小说的身体叙事研究中得到深入剖析和阐述。

第三，"凯普什系列"小说中身体叙事对欲望/伦理二元对立的质疑和消解揭示出作为叙事主体的身体具有构建某种伦理的可能性。

潘代认为，身体是社会意义的一种表征。这种观点得到特纳的极大支持和拥护。他认为人的身体是一个符号系统，能够表征社会的多层面关系。这种"活的身体"（lived body）成为社会意义表征的重要途径，① 不能仅仅把它视为意义的承载物或为社会所赋予某种意义的地方。身体是阐释自我与伦理的生发处。特纳指出，如果我们在社会学领域不把身体纯粹生理化，或是将身体与意识截然对立的话，我们则必然会全面关注某种社会意识形态对身体的制约与束缚。这往往通过规训、管制、监视和赋义等身体内化与外化方式得以实现。因此，这种将身体经验现象及其社会意识形态控制结合起来的理论，成为特纳《身体与社会》一书的主要贡献。他重申了身体是构成社会非常有效的一大隐喻，终于为在社会学领域长期受到忽视的身体找到了应有的地位。值得注意的是，特纳是在考察霍布斯（Thomas Hobbes）关于欲望与理性的分析的基础上开始他的身体社会学研究的。因此，特纳的身体社会学观点对罗斯小说叙事中身体欲望书写和狂欢化伦理的构建具有较大的启示意义。

本书分三大部分进行论述。

第一部分为绪论，回顾了身体叙事的兴起及其特点，提出本书的写作思路与研究意义。第二部分为第一章至第五章。第一章梳理了罗斯小说身体叙事及"凯普什系列"的研究现状，指出本书所讨论的"欲望/伦理"的概念范畴。第二章厘清与界定"身体叙事"的基本概念，考辨"身体叙事"的相关语境，并且交代罗斯的后现代思维及其文学理念。通过概念厘清与考辨，可知身体叙事的悖论性在20世纪的美国社会已经受到了关注和反思；人们对欲望与伦理的边界的认识日趋模糊化，预示了身体叙事的后现代思维。第三章从"质疑"这一视角讨论罗斯"凯普什系列"小说之一——《乳房》中身体叙事对欲望/伦理二元划分的质疑与抵制。其

---

① Turner, Bryan S. *The Body and Society: Explorations in Social Theory*. Oxford: Blackwell, 1984.

故事层面的多重欲望及叙述策略揭示了欲望与伦理在彼此交织与跨界中的"中间世界"（neutral territory），在某种意义上质疑了欲望/伦理的二元对立，并暗示了罗斯小说身体叙事的狂欢化趋势。第四章从"消解"这一视角讨论罗斯"凯普什系列"小说之二——《欲望教授》中身体叙事进一步质疑甚至消解了欲望/伦理的二元对立问题。它揭示了美国现代社会在资本主义理性文化、道德法规及传统的意识形态和价值体系中所面临的欲望/伦理的不确定转化的生存困境。第五章从"构建"这一视角讨论罗斯"凯普什系列"小说之三——《垂死的肉身》中身体叙事的狂欢化伦理。"垂死的肉身"的伦理建构包括爱欲向死亡的降格与爱欲向未完成性的跃升。它预示了生活方式的一次革命，不断更新的世界创造力在不断生成；它也揭示出该小说在身体叙事中所构建的死亡—再生与交替更新的狂欢化伦理。第三部分为结论。根据前文的讨论和分析，总结"凯普什系列"小说中身体叙事所呈现的欲望书写和狂欢化伦理，并揭示出罗斯的创作观，从而使读者更好地理解该系列小说身体叙事的写作意图。此部分还将重申本书的研究意义。

总之，本书强调将"身体"作为叙事主体。身体叙事被视为一种通过身体主体的欲望话语在作者、文本与读者之间展开的叙事修辞。本书以菲利普·罗斯的"凯普什系列"，即《乳房》《欲望教授》《垂死的肉身》三部小说为研究对象，通过对身体主体的欲望书写中欲望/伦理二元对立的质疑、消解以及狂欢化伦理的构建的论述，从实践身体哲学的视角揭示出罗斯小说的狂欢化叙事伦理。

身体主体在叙事中的消解与建构作用从某种意义上动摇或挑战了社会和宇宙中二元对立的意识形态基础。正是从这个意义上来说，罗斯在现实生活和文学创作中对身体的痴迷与诉求会触及与身体这一话语相关的诸多社会领域，在一定程度上建构或消解与其相关的意识形态，并以叙述主体构建一种新的伦理。

二 研究意义

菲利普·罗斯"凯普什系列"小说的身体叙事研究在叙事、文化、哲学、身体美学以及伦理等多个层面具有重要意义。

1. 叙事意义

菲利普·罗斯"凯普什系列"小说的身体叙事研究具有重要的叙事意

义。一方面，关于菲利普·罗斯"凯普什系列"小说身体叙事的研究可以作为身体叙事学的一个典型样例。正如"身体政治"一样，"身体"被看作某种历史语境下的一种叙事话语，在一定程度上可以推进身体叙事学的构建进程。另一方面，菲利普·罗斯"凯普什系列"小说的身体叙事研究预示着狂欢化叙事的深入发展。它将以隐喻的方式阐释与展望身体叙事的狂欢化趋势。

2. 文化意义

菲利普·罗斯"凯普什系列"小说的身体叙事研究具有女性主义的意识形态，旨在颠覆父权制。它以身体叙事的方式为女性的社会性存在发声。它并非纯粹生理意义上肉欲的发泄，而是对女性社会权利的一种构建。伍尔夫倡导的女性写作，以及西苏助推的女性写作，就是在西方的父权社会语境下提出的文学叙事方式，并非肉身意义的写作，而是旨在反抗男权社会对女性的种种压迫。

3. 哲学意义

菲利普·罗斯"凯普什系列"小说的身体叙事研究远远超越字面意义上的"身体含义"，富有深刻的哲学意义，如身体的双重性，欲望与理性并存、个体与世界一体、主观与客观兼具、自然性与社会性共融。梅洛-庞蒂的《知觉现象学》、《眼与心》（L'Oeil et L'Esprit，1964）、《可见者与不可见者》（*The Visible and the Invisible*，1968）等所体现的身体哲学有助于本书揭示"世界之肉"的"大身体观"。

4. 身体美学意义

菲利普·罗斯"凯普什系列"小说身体叙事研究在基于身体具象性与叙事普遍性的逻辑构建身体美学方面，具有举足轻重的意义。美国当代身体美学家舒斯特曼的身体审美主义有助于本书将身体纳入叙事中来，弥补长久以来身心对立的缺憾。

5. 伦理意义

菲利普·罗斯"凯普什系列"小说身体叙事研究针对当今的身体写作热潮，在承认其可取的女性主义意识的基础上，从故事伦理和叙事伦理层面提出学理上的反思与批评。本书以观看或听觉等身体感知方式切入身体欲望的书写，并在感性欲望的体验仪式中对狂欢化伦理进行思考。这是对身体哲学的一种实践。它不仅有助于反思和挖掘以感性体验为主的反主流文化的生活方式背后所隐藏的欲望意识及其狂欢化的世界感受，而且有助于透过所有具有不确定性和双重性特征的社会象征系统，对现存的社会秩序、传统理性、社会制度和伦理观念做出辩证思考，并对人的自由和价值做出独特认识。

总之，本书在后现代身体哲学与叙事理论框架中，论证菲利普·罗斯"凯普什系列"小说中作为叙述主体的身体在身体叙事中的欲望书写，对欲望/伦理二元对立的质疑与消解，以叙事修辞的方式在作者、文本和读者之间建构的狂欢化伦理，具有深刻的理论与实践意义。

第一章　罗斯小说身体叙事研究现状

根据上文关于"身体叙事"的相关研究，本书发现，菲利普·罗斯是20世纪中后期以来"身体叙事"研究中的主要关注对象。与其说罗斯小说中复现的"身体叙事"是出于他自身夺人眼球的私生活，或是出于他1969年发表的长篇小说《波特诺的抱怨》，不如说他对身体的迷恋与叙事体现为他自20世纪70年代以来通过尝试多种文体实验，创作卡夫卡（Franz Kafka，1883—1924）式"荒诞科幻"的《乳房》、昆德拉（Milan Kundera）意义上的《欲望教授》和《垂死的肉身》，从而假借其作品（小说）的"自传性"来消解现实与虚构的界限。罗斯创作的这三部小说，即"凯普什系列"，围绕同一主人公凯普什展开"身体叙事"，给他带来了最早的文学声誉。但这并非完全因为评论家对其写作本身的赞美，而是在很大程度上源于罗斯痴迷于"身体叙事"，并在近半个世纪以来对其保持深入持久的关注和思考。尽管过去的十几年里出版了大量的著作、论文与报刊评论，但关于罗斯"凯普什系列"小说以及"身体叙事"的研究仍很薄弱，专门研究该系列小说身体叙事的著作和论文目前尚不多见。

第一节　国内外研究现状

本书研究罗斯小说的"身体叙事"是对罗斯小说研究的丰富和发展。罗斯通过实验创作的方式，围绕主人公，加上罗斯自身的生活参与和关注，构建了现代叙事的"身体"概念，挑战了传统的"身心二元论"的意识框架。作为生活在美国现代社会的犹太知识分子，面对犹太的传统与美国的现实，罗斯小说叙事中不仅将身体视为一种叙事客体，而且视为一种叙事主体。在"身体叙事"过程中强调作为叙事主体的身体的欲望书写以及对欲望/伦理二元对立的质疑和消解，有助于我们理解小说身体叙事与伦理建构的复杂关系。

一方面，罗斯小说源于犹太人的宗教传统。罗斯深知自己的小说对身体的叙事过于直率和露骨。在罗斯的第一部小说集《再见，哥伦布》出版前，罗斯就预知了小说辛辣、露骨、背德的描写难免会引起争议。他特地请了父母吃饭"打预防针"，让他们做好准备迎接即将到来的口水战。后来，罗斯的父亲回忆说，罗斯的母亲一上出租车就号啕大哭，说自己的儿子真是一个"自大狂"。罗斯在创作《乳房》时，虽然要描绘卡夫卡式的变形身体的荒诞欲望，但也通过多个叙述声音在很大程度上过滤掉了那些有伤大雅的叙述。尤其是主人公凯普什即使变形为巨型乳房后，依然对照料他的护士想入非非，并幻想恢复到一个具有七情六欲的普通人的生活状态。然而，除了直接的感性体验，他更多的是一种理性叙述，即对当下"体验—我"保持距离的一种理解与把玩。

另一方面，罗斯的第一部作品《再见，哥伦布》开创了辛辣、露骨、背德的身体叙事风格。正是在这样的风格中，罗斯的《波特诺的抱怨》、《乳房》、《欲望教授》、《安息日的剧院》（*Sabbath's Theater*，1995）、《人性的污秽》（*The Human Stain*，2000）、《垂死的肉身》等小说中呈现出颇具煽情效果的"身体叙事"。

一方面罗斯小说中的身体叙事把"身体"作为一种叙事方式，肯定其在情节、人物、场景等叙事因素上的构建作用。如崔切伯格（Jeffrey A. Trachtenberg）在《华尔街报》（*Wall Street Journal*）上所说，"罗斯的创作包罗万象，但几乎总是离不开'性、死亡和背叛'三个主题"①，并且性欲望的叙事贯穿于罗斯大量的作品，尤其是《乳房》、《欲望教授》和《垂死的肉身》。这些小说围绕同一主人公凯普什的欲海沉浮及其道德问题，以身体的话语积极地挑战了犹太传统、宗教以及道德伦理的话语。另一方面他又以公开的方式不断消解"身体"叙事，模糊了现实与虚构的界限。他将身体作为叙事伦理的修辞方式，在一定程度上认同或构建了传统道德价值观，巩固了20世纪60年代美国社会转型时期的"主流文化"和"反主流文化"这两种不同的文化意识形态。诚然，罗斯的身体叙事给

---

① 参见 Trachtenberg, Jeffrey A. "Celebrated Novelist Philip Roth Dies at 85; Author Wrote Across a Wide Span of Topics, But Was Inevitably Drawn Most Closely to Three: Sex, Death and Betrayal." *Wall Street Journal* 23 May (2018): n/a. ProQuest Historical Newspapers. Web. 13 Nov. 2019。

人一种确凿的悖论感。正如崔切伯格所言,《华尔街报》采访罗斯时,他曾说,他的私人经历只是他的小说叙事的一个触发点,"现实人物作为故事人物的原型,随着故事情节的推进,可能逐渐变得物是人非,最终读者会发现这个人物已经不是他们原来所认为的那个人了"①。

基于身体叙事的意识消解以及伦理重构问题,伯亚斯(Robert Boyers,1968)研究了"美国高等文化的性观点"。研究发现,在美国20世纪中后期的反文化运动时期,"性"被视为反抗政治、颠覆社会的洪水猛兽,但是文学作品中涌现的性取向在主流社会里却代表着智者的神谕、伤痛的油膏。伯亚斯甚至提出,凡是一流作家和艺术家,个人性经验所给予的丰富想象极具创造力。②

即使在美国反主流文化的疯狂时代,主流社会对文学作品中的"身体叙事"相对来说也是比较宽容的,从充满"性"元素的《波特诺的抱怨》成为罗斯的成名之作可以窥见一斑。"性"甚至成为罗斯后来的"美国系列"、"祖克曼系列"、"罗斯系列"(Roth Books)、"凯普什系列"的复现性主题。正如他在《垂死的肉身》中所说,"堕落的不是性,而是其他"③。罗斯小说游走在现实与虚构之间、身体与意识之间,以及戏仿与辩驳之间。与其说是罗斯用身体的神话欺骗了他自己和他的读者,不如说是罗斯试图在小说中揭示身体在叙事过程中对欲望/伦理的消解与建构的双重作用。

关于罗斯小说"身体"叙事的讨论研究日益显化。自20世纪50年代开始创作以来,罗斯经历了20世纪现代主义向后现代主义迈进的关键时期,又经历了60年代的社会转型。尤其是他的《波特诺的抱怨》的身体叙事引发了社会热议,使他成为一位极具争议性的美国犹太作家。在这种情况下,罗斯在身体叙事主题上又不断创作新的作品,包括一系列虚构作品及写实性的散文和访谈实录,如《读我自己的作品及其他》(*Reading*

---

① 参见 Trachtenberg, Jeffrey A. "Celebrated Novelist Philip Roth Dies at 85: Author Wrote Across a Wide Span of Topics, But Was Inevitably Drawn Most Closely to Three: Sex, Death and Betrayal." *Wall Street Journal* 23 May (2018): n/a. ProQuest Historical Newspapers. Web. 13 Nov. 2019。

② Boyers, Robert. "Attitudes toward Sex in American High Culture." *The Annals of the American Academy of Political and Social Science* 376 (1968): 36-52. Sage. Web. 13 Nov. 2019.

③ Sale, Roger. "Philip Roth Accounts for His Life as a Man and a Writer: Reading Myself and Others." *New York Times* (1923-Current file) May 25 (1975): 221. ProQuest Historical Newspapers. Web. 13 Nov. 2019.

Myself and Others，1975）和《行话：与名作家论文艺》（*Shop Talk: A Writer and His Colleagues and Their Work*，2001）。对于罗斯小说身体叙事的自我消解，塞尔（Roger Sale）在《纽约时报》上很快做了回应。他说，罗斯在小说《波特诺的抱怨》中的身体叙事大大超越了犹太人的传统思维框架，构成了整个 60 年代身体祛魅的制高点，[①] 也不免遭受了欧文·豪等批评家的责难和非议。他的出名始终没有让他快乐过。徘徊于现代与传统的他在后来的作品《我作为男人的一生》（*My Life As a Man*，1974）中再次向传统回归。

另外，罗斯在《纽约时报》（*New York Times*）上陆续刊出消解身体叙事的系列文章，如《追寻卡夫卡及其他》（"In Search of Kafka and Other Answers"，1976）[②]、《与奥勃兰恩的会晤：从身体看人生》（"A Conversation With Edna O'Brien：'The Body Contains the Life Story'"，1984）[③]、《我童年的记忆》（"My Life as a Boy"，1978）[④]，以及《我的写作人生》（"My Life as a Writer"，2014）[⑤]。

综观罗斯的小说以及非小说写作，我们不难看出，罗斯通过创作既亲自参与身体叙事的伦理建构，也在某种程度上进行自我消解，在消解身体叙事的同时又在一定意义上进行建构。简言之，身体叙事在建构与消解的互动共生中取得了双重的叙事效果。

自 20 世纪以来，身体叙事作为现代主义和后现代主义的重要研究课题，与传统叙事范式存在一定的冲突与矛盾，但又在彼此不断纠缠中向前推进。本书研究发现，国内外对罗斯及其作品的研究在过去七十多年一直都没有停止过，并且日益成为学者们关注的热点。依据"剑桥大学图书馆学术资源数据库"，以 Philip Roth 为检索关键词进行检索，结果显示，可

---

① Sale，Roger. "Philip Roth Accounts for His Life as a Man and a Writer：Reading Myself and Others." *New York Times*（1923 – Current file）May 25（1975）：221. ProQuest Historical Newspapers. Web. 13 Nov. 2019.

② Roth，Philip. "In Search of Kafka and Other Answers." *New York Times* Feb. 15（1976）. ProQuest Historical Newspapers. Web. 13 Nov. 2019.

③ Roth，Philip. "A Conversation With Edna O'Brien：'The Body Contains the Life Story.'" *New York Times*（1923–Current file）Nov 18（1984）：38. ProQuest Historical Newspapers. Web. 13 Nov. 2019.

④ Roth，Philip. "My Life as a Boy." *New York Times* Oct 18（1987）：472. ProQuest Historical Newspapers. Web. 13 Nov. 2019.

⑤ Roth，Philip. "My Life as a Writer." *New York Times*（1923–Current file）Mar 16（2014）：14. ProQuest Historical Newspapers. Web. 13 Nov. 2019.

查到相关著作、评论等文献总计 61009 条，其中纸质著作 453 条，而电子文献高达 60556 条。相关研究可谓硕果累累。

根据罗斯的作品风格，我们可以看出罗斯小说的创作大致经历了"现实主义""模仿现代主义""后现代主义实验写作"三个阶段。

在现实主义阶段（1959—1969），罗斯的《波特诺的抱怨》与其他三部小说《再见，哥伦布》、《放任》（Letting Go，1962）、《她是好女人的时候》（When She Was Good，1967）相比较而言，在身体叙事方面显得更为突出。这部小说的叙事特色为罗斯 70 年代以后创作的"凯普什系列"的身体叙事奠定了坚实的基础。

在模仿现代主义阶段（1970—1979），罗斯的小说《乳房》是他的"凯普什系列"三部曲的发轫之作。其身体叙事贯穿了这个阶段的始终，如《我们这一帮》（Our Gang，1971）、《伟大的美国小说》（The Great American Novel，1973）、《我作为男人的一生》、《鬼作家》（The Ghost Writer，1979）。这个阶段的小说人物逐渐聚焦，系列作品逐渐诞生，如《鬼作家》就成了后来"祖克曼系列"小说的开端之作。本书研究所关注的小说主人公大卫·凯普什是小说《乳房》和《欲望教授》的复现性人物。这两部小说围绕凯普什这个小说人物展开身体叙事，与 21 世纪的《垂死的肉身》共同组成了"凯普什系列"三部曲。

在模仿现代主义阶段，这一时期的罗斯研究取得了丰富的成果，专著及评论比之前大幅度增加。可查文献记录显示，相关专著、报刊文章共 61 篇，其中直接涉及罗斯"凯普什系列"最初两部小说《乳房》《欲望教授》的相关研究论文共 7 篇，开启了后现代主义实验写作阶段"凯普什系列"小说研究之风。这一时期的罗斯研究以《波特诺的抱怨》为出发点，初步探讨了"凯普什系列"小说的现代写作风格。

值得注意的是，《波特诺的抱怨》一直以来都是罗斯最有争议也是最著名的小说。该小说叙述的是一位犹太青年亚历山大·波特诺的性变态心理和行为。他对心理医生的自白极为大胆，冲破了不少禁忌，并且对一些最隐秘的欲望进行了探索和揭示。彼得·什拉布（Peter Shrubb）开波特诺研究的先河，预示了"凯普什系列"小说身体叙事研究的主要趋势。①

---

① Shrubb，Peter. "Portnography." Quadrant 64 （1970）：16－24. Oxford Reference. Web. 13 Nov. 2019.

从小说的影响关系来看，不少学者研究了罗斯小说"凯普什系列"作品之间或罗斯与其他作者之间彼此影响的关系，以及文本与世界的关系，揭示了罗斯20世纪70年代的作品所模仿的现代主义写作风格。

科恩（Eileen Z. Cohen）探讨了《波特诺的抱怨》与《爱丽斯梦游仙境》两部小说共同具有的梦幻文学色彩。① 格兰（Don Graham）讨论了《再见，哥伦布》与《伟大的盖茨比》的共同性。② 米歇尔（Pierre Michel）从小说的互文性角度论述了《我作为男人的一生》的文学观。③ 瓦尔登（Daniel Walden）讨论了《再见，哥伦布》与《波特诺的抱怨》两部小说之间的内在逻辑关系。而且，瓦尔登和里昂斯（Bonnie Lyons）分别探讨了贝娄、马拉默德和罗斯三位犹太作家之间的影响关系。④ 这些研究在身体方面所揭示的人文主义精神，给"凯普什系列"小说的身体叙事指明了艺术追求的旨趣与目标。

在小说人物与作者的关系方面，可立曼（Bernice W. Kliman）从小说人物命名与现实生活的影射关系方面探讨了《波特诺的抱怨》所反映的美国犹太人的精神创伤和具有犹太人身份的作者所处的美国社会现实。⑤ 莫纳（David Monaghan）、塞奇（Ben Siegel）基于《伟大的美国小说》与《我作为男人的一生》评价了作者的文学成就。⑥ 品思科（Sanford Pinsker）与卡敏斯基（Alice R. Kaminsky）分别解读了罗斯的文学观与现

① Cohen, Eileen Z. "*Alex in Wonderland*, or *Portnoy's Complaint*." *Twentieth-Century Literature* 17.3 (1971): 161-68. JSTOR. Web. 13 Nov. 2019.

② Graham, Don. "The Common Ground of Goodbye, Columbus and *The Great Gatsby*." *Forum-Houston* 13.3 (1976): 68-71. Medalink. Web. 10 Apr. 2021.

③ Michel, Pierre. "Philip Roth's Reductive Lens: From 'On the Air' to My Life as a Man." *Revue des Langues Vivantes* 42 (1976): 509-19. Medalink. Web. 10 Apr. 2021.

④ Walden, Daniel. "Bellow, Malamud, and Roth: Part of the Continuum." *Studies in American Jewish Literature* 5.2 (1979): 5-7. JSTOR. Web. 13 Nov. 2019. 参见 Lyons, Bonnie. "Bellowmalamudroth and the American Jewish Genre: Alive and Well." *Studies in American Jewish Literature* 5.2 (1979): 8-10. JSTOR. Web. 13 Nov. 2019。

⑤ Kliman, Bernice W. "Names in Portnoy's Complaint." *Critique: Studies in Contemporary Fiction* 14.3 (1973): 16-24. ProQuest. Web. 13 Nov. 2019.

⑥ Monaghan, David. "*The Great American Novel* and *My Life as a Man*: An Assessment of Philip Roth's Achievement." *International Fiction Review* 2 (1975): 113-20. OJS/PKP. Web. 13 Nov. 2019. 参见 Siegel, Ben. "The Myths of Summer: Philip Roth's *The Great American Novel*." *Contemporary Literature* 17.2 (1976): 171-90. JSTOR. Web. 13 Nov. 2019。

实人生观。①

在小说人物的两性关系方面，可立曼讨论了罗斯的女性观。② 塞奇从自恋者视角解读了《我作为男人的一生》。③ 科恩（Sarah Blacher Cohen）探讨了其小说中的父权性。④

在作者的犹太性方面，洛斯（David S. Roth）探讨了"现实主义遗风：犹太性的反叛性"。⑤ 沙黑（Naseeb Shaheen）讨论了如何才是忠实于犹太性的问题。⑥ 而海尔维格（Martin Hellweg）批判罗斯成为犹太教的极端分子。⑦ 温伯格（Helen A. Weinberg）通过解读罗斯的文论散文集《读我自己的作品及其他》为罗斯的犹太性做出辩护或回应。⑧

菲尔德（Leslie Field）在《美国犹太文学研究 1975—1979》中发表的《菲利普·罗斯：哀鸣与摩西的日子》（"Philip Roth：Days of Whine and Moses"，1979），以罗斯、贝娄和马拉默德三个人名的组合方式（Bellow Malamud Roth），讨论了三位犹太作家的犹太主题。他们一致坚持作者并不仅仅是犹太人，而是普遍意义上的"作家"，这在罗斯的评论文集《读我自己的作品及其他》中有翔实的对话记录。菲尔德认为，关于罗斯是否具有犹太性这一主题有待读者深入理解和接受。⑨

罗斯作为一名著名的小说家，在中国学界亦有深远的影响力。罗斯小

---

① Kaminsky, Alice R. "Philip Roth's Professor Kepesh and the Reality Principle." *Denver Quarterly* 13. 2 (1978)：41-54. Medalink. Web. 10 Apr. 2021.

② Kliman, Bernice W. "Women in Roth's Fiction." *Nassau Review* 3. 4 (1978)：75-88. Medalink. Web. 10 Apr. 2021.

③ Siegel, Ben. "The Novelist as Narcissus：Philip Roth's My Life as a Man." *Descant Magazine* 24. 1-2 (1979)：61-79. Medalink. Web. 10 Apr. 2021.

④ Cohen, Sarah Blacher. "Philip Roth's Would-Be Patriarchs and Their Shikses and Shrews." *Studies in American Jewish Literature* 1. 1 (1975)：16-22. JSTOR. Web. 13 Nov. 2019.

⑤ Roth, David S. "'The Conversion of the Jews'：What Hath Mother Wrought?" *Bulletin of the West Virginia Association of College English Teachers* 3. 2 (1976)：39-42. Medalink. Web. 10 Apr. 2021.

⑥ Shaheen, Naseeb. "Binder Unbound, or, How Not to Convert the Jews." *Studies in Short Fiction* 13. 3 (1976)：376-78. ProQuest. Web. 13 Nov. 2019.

⑦ Hellweg, Martin. "Philip Roth, 'Eli, the Fanatic' (1959)." *The Vision of This Land：Studies of Vachel Lindsay, Edgar Lee Masters, and Carl Sandburg*. Eds. Hallwas, John E., and Dennis J. Reader. Macomb：Western Illinois University Press, 1976. 215-25.

⑧ Weinberg, Helen A. "Reading Himself and Others." *Studies in American Jewish Literature* 3. 2 (1977-78)：19-27. JSTOR. Web. 13 Nov. 2019.

⑨ Field, Leslie. "Philip Roth：Days of Whine and Moses." *Studies in American Jewish Literature* 5. 2 (1979)：11-14. JSTOR. Web. 13 Nov. 2019.

说的身体叙事赢得了较高的尊重和认可。罗小云教授评价道，罗斯和其他新现实主义作家一样，擅长运用从现实主义到后现代主义的各种艺术手法，让读者能更加清晰地看透表象下的现实。无论是从传统现实主义加以提升还是由现代主义或后现代主义转向新现实主义，罗斯在其文学生涯里的风格变化也在一定程度上反映了当代美国文学发展的趋势。因此，罗斯不愧为一名大胆的文学实验家。① 《文学报》资深记者傅小平把菲利普·罗斯列入"不可不读的 100 位外国作家"。② 但汉松教授通过改写罗斯《人性的污秽》中的一段话这样评价罗斯："你还是得承认这个作家是自多斯·帕索斯以来揭露美国最透彻的人。"③

　　诚然，关注罗斯、谈论罗斯的读者越来越多。然而，我们也注意到存在"叫好不叫座"的怪圈现象。真正读过罗斯的人其实不算多。但汉松认为，这与罗斯小说的阅读难度有关，而且指出："罗斯的小说召唤一种耐心的美德，他的作品不是去创造扣人心弦的情节，而是去创造一种意识、一种心灵。和亨利·詹姆斯（Henry James）类似，罗斯的小说需要投入极大的耐心才能进入。"④ 的确，正如国外相关学者在美国国会图书馆档案室发现的罗斯的《夏洛克在行动》（*Operation Shylock: A Confession*，1993）（又名《双重性》）1990 年以前的手稿显示，罗斯在其作品中玩了一个"双面人"的游戏。⑤ 它暗示了罗斯在对自我与他人的目视中产生迷惑与越界的可能。

　　罗斯及其小说创作三大阶段的代表性研究状况表明，学界主要从宏观语境出发，研究作者与人物、作品与作品、作者与作者，以及文本与世界的关系，或者深入小说文本，从微观视角研究故事人物之间的两性关系等，成果丰硕，不乏创见。这基本上是在作者、文本、读者以及社会语境的四维关系的基础上做出的探讨和发现。然而，关于罗斯小说身体叙

---

① 罗小云：《大胆的文学实验家——菲利普·罗斯》，《文艺报》2018 年 6 月 8 日，第 4 版。
② 傅小平：《普鲁斯特的凝视：不可不读的 100 位外国作家》，南京：江苏凤凰文艺出版社，2019 年。
③ 刘鹏波：《菲利普·罗斯："伟大的美国小说"创造者》，http：//www.chinawriter.com.cn/n1/2020/0805/c404090-31810908.html ［2020-08-05］。
④ 刘鹏波：《菲利普·罗斯："伟大的美国小说"创造者》，http：//www.chinawriter.com.cn/n1/2020/0805/c404090-31810908.html ［2020-08-05］。
⑤ Witcombe, Mike. "In the Roth Archives: The Evolution of Philip Roth's Kepesh Trilogy." *Philip Roth Studies*. Spring，2017：45-63. Medalink. Web. 10 Apr. 2021.

事文本内外结合的研究尚未深入。特别是从身体主体视角看待作者如何在某种特定社会语境下通过文本与读者实现某种叙事伦理，目前有待深入探讨。

在后现代主义实验写作阶段（1980—　　　），罗斯小说身体叙事所体现的虚构性、荒诞性、不确定性、无中心性等后现代特征，为本书身体叙事的文本研究提供了一定的参考，同时也启示了拓展和深入的研究方向。

关于罗斯"凯普什系列"第一部小说《乳房》的身体叙事，萨比斯顿（Elizabeth Sabiston）认为，小说《乳房》开启了评论界的后现代之风。① 拉文（Steven David Lavine）在米歇尔（Pierre Michel）的现代性研究的基础上，从肉身的堕落性深入解读了其现代性和后现代性。② 同时，戴维德森（Arnold E. Davidson）探讨了《乳房》中卡夫卡、里尔克（Rainer Maria Rilke，1875—1926）的虚构文学对罗斯"凯普什系列"创作的影响。③ 德文（Daniel A. Dervin）也探讨了小说《乳房》对"乳房想象"的叙事。④ 曼德尔（Ann Mandel）肯定了自我虚构的文学价值。⑤ 米科能（Kai Mikkonen）在关于《罗斯小说〈乳房〉的变形戏拟化身体》（"The Metamorphosed Parodical Body in Philip Roth's *The Breast*"，1999）一文中指出，罗斯在这部小说中所表达的"现实与虚构跨界"的主题及其不确定性具有明显的后现代性。⑥ 肖斯塔克（Debra Shostak）对米科能的后现代观表示赞同。她在《重读〈乳房〉：身体、男人与罗斯》（"Return to *The Breast*：The Body, the Masculine Subject, and Philip Roth"，1999）中指出，罗斯通过虚构"乳房"的声音质疑了传统意义上的"人/物"（human/nonhuman）、"男/女"（masculine/feminine）、"主/客"（subject/

① Sabiston, Elizabeth. "A New Fable for Critics：Philip Roth's *The Breast*." *International Fiction Review* 2（1975）: 27–34. OJS/PKP Web. 13 Nov. 2019.

② Lavine, Steven David. "The Degradations of Erotic Life：*Portnoy's Complaint* Reconsidered." *Michigan Academician* 11（1979）: 357–62. Medalink. Web. 10 Apr. 2021.

③ Davidson, Arnold E. "Kafka, Rilke, and Philip Roth's *The Breast*." *Notes on Contemporary Literature* 5.1（1975）: 9–11. Medalink. Web. 10 Apr. 2021.

④ Dervin, Daniel A. "Breast Fantasy in Bartheleme, Swift, and Philip Roth：Creativity and Psychoanalytic Structure." *American Imago* 33（1976）: 102–22.

⑤ Mandel, Ann. "Useful Fictions：Legends of the Self in Roth, Blaise, Kroetsch, and Nowlan." *Ontario Review* 3（1975）: 26–32. Medalink. Web. 10 Apr. 2021.

⑥ Mikkonen, Kai. "The Metamorphosed Parodical Body in Philip Roth's *The Breast*." *Critique：Studies in Contemporary Fiction* 41.1（1999）: 13–44. ProQuest. Web. 13 Nov. 2019.

object)、"里/外"（inside/outside）等"自我身份"构建中的二元对立关系。其观点为该小说的后现代阅读赋予了较大的启发性。[1]

另外，米歇尔也分析了该系列小说的不确定性。[2] 莱斯（Julian C. Rice）则从精神分析角度探讨了《乳房》的反弗洛伊德精神分析的特征。[3] 坡维尔（Joshua Powell）通过对比罗斯与贝克特（Beckett）的作品，发现小说《乳房》正是由于其叙事去个人化（depersonalization），即不确定性，建构了叙事的荒诞性。[4]

品斯克（Sanford Pinsker）、迪克斯坦（Morris Dickstein）、格洛斯曼（Joel Grossman）、马林（Irving Malin）、格雷布斯坦（Sheldon Grebstein）等也都探讨过小说荒诞叙事的喜剧性效果。[5] 然而，从小说《乳房》的总体研究来说，其身体叙事在书写欲望以及质疑欲望/伦理二元对立方面的研究尚显不足，为本书留下了较大的研究空间。

罗斯"凯普什系列"第二部小说《欲望教授》的相关研究比起该系列其他两部小说来说，目前成果为数不多。

在帕里什（Timothy Parrish）主编的《菲利普·罗斯研究剑桥指南》（*The Cambridge Companion to Philip Roth*，2007）中，罗亚（Derek Parker

①　Shostak，Debra. "Return to *The Breast*：The Body，the Masculine Subject，and Philip Roth." *Twentieth-Century Literature* 45（1999）：317-35. ProQuest. Web. 13 Nov. 2019.

②　Michel，Pierre. "Philip Roth's *The Breast*：Reality Adulterated and the Plight of the Writer." *Dutch Quarterly Review of Anglo-American Letters* 5（1975）：245-52. Medalink. Web. 10 Apr. 2021.（参见 Michel，Pierre. "Philip Roth's Hesitations." *Proceedings of a Symposium on American Literature*. Ed. Marta Sienicka. Poznan：Adam Mickiewicz University Press，1979. 151-59。）

③　Rice，Julian C. "Philip Roth's *The Breast*：Cutting the Freudian Cord." *Studies in Contemporary Satire* 3（1976）：9-16. Medalink. Web. 10 Apr. 2021.

④　Powell，Joshua. "The Aesthetics of Impersonation and Depersonalization：Samuel Beckett and Philip Roth." *Philip Roth Studies* 14. 2（2018）：16-32. ProQuest. Web. 13 Nov. 2019.

⑤　Pinsker，Sanford. "Guilt as Comic Idea：Franz Kafka and the Postures of American-Jewish Writing." *Journal of Modern Literature* 6（1977）：466-71. JSTOR. Web. 13 Nov. 2019. 参见 Dickstein，Morris. "Black Humor and History：The Early Sixties." *Gates of Eden: American Culture in the Sixties*. Ed. Morris Dickstein. New York：Basic Books，1977. 91-127；Grossman，Joel. " 'Happy as Kings'：Philip Roth's Men and Women." *Judaism* 26.1（1977）：7-17. ProQuest. Web. 13 Nov. 2019；Malin，Irving. "Looking at Roth's Kafka；or Some Hints about Comedy." *Studies in Short Fiction* 14. 3（1977）：273-75. ProQuest. Web. 13 Nov. 2019；Grebstein，Sheldon. "The Comic Anatomy of Portnoy's Complaint." *Comic Relief*：*Humor in Contemporary American Literature*. Ed. Sarah Blacher Cohen. Urbana：University of Illinois Press，1978. 152-71。

Royal）在《罗斯、文学影响与后现代主义》（"Roth，literary influence，and postmodernism"，2007）一文中探讨了罗斯的《欲望教授》等小说的文学影响与互文性特点，并对二者做了区分。[①] 他发现，罗斯最有代表性的作品莫过于《欲望教授》这部小说。罗斯在创作上所受到的影响决定了同样作为文学教授的小说主人公凯普什的学术与肉欲追求。譬如，拜伦（George Gordon Byron，1788—1824）的"日苦读，夜风流"，以及麦考利（Thomas Babington Macaulay，1800—1859）对斯梯尔（Richard Steele，1672—1729）的评价——"学者中的流氓，流氓中的学者"，成为凯普什年轻时期的座右铭，这也在某种意义上预设了罗斯"凯普什系列"小说中身体对欲望/伦理二元对立的消解与重构。

另外，鉴于凯普什的学者身份以及日渐膨胀的自我心理，他在身体叙事的旁征博引下不断进行身体意义的建构。比如，陀思妥耶夫斯基、莎士比亚、布卢姆茨伯里派（the Bloomsbury group）、乔伊斯、吐温、福楼拜（Gustave Flaubert，1821—1880）、托尔斯泰、詹姆斯、海明威、契诃夫（Anton Chekhov，1860—1904）、弗洛伊德、卡夫卡、叶芝（William Butler Yeats，1865—1939）、福克纳、哈代（Hardy）、曼（Thomas Mann，1875—1955）、贝娄、昆德拉、梅尔维尔、厄普代克（Updike）、米勒、霍桑（Nathanial Hawthome）、果戈理等的作品。这些文学经典不断得到指涉，不仅证明了作者与作者之间的影响关系，而且揭示了罗斯在继承文学传统的同时又不断创新，以互文性与元小说的形式，超越詹姆斯和福楼拜的现实主义，开始了后现代主义的创作风格。正如罗亚（Derek Parker Royal）所言，元小说深化了小说的虚构世界，它不再那么强调先在文本影响下的模仿与戏拟，它是一种关于小说的小说或现实与虚构不断建构的文本行为，目的在于通过文本叙事不断构建真理和自我身份。[②]

在身体意义的建构问题上，马克斯体德（Luke Maxted）通过比较罗斯与纳博科夫的创作观，探讨了罗斯的学院派小说"凯普什系列"作品，在自传、政治与历史的现实生活与叙事虚构之间构建了自己的身体观。他认

[①] Royal，Derek Parker. "Roth，Literary Influence，and Postmodernism." *The Cambridge Companion to Philip Roth*. Ed. Parrish，Timothy. Cambridge：Cambridge University Press，2007. 22-34.

[②] Royal，Derek Parker. "Roth，Literary Influence，and Postmodernism." *The Cambridge Companion to Philip Roth*. Ed. Parrish，Timothy. Cambridge：Cambridge University Press，2007. 22-34.

为，纳博科夫在小说中建构了一个"文学庇护所"，而罗斯在继承纳博科夫的"文学庇护所"美学思想的基础上观照现实生活，构建了生活现实的文学想象或文学想象的生活现实。① 遗憾的是，关于社会现实与虚构文本之间的叙事修辞没有得到深入探讨。作者、文本、读者和社会之间的叙事伦理没有在文本基础上做出具体的分析。

另外，伊万诺娃（Velichka Ivanova）从比较文学文化的角度对《欲望教授》小说文本进行了初步探讨，② 强调了叙事话语的修辞性，但研究仍然停留在文本的语言学层面，没有从叙事修辞角度结合文本内外的社会语境、文本及其作者和读者之间的伦理交流，在不同层面进行深入发掘和文本分析。

罗斯"凯普什系列"第三部《垂死的肉身》在评论界广受关注。顾名思义，小说标题向读者揭示了"欲望""死亡""艺术"方面的主题，这已经得到了比较深入的探讨。

洛斯（Zoë Roth）在《论反再现：死亡、欲望与艺术——解读菲利普·罗斯的〈垂死的肉身〉》（"Against Representation：Death，Desire，and Art in Philip Roth's *The Dying Animal*"，2012）一文中认为，对于该小说的主人公凯普什来说，欲望是对抗衰老、抵制死亡的强大武器，而欲望又通过艺术形式再现了人的生死叩问，始终无法逃脱死亡的最终裁判。③ 与其说这部小说在再现欲望与死亡问题上不够真实，不如说它是对死亡和欲望问题的艺术性沉思。

切罗里斯（Stephanie Cherolis）将该作品视为纪念美好时代一去不复返的一曲"挽歌"。他指出，这部小说不同于一般意义上的色情作品，而是反映凯普什痛苦内心的"关于嫉妒的色情电影"。这种想象最终只不过是慰藉自我的一种幻象。④ 兹罗米斯里克（Jadranka Zlomislić）在《论学院派的爱欲与死亡的对抗》（"Eros and Thanatos—Death and Desire on Cam-

①　Maxted，Luke. "'This is life，bozo，not high art'：Life，Literature，and the Academy in Philip Roth and Vladimir Nabokov." *Philip Roth Studies* 14. 2（2018）：33 - 50. ProQuest. Web. 14 Nov. 2019.

②　Ivanova，Velichka. "Philip Roth's *Professor of Desire* in the Light of Its French Translation." *Partial Answers*：*Journal of Literature and the History of Ideas* 11. 2（2013）：293 - 304. Project Muse. Web. 14 Nov. 2019.

③　Roth，Zoë. "Against Representation：Death，Desire，and Art in Philip Roth's *The Dying Animal*." *Philip Roth Studies* 8. 1（2012）：95 - 100. JSTOR. Web. 14 Nov. 2019.

④　Cherolis，Stephanie. "Philip Roth's Pornographic Elegy：*The Dying Animal* as a Contemporary Meditation on Loss." *Philip Roth Studies* 2. 1（2006）：13 - 24. ProQuest. Web. 14 Nov. 2019.

pus",2017）中探讨了美国现代知识分子在爱欲中对抗死亡的生存境遇，反映了美国社会对衰老和死亡的普遍恐惧与哀思。①

比起兹罗米斯里克，特伦德尔（Aristie Trendel）提前十年就曾针对"爱欲与死亡"的主题阐发过独到的见解。他将故事人物置于教学场域的师生关系上，以他们对此问题的共同探索作为小说叙事的主要驱动力，并引证了类似主题的经典作家及其作品，如詹姆斯的《大师的教诲》（*The Lesson of the Master*，2007）、库切（J. M. Coetzee）的《耻》（*Disgrace*，1999）、贝娄的《拉维尔斯坦》（*Ravelstein*，2000），揭示了知识分子凯普什对性爱、死亡、智慧以及真理的不懈追求。②

另外，麦克嘉里（Pascale Mcgarry）的《论罗斯及其对抗死亡的艺术》（"*Philip Roth et l'Art de Mourir*"，2005），以及萨尔兹伯格（Joel Salzberg）的《论永恒的幻象》（"The Artifice of Eternity：The Nude as Topos in Bernard Malamud's 'Naked Nude' and Philip Roth's *The Dying Animal*"，2008）对《垂死的肉身》中的性爱、死亡与艺术主题也做出了深刻的论述。③

肖斯塔克与高顿（Andrew M. Gordon）分别从小说到电影的媒体跨界的叙事问题对《垂死的肉身》进行了研究。④ 具有哲理性的是，杜班（James Duban）和马修斯（Peter Mathews）从存在主义的角度论述了《垂死的肉身》所包含的哲学意义。⑤

---

① Zlomislić，Jadranka. "Eros and Thanatos—Death and Desire on Campus." *British and American Studies* 23（2017）：137–44，287. ProQuest. Web. 14 Nov. 2019.

② Trendel，Aristie. "Master and Pupil in Philip Roth's 'The Dying Animal'." *Philip Roth Studies* 3.1（2007）：56–65. JSTOR. Web. 14 Nov. 2019.

③ Mcgarry，Pascale. "Philip Roth et l'Art de Mourir，The Dying Animal." *Word & Image* 21.1（2005）：103–07. Taylor and Francis Online. Web. 14 Nov. 2019. 参见 Salzberg，Joel. "'The Artifice of Eternity'：The Nude as Topos in Bernard Malamud's 'Naked Nude' and Philip Roth's *The Dying Animal*." *Philip Roth Studies* 4.1（2008）：29–38. JSTOR. Web. 14 Nov. 2019。

④ Shostak，Debra. "Lateness, Timeliness, and Elegy：Philip Roth's Dying Animal on Film." *Genre* 47.1（2014）：79. Duke University Press online. 14 Nov. 2019. 参见 Gordon，Andrew M. "Philip Roth's Novel The Dying Animal and Isabel Coixet's Film Adaptation Elegy." *Philip Roth Studies* 13.2（2017）：63–69. ProQuest. Web. 14 Nov. 2019。

⑤ Duban，James. "Heidegger, Sartre, and Irresolute Dasein in Philip Roth's *The Dying Animal*，Everyman，and 'Novotny's Pain'." *Philosophy and Literature* 43.2（2019）：441–65. Project Muse. Web. 14 Nov. 2019. 参见 Mathews，Peter. "The Pornography of Destruction：Performing Annihilation in *The Dying Animal*." *Philip Roth Studies* 3.1（2007）：44–55. JSTOR. Web. 14 Nov. 2019。

切伍里森（Cristina Cheveresan）则从心理角度深入解读了《垂死的肉身》的反逻辑性。他认为，"垂死的肉身"是徘徊于爱欲与死亡（Eros and Thanatos）、生活与艺术、崇高与凡俗边界的一种生存状态，[1] 表现出无中心意义。

坡若斯基（Aimee Pozorski）在评论罗斯给美国当代文学留下的文学遗产时，认为罗斯用一生的创作赋予了美国文学一种新的理念，启示了真正的作家和民主的要义。[2] 从小说的总体艺术上来看，祖克（Rabbi David J. Zucker）认为，罗斯的《垂死的肉身》堪比马拉默德的《新生》（A New Life，2004）。[3] 但是，这种身体叙事的建构意义还未能得到深入研究。本书提出，以狂欢化文学的方式系统研究"凯普什系列"小说中的荒诞性、不确定性以及生成性，重点探讨身体对欲望/伦理二元对立的消解及其伦理建构的问题。

至于将罗斯"凯普什系列"小说作为整体进行研究，目前所见不多。不过，加纳尔（Gustavo Sanchez-Canales）在欧洲文学传统的影响方面比较系统地探讨了果戈理的《鼻子》（The Nose，1835）和卡夫卡的《变形记》（The Metamorphosis，1915）对罗斯小说《乳房》叙事的影响；契诃夫的小说、卡夫卡的《饥饿艺术家》（A Hunger Artist，1924）与《城堡》（The Castle，1926）对罗斯小说《欲望教授》叙事的影响；以及曼的《威尼斯之死》（Death of Venice，1912）与叶芝的诗歌《驶向拜占庭》（Sailing to Byzatium，1928）对罗斯小说《垂死的肉身》叙事的影响。加纳尔通过研究这些作品之间的影响关系，揭示了罗斯对欧洲文学传统的继承和超越。[4]

威特可布（Mike Witcombe）则从超越传统的精神分析学视角，通过考察小说《乳房》未曾出版的手稿以及出版过程，论证了该系列小说，尤

---

[1] Chevereşan, Cristina. "The Dying Animal as 'Conte Philosophique'." *British and American Studies* 24 (2018)：87-95, 265. ProQuest. Web. 14 Nov. 2019.

[2] Pozorski, Aimee. "Contemporary American Literature, 1933-2018；Or, the Life and Progeny of Philip Roth." *Philip Roth Studies* 15.1 (2019)：121-29. ProQuest. Web. 14 Nov. 2019.

[3] Zucker, Rabbi David J. "Roth's *The Dying Animal* as Homage to Malamud's *A New Life*." *Studies in American Jewish Literature* (1981-) 27 (2008)：40-48. JSTOR. Web. 14 Nov. 2019.

[4] Sanchez-Canales, Gustavo. "European Literary Tradition in Roth's Kepesh Trilogy." *Comparative Literature and Culture* 16.2 (2014)：1-9. ProQuest. Web. 14 Nov. 2019.

其是《乳房》与《欲望教授》的叙事逐渐偏离了传统的精神分析模式，①预示了其创作的后现代主义趋向。

杜班在后现代性问题上，从哲学角度深刻地论述了罗斯自称为一种文字游戏的"凯普什系列"作品。萨特的存在主义视角赋予了罗斯欲望叙事的开放性及其可能世界。②

从上述关于罗斯小说及其"凯普什系列"的研究现状，我们不难发现，前者在学界已经得到比较广泛的关注和探讨，尤其是关于罗斯的早期系列小说，如"祖克曼系列""罗斯系列""美国三部曲"以及其他不同主人公的作品。相对来说，罗斯"凯普什系列"小说的专题研究尚不充分。虽然有部分学者关注到该系列小说的后现代主义特征，但只是局限于哲学、心理、文化等维度，其叙事的丰富含义有待拓展和深入。而且，国内与国际在该领域的研究尚处不对称的学术状态。即使学者开始关注罗斯"凯普什系列"小说，通常也是在传统的"身心二元论"的视域下，将身体看作意识与伦理的对立物，或脱离小说文本的叙事话语而展开宏观研究。本书则另辟蹊径，在后现代身体哲学与叙事观下，将"身体"作为叙事主体，探讨身体在叙事文本中的欲望书写，对欲望/伦理的二元性做出质疑和消解，并通过身体的欲望书写重构狂欢化伦理，最终在作者、文本与读者之间实现叙事的伦理。身体已不再是一个自足的独立存在的客体，而是作为主体意义上的身体。它在构建与消解中与它所处的社会以及世界构成一个彼此互动的存在体系。如果身体可以视为一个文本的话，那么"凯普什系列"三部小说之间的身体叙事关系就可以看作文本意义上的一种交织关系。那么，我们可以从更广阔的视角探讨和研究该系列作品叙事中的身体、欲望以及伦理如何互动与彼此共生。这些正是本书着手研究的主要问题。

本书关注该系列小说，并非因为身体叙事为其所独有，而是因为此系列小说比起罗斯其他系列小说的身体叙事来说，更强调作为叙事主体的身体及其欲望书写。它在叙事建构的同时又不断地自我消解，并在不同小说

① Witcombe, Mike. "In the Roth Archives: The Evolution of Philip Roth's Kepesh Trilogy." *Philip Roth Studies* 13.1 (2017): 45–63. ProQuest. Web. 14 Nov. 2019.

② Duban, James. "Existential Kepesh and the Facticity of Existential Roth: *The Breast*, *The Professor of Desire*, and *The Dying Animal*." *Partial Answers* 15.2 (2017): 369–90. ProQuest. Web. 14 Nov. 2019.

中对欲望/伦理的二元对立进行了质疑、消解和伦理的重构。这体现了以凯普什为代表的美国犹太知识分子不确定的生存境遇和作者开放的叙事观。

第二节　欲望/伦理概念范畴

本书所涉及的"欲望/伦理"二元对立预设于将身体视为客体的身心二元论传统视角，但对"欲望/伦理"二元对立的质疑和消解则基于将身体看作主体的后现代视角。无论如何，本书研究的身体叙事的两个关键词"欲望"与"伦理"，属于文学伦理批评范畴。欲望的生产性与社会性在某种程度上赋予了伦理的生成性与建构性。

值得注意的是，文学中的伦理批评已经构成了人文研究必不可少的一部分。中国学者尚必武发现，20世纪晚期，在人类学、哲学、政治学、文学以及其他领域出现了"伦理转向"。[①] 在文学领域，戴维斯（Todd Davis）和沃马克（Kenneth Womack）把加德纳（John Gardner）的《论道德小说》（*On Moral Fiction*，1978）看作当代伦理批评复兴的先锋作品，强烈地捍卫了伦理批评的文学价值，并且认为，"对文学作品的伦理阐释有利于促进文化伦理的多元化，提升人类共同的道德意识"。[②] 陆建德在"剑桥学术传统与批评方法"全国学术研讨会上不仅阐释了剑桥批评传统的历史与现状，而且指出了英语文学批评不断趋向伦理的维度，对中国学者具有极大的启示意义。聂珍钊则基于利维斯所强调的文学的道德与政治功能，主张文学伦理批评就是一种"从伦理视角认识文学的伦理本质和教诲功能，并在此基础上阅读、分析和阐释文学的批评方法"。[③] 而且，他认为，文学的功利性即教诲功能是其根本的属性，而审美不是文学的属性，是文学实现其教诲功能的媒介。

在区分伦理批评与道德批评这一问题上，聂珍钊认为，"道德批评重在评价行动自身和行动的结果。但是文学伦理学批评则不同，它重在探讨

---

① 尚必武：《一种批评理论的兴起：〈文学伦理学批评导论〉解读》，《外国文学研究》2014年第5期，第28页。

② Tian, Junwu. "Nie Zhenzhao and the Genesis of Chinese Ethical Literary Criticism." *Comparative Literature Studies* 56. 2（2019）：402-20. Project Muse. Web. 20 Dec. 2019.

③ 聂珍钊：《文学伦理学批评导论》，北京：北京大学出版社，2014年，第13页。

行动的伦理道德方面的原因，重在分析、阐释和理解"①。也就是说，道德批评重在叙述与教诲，而伦理批评则重在显示，不作评价。

罗斯"凯普什系列"小说身体叙事中的"欲望"与"伦理"是本书研究的主要对象。以下是关于本书所涉及的"欲望"与"伦理"相关含义的讨论范畴。

其一，关于"欲望"的含义。

对于"欲望"这一概念，可谓见仁见智。弗洛伊德的"本能欲望"（libido）这一命题的广泛影响导致人们在本能意义上理解欲望，并赋予了其性的意蕴。然而，从语言学与哲学意义上来说，"欲望"是一个中性词。简单来说，欲望，即"人怎样活着"，就是解决人如何将欲望善化为理想，再把理想变为现实这样一个实际问题。

古希腊以降直至中世纪近两千年的西方主流哲学传统中，哲学家们常把欲望与理性、智慧等德性置于对立关系。欲望屡遭传统伦理的压制而不断被边缘化，因此染上了消极的色彩。随着文艺复兴、宗教改革所引发的对人本主义的关注，人的欲望问题日渐得到正视。现代哲学家赋予了欲望重要的理论地位，分别在欲望、存在与伦理之间阐发了彼此相通的欲望学说，并形成了两条主要脉络或基本路线（"斯宾诺莎—尼采—德勒兹路线"与"斯宾诺莎—萨特/拉康路线"）。实际上，斯宾诺莎为共同的理论源头，可谓现代西方"欲望哲学"的奠基人。

斯宾诺莎指出，"欲望是人的本质自身"②。这一观点获得了一种前所未有的理论地位。在《伦理学》这部经典著作中，斯宾诺莎一方面将欲望表述为人的本质，另一方面又认为某物的现实本质即是"该物保持其自身存在的努力"。③ 简言之，欲望指人为了保持其自身存在而做出的一切努力、本能、冲动、意愿等肯定性的情感表现。因此，它超越了纯粹精神分析学的范畴，具有存在论与伦理学的内涵。然而，斯宾诺莎未能将否定性真正纳入其形而上学体系。

萨特根据其存在主义学说赋予了欲望一种存在论地位："欲望是存在的缺失，它在其存在的最深处受到存在的纠缠，它正是对存在的欲望。"④

---

① 聂珍钊：《文学伦理学批评与道德批评》，《外国文学研究》2006年第2期，第15页。
② 〔荷兰〕斯宾诺莎：《伦理学》，贺麟译，北京：商务印书馆，1958年，第150页。
③ 〔荷兰〕斯宾诺莎：《伦理学》，贺麟译，北京：商务印书馆，1958年，第105页。
④ Sartre, Jean-Paul. *L'Etre êt le Néant*. Paris：Gallimard，1943.124.

在萨特看来，这种存在的缺失并非缺陷，反倒作为优势赋予了人以物所没有的自由，使其可以在对未来的筹划中不断超越自己的过去和现状，创造实现其存在的"可能世界"。这样，人才能不同于"本质先于存在"的物，而是"存在先于本质"，即在其有缺失的存在中自己造就自己的本质，同时赋予自身不断否定和超越这种本质的能力，并最终认识到人的本质就是"没有本质"，或者说人的本质就是自由。人可以自由地成为自己想要成为的样子。

拉康通过引入否定性与缺失对斯宾诺莎欲望学说进行批判性改造。他将欲望的结构和机制同语言紧密联系在了一起，使欲望不再意味着固定不变的生物本能，而是被看作"能指链的不断滑动"。[①] 也就是说，欲望不断从这个能指滑动到下一个能指，而永远无法最终固定下来并彻底得到满足，即无法找到真正的终点或归宿。总之，人的欲望既非生而有之、自然而然的本能，亦非可有可无、终可满足的愿望，而是注定永远伴随着"存在之痛"的无尽追寻。可见，拉康倾向于构建一套为其精神分析理论与实践服务的欲望伦理学。拉康的结构主义欲望学说以"生性欠缺"[②] 解释欲望就是他者的欲望。这是因为欲望既不是生理性需要，也不是社会性要求，而是产生于两者之间的裂缝，即要求当中不能被还原为需要的那一部分。因此，拉康理论中的欲望充满悖论的思辨张力。它是本质上被语言压抑的、永久性匮乏的欲望，是对"不可能"的对象的欲望，甚至是"没有对象"的欲望。

德勒兹调整了欲望与"生性欠缺"的关系。他认为，欠缺之所以成为欠缺，正是因为欲望的生成，而欲望的本质就是生产。他采用了马克思的理论框架，即通过以反思为抵抗的方式生产崭新的个体，即对凌驾于生命之上的各种力量保持警醒的个体。于是，欲望"自然天成"的假面被逐步瓦解。他的"欲望机器"证明，"把欲望与缺失的规律和快感的准则联系起来"是错误的，"欲望—快感—缺失"之间的联合必须打破。[③] 他以欲望的流变和游动反对精神分析理论的凝固化和实体化，并试图拆解欲望与

---

①　Lacan, Jacques. "La Direction dans la Cure et les Principe de Son Pouvoir." in *Ecrits*. Paris: Seuil, 1966. 622.

②　〔希腊〕柏拉图:《柏拉图的〈会饮〉》，刘小枫译，北京：华夏出版社，2003 年，第 70 页。

③　〔法〕吉尔·德勒兹著，陈永国、尹晶主编《哲学的客体：德勒兹读本》，北京：北京大学出版社，2010 年，第 192 页。

匮乏的因果链条，为它重塑正向的面貌。

在德勒兹看来，这种积极性的、生产性的欲望所构成的"欲望机器"一方面意在重塑一种生活方式、一种思维之道；另一方面意在构建一种社会类型学，揭示情感和驱动力如何影响社会基础结构。可见，德勒兹坚持形而上学的概念，认为欲望不受控制与抑制、具有创造性与生产性。因而，它在本质上具有革命性。

鉴于罗斯"凯普什系列"小说主人公欲望的革命性与重塑性，本书是将这种欲望置于身体主体而不是客体的视角下进行探讨的。它不仅关涉上文各种相通的欲望学说，而且强调了"欲望"的两层含义。

一方面，欲望具有生产性。

"欲望不是匮乏，而是馈赠。"① 并且，欲望不是被动的馈赠，而是主动的赋予和积极的生成。欲望作为人生命本能的力量，是生命力的源泉以及人的存在的前提。除了饮、食和性三种最基本的欲望，还有权势欲、财富欲、荣誉欲、求知欲等，把人从一个目标导向另一个目标，从而使现状得以变化。反之，如果"没有欲望，没有名利欲，没有野心和虚荣心，人性的进步、鉴赏力的提高和科学艺术的完善都是不可想象的"②。所以，欲望既是人"生性欠缺"的体现，又是人在这种缺失状态下坚持存在下去所做的努力。因此，我们有必要坦诚面对并自觉承担起自身的欲望，体现人之为人的人性，或者说，彰显人作为一个伦理主体的伦理性与主体性。

另一方面，欲望具有社会性。

人之所以有欲望，不仅在于人的内在生物属性，而且最主要在于人具有社会性，即人与人、人与物、人与自然、人与过去、人与当下、人与未来等，都有着密切的联系。人的本质不是单个人所固有的抽象物。在现实中，它是一切社会关系的总和。"社会性"激发人们的欲望产生与实施，令欲望在占有、比较、竞争中活跃不止。罗斯"凯普什系列"小说主人公的欲望叙事、对欲望/伦理二元对立的质疑与消解，以及狂欢化伦理的构建，都以狂欢化的世界感受揭示美国社会转型时期欲望的社会性，并以不断更新的世界创造力预示社会生活方式的革命。

其二，关于"伦理"的界定与厘清。

---

① Deleuze, Gilles and Clair Parnet. *Dialogues*. Paris：Flammarion 1977. Trans. Hugh Tomlinson and Barbara Habberjam. New York：Columbia University Press，1987. 91.

② 〔德〕E. 卡西勒：《启蒙哲学》，顾伟铭等译，济南：山东人民出版社，1988 年，第 3~4 页。

伦理的基本问题不是"我必须做什么"（这是道德的问题），而是"我能做什么，我现在有能力做什么"。从德勒兹哲学意义上来说，伦理真正的研究对象就是欲望，即一种无意识的驱动力。鉴于欲望是生产性的或能产生结果的，我们可以认为，欲望具有建构性。正是从这个意义上来说，人的存在并不是诉诸超验性和普遍性的价值，以评判一定的行为和思想，而是通过存在的欲望重塑一种思维之道。整个社会的伦理与价值体系可以看作欲望的建构物。

本书所讨论的"伦理"区分于"道德"。如前文聂珍钊所述，"伦理"（原则）是代表客观生活世界及其秩序的实体存在，而"道德"（规范）代表主观精神操守的角色个体的内在德性。简言之，伦理是指客观的关系和秩序，强调"是什么"，而不是"应当怎样"；伦理是客观的，重在和谐，而道德是主观的，强调规范。罗斯"凯普什系列"小说身体叙事不仅关注人的原初欲望的主观性，而且思考个人的欲望与自身及社会的客观伦理，探究人存在的伦理意义。如果沿用经典叙事学对"叙事"的划分，即故事/话语。本书关于"凯普什系列"小说身体叙事的伦理，既包括"故事"层面（叙事内容）的伦理，也包括"话语"层面（叙事形式）的伦理。

一方面，"故事"层面揭示了现代自由伦理。

罗斯身体叙事中故事层面的现代自由伦理体现于伦理展示及其思考中。而伦理思考一则体现于叙述者的直接内心独白，即独白式的议论，它不是道德式的阐释或责难，而是对命运的哀叹和对自身存在的思索；二则体现于对人物命运的刻画，思考自我与他人及社会之间的关系。

小说主人公凯普什既是欲望和情感的奴隶，具有非理性，又是一位理性的知识分子。其现代自由伦理不仅需要观照自我的伦理与欲望的关系，而且要观照个人与他人及社会的关系。这是因为"自由主义伦理观要求个人对自己的伦理选择必须承担责任"[①]。

罗斯在小说中坦诚地说过，"我们生活在自由制度下，只要你的行为合法，制度根本不在乎你干些什么，发生在你身上的不幸通常都是自找的"[②]。并且他认为，"这只是一场幼稚的、荒谬的、失去控制的、激烈的

---

① 刘小枫：《沉重的肉身》，北京：华夏出版社，2004 年，第 265 页。

② 〔美〕菲利普·罗斯：《垂死的肉身》，吴其尧译，上海：上海译文出版社，2004 年，第 89 页。

闹剧，整个社会陷入一场巨大的喧闹之中"①。

很明显，罗斯不否定美国社会 20 世纪 60 年代反主流文化运动的革命性。同时，他也注意到了社会尤其是社会意识形态对实现身体自由的限制。这是一种人与他人以及社会的伦理关系。而且，他不能不承认疾病、衰老、死亡对情感、欲望的制约。这是一种人与自身的伦理关系。

无论是人与自身的伦理关系，还是人与他人及社会的伦理关系，小说的故事伦理都具有双重性：一是"对理性伦理内容，比如时代的重大伦理主题叙事的呈现"；二是"通过叙事构建和想象的世界，文学艺术叙事也同样在探究某种伦理的可能性"。②

另一方面，"话语"层面体现了叙事伦理。

小说叙事不可能以"自律"为由拒绝作者的伦理价值介入，如福楼拜的"作者隐退"、T. S. 艾略特的"非个人化"、罗兰·巴特（Roland Barthes, 1915—1980）的"零度写作"等。研究证明，这些非伦理形式的面具背后暗藏着一张张真实的伦理面孔。这种伦理即在承认叙事是一种交流行为的前提下，用来指称作者和读者在叙事文本的基础上进行的伦理交流行为。韦恩·C. 布斯（Wayne Clayson Booth, 1921—2005）在《小说伦理学》（The Company We Keep: An Ethics of Fiction, 1988）中指出，叙述伦理不仅指作品对读者的影响，而且指读者的伦理，③ 即 J. 希利斯·米勒（J. Hillis Miller, 1928—2021）意义上的"阅读伦理"。米勒在《阅读伦理》（The Ethics of Reading: Kant, de Man, Eliot, Trollope, James, and Benjamin, 1987）中强调，"伦理"的阅读方式就是在尊重文本的基础上，在阅读中释放出语言的潜在意义，从而将文本看作"历史创造的参与者"④，而不是现实伦理的反映者。

因此，叙事伦理是一种虚构伦理，其通过文本内部探究伦理建构可能性。它是现实伦理的影子，但不等于现实，而与现实伦理同构。叙事伦理

---

① 〔美〕菲利普·罗斯：《垂死的肉身》，吴其尧译，上海：上海译文出版社，2004 年，第 69 页。

② 伍茂国：《从叙事走向伦理：叙事伦理理论与实践》，北京：新华出版社，2013 年，第 24 页。

③ Booth, Wayne C. *The Company We Keep: An Ethics of Fiction*. Berkeley, Los Angeles and London: University of California Press, 1988.

④ Miller, Hillis J. *The Ethics of Reading: Kant, de Man, Eliot, Trollope, James, and Benjamin*. New York: Columbia University Press, 1987. 9-10.

不同于伦理叙事。所谓"伦理叙事"是指作家通过一定的叙事话语形式，展示作品中人物的伦理状况和道德处境，并表达对个体生存困境的反思和伦理诉求。在萨特早期的伦理叙事中，身体的展现过程实际上是意义的建构过程。他对身体的描写不仅揭示了他的哲学思想，而且显示了对个体生存状态的思考。因此，伦理叙事在于叙述过程，而叙事伦理在于叙述指向。二者在身体叙事中相互指涉，各有侧重。

"叙事伦理不探究生命感觉的一般法则和人的生活应遵循的基本道德观念，也不制造关于生命感觉的理则，而是讲述个人经历的生命故事，通过个人经历的叙事提出关于生命感觉的问题，营构具体的道德意识和伦理诉求。"[①] 这是因为人物一方面受制于身体的原欲，沉溺于有限的形而下的感官刺激中；另一方面也试图摆脱这种身体羁绊，获得一种对身体的超越。情欲与理性之间的挣扎揭示出生存困境和伦理追求。

在"凯普什系列"小说中，为了有效抱慰个人情感，罗斯尽可能缩短作者、叙述者与人物的距离；也尽可能拉近作者、叙述者与读者的距离及人物与读者的距离，让读者感觉到似乎是自己的身体在爱、在痛、在遭受疾病的折磨、在亲历死亡。而且，作者与其笔下的主人公几乎同步衰老。它真实反映了个体在这个悖论性社会中的欢乐、痛苦、孤独、空虚和恐惧。总之，叙事伦理的根本关涉一个作家的世界观。作家有怎样的世界观，他的作品就会有怎样的叙事追求。

根据上述可见，本书关于罗斯"凯普什系列"小说身体叙事研究所涉及的"欲望"与"伦理"是基于身体哲学和叙事学视角来展开讨论的。上文对"欲望"与"伦理"分别进行概念的界定与厘清，有助于本书关于身体叙事对欲望/伦理二元关系质疑与消解问题的探讨，并从狂欢化伦理的建构视角进一步深化该身体叙事的研究。

---

① 刘小枫：《沉重的肉身》，北京：华夏出版社，2015年，第4页。

第二章 "身体叙事"与菲利普·罗斯

自 20 世纪以来,"身体"便开始摆脱传统意识的桎梏,在后现代思潮影响下,其悖论性逐渐跃出西方和中国文学理论及其研究的前景。尤其是在跨越世纪之交的菲利普·罗斯的小说创作中,身体叙事的悖论性构成了一个显著的叙事特点。众所周知,罗斯作为美国第一代犹太移民的儿子,一方面,他看到的是犹太文化传统历史悠久却又不乏狭隘;另一方面,罗斯身处全新而广泛的美国文化传统中。两者一起构成了他的一种痛苦的双重意识。他在小说中叙述的主人公的"身体"边界含混、模棱两可,形成了身体叙事的"两个世界""两种存在""两种悖论"。这便给罗斯小说的理解与阐释带来了一定的挑战。然而,关于"身体"的文学叙事是一种对文化与社会的身体实践与有效表征。因此,本章从身体哲学与语言哲学意义上对身体叙事悖论进行客观的考辨与厘清,以期裨益于对罗斯小说身体叙事艺术及其伦理的深度解读。

第一节 "身体叙事"概念

身体叙事的悖论可从"身体"概念的一般内涵及其外延得到客观的考辨与厘清。本节基于一些权威字典关于"身体"的不同义项进行比对与思辨,发现"身体"这一词条具有四大内涵,并指出其"总体性"特征。

一 "身体"的一般内涵

根据历时的语用演变和共时的语义差异,"身体"一词的内涵见仁见智。但是,目前公认的最新权威英语词典——牛津大学出版社2011 年推出的由史蒂文森(Angus Stevenson)主编的《牛津英语大词典》(第三版)① 将"身体"这一词条分别作为名词和动词进行了诸多解释。其中,作为名词时,"身体"的义项 15、20、22 内容如下:

15. Substance, as opposed to representation, shadow, etc.; reality. Rare before 17th cent. Now archaic. (义项 15:实体物,并非再现物或映射物之类;现实世界,17 世纪以前使用,是一个古义词。)

e. g. No, it is not enough for me to have the material body of a thing; I need, besides, to know its "meaning", that is to say, the mystic shadow which the rest of the universe casts on it. 〔例如:不,让我仅仅感触到一个物体的存在是不够的;我还要弄清它的真相,也就是说,揭开它的神秘面纱,看清它背后所隐藏的世界真相。——出自 1961 年由 E. Rugg 和 D. Mar 所著、J. O. y Gasset 所译的《堂吉诃德》(*Don Quixote*)第 1 章,第 9 节,第 89 页。〕

20. Philosophy. An entity; a thing which exists. Obsolete. Chiefly with reference to Stoic philosophy. (义项 20:哲学用语。一种实体或是一种实存的物体。旧时主要是指斯多葛学派。)

e. g. Night and day are bodies. Voice is a body, for it maketh that which is heard; in a word, whatsoever is, is a body and a subject. 〔例如:昼夜交替就是一种可见的存在。各种声音也是一种可闻的存在。无论是什么样的存在,它都是一种主体性的存在。——出自 1656 年由 T. Stanley Hist 所著的《哲学》(*Philosophy*)第 2 章,第 8 节,第 99 页。〕

22. Philosophy. As a mass noun:that which is perceptible to the sense of touch; matter, substance. Now chiefly historical. (义项 22:哲学用语。作为物质名词,指代一种具有感知力的物体,旧时用语。)

e. g. The primary Ideas we have peculiar to Body, as contradistinguished to Spirit, are the cohesion of solid, and consequently separable parts, and a power of communicating Motion by impulse. 〔例如:与"精神"对比,"身体"的独特之处是它将那些独立存在的不同事物彼此

---

① Stevenson, Angus, ed. *Oxford Dictionary of English*. 3$_{rd}$ ed. Oxford:Oxford University Press, 2011. Oxford Reference. Web. 15 Nov. 2019.

建立联系，并构成某种意志的有力表征。——出自 1690 年由 J. Locke 所著的《人类理解论》（*Humane Understanding*）第 2 章，第 23 节，第 142 页。]

身体（body）作为动词时，具有"具身化""具体表现"意义，其释义及其例子如下：

1. transitive. To give form，shape，or physical presence to（frequently with adverbial phrase indicating the form）；to embody. Usually in passive. Now chiefly literary or poetic.（义项 1：及物动词。不过常与副词搭配，指赋予某事物以形态，具象化，即身体体现，多出现于被动，主要用于文学作品。）

在与副词搭配时，to body forth 的具体释义如下：

2. transitive. To give mental shape to，represent to oneself in material form.（义项 2：及物动词。指赋予某种意识形态，或物理形状。）

e. g. By bodying forth the jaguar，Hughes shows us that we too can embody animals—by the process called poetic invention.（例如：休斯在描绘"美洲豹"时，向我们展示了动物的具象性。而这是由诗性的想象来完成的。——出自 2003 年 J. M. 库切的《伊丽莎白·科斯特洛》第 97 页。）

3. transitive. To give material or tangible form to（something abstract），to exhibit outwardly，embody.（义项 3：及物动词。赋予某种物质特性，使之外显。）

e. g. The spiritual will always body itself forth in the temporal history of men.（时代风貌往往体现在当时那个时代。——出自 1841 年 T. 卡莱尔的《英雄论》第 4 章，第 200 页。）

以上六个义项的定义及其引用的语例虽然主要为旧时用语，但至少有助于我们看出英语"身体"一词的内涵。

首先，"身体"作为名词时，是一个具象化的物质性躯体。在英语文学描述中，它是一种具身体现，强调的是物理学意义上的身体，注重身体的物理学内涵及其看得见、感觉得到的可感知性。

其次，"身体"定义中的"并非再现物或映射物之类"这一含义，暗含了"身体"是现实世界的社会性汇总概念，包括艺术、政治、道德、宗教等。它联结了社会的道德标准、民族的文化传统、公众的审美习惯和生活原则，还涉及政府的法规政策等。尤其是 20 世纪中后期以来的西方文学艺术领域，随着性革命时代和身体写作的流行，身体这一概念被赋予了强烈的道德内涵和宗教色彩。这是社会现象学派强调的"身体"，注重身体的社会内涵。

再次，身体一词定义中的"实体"（entity）是指哲学意义上的实体、存在，或本质。对于"身体"等"实体"概念，历史上的文学家、思想家见仁见智。德谟克利特从"原子论"的唯物主义角度认为身体这个实体由"原子"组成；柏拉图从政治学、社会学的角度认为身体是"理想国"的存在形式；笛卡儿认为"我思故我在"，坚持身心二元论。

最后，身体定义中的 perceptible 由 perceive 演变而来，其意义在于强调可察觉、能感觉到、能看得见的体悟性、动态性和过程性。它既包含被遮蔽的幻象，又包含真相被揭蔽的过程。该含义在柏拉图《理想国》关于"洞喻"的哲学寓言中有过揭示。这个故事讲述了一群人犹如囚徒般世代居住在洞穴里，由于被锁住而不能走动、回头和环顾左右，因此看不到他们背后矮墙上的"一些人拿着各种器物举过墙头，从墙后面走过，有的还举着用木料、石料或其他材料制作的假人和假兽"[①]，他们只能看见火光照射下的那些人造物投射在对面洞壁上的阴影，并误以为那些阴影就是真实的事物。其实，柏拉图"洞喻"的实质就在于，通过这个比喻让一个"解除了桎梏"的囚徒去体会两个世界（即可见世界和可知世界），知道哪一个世界更真实，最后达到对人生和世界从"遮蔽"走向"揭蔽"的体悟过程。

从《牛津英语大词典》（第三版）所列的作为动词时"身体"的动词词组"body forth"及其例句可以看出，"身体"不仅指一种具有感知力（perceptible）的物体，而且表示"使某种事物变得可感可悟"；不仅让人"肉眼"看见它的物理性存在（form, shape, or physical presence），而且

---

① 〔希腊〕柏拉图：《理想国》，郭斌和、张竹明译，北京：商务印书馆，1986 年，第 272 页。

能够从"心眼"（mind-eye）看到它的意识形态（mental shape）。莫里斯·梅洛-庞蒂的《眼与心》代表了他在《可见者与不可见者》中关于哲学与艺术关系的思考。他认为，艺术并不模仿事物，而是显现事物，揭示事物在现实中被遮蔽的真理。① 这是因为艺术并非与真理无关的美的东西，而是不可见的真理在可见者中的介入与降临。

"肉眼"与"心眼"意义上的"身体"揭示了物理性与意识性并存的实质。英国艺术史家、小说家约翰·伯格（John Berger，1926—2017）在《观看之道》（*Ways of Seeing*，1972）中认为，观者（audience/reader）的观看并不是在一种"纯然无暇"的状态中进行的。在观者观看的目光中所充斥的经验、文化、信仰、欲望、制度等外在的规训因素与意识形态，意味着以观者为支点对观看模式的"重构"。② 福柯的《规训与惩罚》中的"Discipline"一词具有纪律、教育、训练、校正、训诫等多种含义，它是关于"犯人的肉体"和"规训的肉体"的意识形态的再现和重构。③ 它既是权力干预、训练和监视肉体的技术，又是制造知识的手段。譬如，"身体政治"就是在身体与意识方面受某个政府机构控制的整个国民。④ 这个界定就暗示了身体与"整个人民大众"的借代关系以及身体与国家权力机构意识形态之间的建构与意指关系。

可见，英语中的"身体"概念既具有名词的意义，又具有施动的意义。其具体意义无论是什么样的，都跟具身体现、眼见、再现、显现直接相关。它最早形成于古希腊时代。20 世纪以后，这个概念更多地运用于文学艺术领域，尤其是在 20 世纪中后期。随着性革命时代和身体写作的流行，身体这一概念被赋予了强烈的意识形态、道德指向以及宗教色彩。

根据《剑桥高阶英语词典》（*Cambridge Advanced Learner's Dictionary*，

① Merleau-Ponty，Maurice. *L'Oeil et L'Esprit*. Paris：Gallimard，1964.（详见〔法〕莫里斯·梅洛-庞蒂《眼与心》，杨大春译，北京：商务印书馆，2007 年。）

② Berger，John. *Ways of Seeing*. London：British Broadcasting Corporation and Penguin Books，1972.（详见〔英〕约翰·伯格《观看之道》，戴行钺译，桂林：广西师范大学出版社，2015 年。）

③ Foucault，Michel. *Surveiller et Punir: Naissance de la Prison*. Paris：Gallimard，1975.（参见 Foucault，Michel. *Discipline and Punish: The Birth of the Prison*. Trans. Alan Sheridan. London：Penguin，1979。）

④ All the people in a nation forming a state under the control of a single government.（参见 Mayor，Michael. *Longman Dictionary of Contemporary English*. 5th ed. Harlow：Pearson Longman，2009. 183。）

2013) 对 "身体" 一词的相关解释, 本书发现义项6和义项8的共同点在于它们不管是指人还是指物, 都把该词的语义指向一个更广阔的社会或宇宙, 或者说, "身体成了通向世界的一个入口"。①

6. ［C, +sing/pl verb］a group of people who have joined together for a particular reason: a governing body, an advisory body. There is a large body of people who are unaware of their basic rights. (义项6: 可数名词, 表示一个具有特殊功能的社会群体, 如政府官员、智囊团等, 又如 "有一大部分人缺乏自我基本权利意识"。)

8. ［C］a larger amount of something: There is a growing body of evidence to support their claim. / She collected a huge body of information on the subject. / A substantial body of opinion (= a large group of people with the same opinion) is opposed to any change. (义项8: 可数名词, 表示大量的东西或事物, 如 "大量的事实依据佐证了他们的说法", "她掌握了关于这个主题的大量信息材料", "大部分人都对变革持反对意见"。)

在《朗文当代英英词典》(*Longman Dictionary of Contemporary English*) 关于 "身体" 的解释中, 义项3和义项4②与《剑桥高阶英语词典》异曲同工:

3. Group ［C］a group of people who work together to do a particular job or who are together for a particular purpose. e. g. The research will be used by government departments and other public bodies (= groups whose work is connected to the government. (义项3: 表示群体、集体概念, 可数名词, 表示共事或为了同一个目标而走到一起的群体。例如, 这个研究成果将投用于政府部门或相关机构组织。)

4. Body of sth a large amount or mass of something, especially some-

---

① McIntosh, Colin. *Cambridge Advanced Learner's Dictionary*. Cambridge: Cambridge University Press, 2013. 162.

② Mayor, Michael. *Longman Dictionary of Contemporary English*. 6th ed. Harlow, Essex: Pearson Education Ltd. , 2014. 182.

thing that has been collected：body of knowledge/evidence/opinion, etc. e. g. There is now a considerable body of knowledge of different stages of childhood.（义项4：常用词组形式 body of，表示大量某物，特别是被大量掌握的知识、证据或舆论，如"当今关于儿童成长的相关信息知识实在太多了"。）

与《牛津英语大词典》（第三版）的含义对照来看，以上这些权威词典关于"身体"的解释，都强调了身体的"总体性"特征。如果说词典是进入语言的条目的汇编，那么我们可以说，身体是进入社会和宇宙的各个条目的汇集。法语中的"身体"（corpus）这一词条仿佛地震仪难以察觉的、准确的记录针，即身体的地震仪、感觉的地震仪。身体的地震仪体现于入口、孔洞、皮肤上的各种毛孔等。让－吕克·南希（Jean－Luc Nancy，1940—　）在《论身体》（*Corpus*，1994）中，以身体的"总体性"解构身体/灵魂二元论和基督教的"道成肉身"。

二　"身体"的外延

"身体"的外延在西方语言中众说纷纭，莫衷一是，其模糊性显而易见。

首先，不同流派和思想家对"身体"的所指存在一定程度的跨界或交叉。

从笛卡儿式身体观（Cartesian body）到尼采式身体观（Nietzsche an body），"身体"概念虽然经历了从意识到身体的"二元变迁"，却仍然表现出边界的含混性。值得注意的是，乔汉森（Thomas Kjeller Johansen）的论文《柏拉图的对话录〈斐多篇〉中的身心二元论》（"The Separation of Soul from Body in Plato's Phaedo"，2017）与笛卡儿式身体观一脉相承，强调了意识、理念的绝对性。[①] 然而，在《洛克与笛卡儿哲学》（*Locke and Cartesian Philosophy*，2018）文集中，希尔（James Hill）的论文《洛克与笛卡儿的身体概念说》（"The Cartesian Element in Locke's Anti－Cartesian Conception of Body"，2018）指出，洛克的《人类理解论》（*Essay Concerning*

[①] Johansen, Thomas Kjeller. "The Separation of Soul from Body in Plato's Phaedo. " *Philosophical Inquiry* 41（2017）：17–28. UiO. Web. 16 Nov. 2019.

Human Understanding，1690）抛弃了笛卡儿等人的天赋观念说，认为人类所有的思想和观念都来自或反映了人类的感官经验，[1] 既包括形状、运动或静止等和物质不可分离的感觉经验，也包括颜色、声音、气味等在内的反省经验。洛克认为，感觉经验就在物体里。然而，反省经验只在知觉者中。在这个问题上，洛克却追随笛卡儿的二元论学说，同意有些经验是可以用人的理智来了解的。唐宁（Lisa Downing）的论文《身体和广延是一回事吗？》（"Are Body and Extension the Same Thing?"，2018）进一步认为，在心灵中产生的关于身体的广延、硬度、运动、颜色、声音、味道、气味和触觉等感觉，为心灵提供材料。[2] 心灵又对这些材料进行区分、排列、统合和反省，构成我们全部知识的基础。

尽管"身体"这个词在 17 世纪晚期指代不明，也就是说，它既可以指感觉经验，又可以指反省经验，还可以指心灵的产物，但不可置疑的是，身体的悖论性已经给身体自身及其所处的社会文化背景构建了一种相互交织的联系。"身体"明显不只是客观再现的物理性存在，而且是某种文化意识形态下构建与消解的产物。由此可见，西方语言界将传统二元论体系下的"身体"的物理学意义、现象学意义的双重性与心灵意识混为一谈，无法清晰界定身体概念的外延。

其次，根据德语中的"身体"（Leib）的相关解释，"身体"一词的含混性就可见一斑。

德语中的"身体"是唯一能够既指人在自己身体上感觉到的非可见或非可触对象，又可指称如外在物体一般的可见或可触躯体（Koeper）。身体性即现象学意义的身体（der Leib），不同于物理学意义上的身体。布拉肯与托马斯（Patrick Bracken and Philip Thomas）的《身心二元论该结束了》（"Time To Move Beyond The Mind-Body Split"，2002）指出，"人类以某种方式听见、看见或闻见他赖以存在的世界，或感受其所处的空间或时间，或赋予其以颜色或声音。这个世界根本就不是将我们嵌入其中，而是

---

① Hill, James. "The Cartesian Element in Locke's Anti-Cartesian Conception of Body." *Locke and Cartesian Philosophy*. Eds. Hamou, Philippe and Martine Pécharman. Oxford：Oxford University Press，2018.

② Downing, Lisa. "Are Body and Extension the Same Thing?" *Locke and Cartesian Philosophy*. Eds. Hamou, Philippe and Martine Pécharman. Oxford：Oxford University Press，2018.

以某种程度的肉身化形式体现在我们当中，并且包含了社会文化的意识形态"①。如果说，这句话中的"以某种方式听见、看见或闻见"和"以某种程度的肉身化形式体现在我们当中"仍然带有保留的意味，那么，哲学家维特根斯坦（Ludwig Wittgenstein，1889—1951）以及他的现代追随者早就断然认为，意识不是内隐而是外显于这个社会世界的。② 这些观点无不证明了身体与意识之间彼此交织的含混关系。正是出于"身体"的这种含混意义，菲利普·罗斯否认了其小说中的"自传"成分。细心的读者和批评家在其作品中不难发现罗斯家庭生活和个人经历的影子。譬如，罗斯对母亲的感情、两次失败的婚姻以及他对名望惴惴不安的态度。关于罗斯的作品到底是自传还是虚构这个争议性问题，罗斯本人也曾十分高调地宣称他的生活就是用来编造传记的，从而以他自己的真实经历为原型，杜撰出半虚构的故事来。评论家迈克尔·伍德（Michael Wood）在《伦敦评论》（London Review）中将作品中的凯普什（David Kepesh）、祖克曼（Nathan Zuckerman）等主人公视为罗斯"改变过的本我"。③ 对此，罗斯的回应却暗示了他们都是他又都不是他。毋庸置疑，这种含糊暧昧的说辞使"身体"恰好吻合了德语中现象学意义的"身体"，既可以指现实社会外在物体一般的可见或可触躯体，又指在自己身体上感觉到的非可见或非可触对象。这一概念的内涵和外延的泛化，既反映了身心、心物既相互区分又相互联系的复杂关系，又进一步巩固了这样的一种关系。

最后，"身体"这一概念外延的含混性在 20 世纪中后期的美国社会转型时期受到了性改革者、文学创作者和评论家的广泛关注。

布洛恩（Virginia Braun）在其《身体概念论》（"Conceptualizing the Body"，2000）中指出，自从 20 世纪以来，"身体"作为一个热门话题，构成了文学创作和评论的"身体转向"，尤其是 20 世纪 70 年代女性主义

---

① Bracken, Patrick and Philip Thomas. "Time to Move Beyond the Mind-Body Split: The 'Mind' Is Not Inside but 'Out There' in the Social World." *British Medical Journal* 325. 7378（2002）: 1433-34. JSTOR. Web. 16 Nov. 2019.

② "Mind" is not inside but "out there" in the middle of a social world. （参见 Button, G., et al. *Computers, Minds and Conduct.* Cambridge: Polity Press, 1995。）

③ Wood, Michael. "Just Folks." *London Review of Books* 26. 21（2004）. 15 Nov. 2019. <https: //www. lrb. co. uk/the-paper/ v26/n21/michael-wood/just-folks>.

文学对性别（gender）与性（sexuality）的关注。① 在布洛恩看来，《身体言说》（*Body Talk*，1997）强调"身体"是社会制度规范的再现或文化意识形态压制下的反抗。② 不过，也有学者对"身体"与"意识"的关系进行内涵与外延的考辨，认为彼此跨界，在某种程度上形成交集。查维（Karma R. Chávez）的《身体：作为抽象而又具象的修辞概念》（"The Body：An Abstract and Actual Rhetorical Concept"，2018）是从修辞意义上理解古希腊以来的"身体"概念。它既具有抽象意义，也是具身体现行为。③ 吉妮伍（Dimitri Ginev）的《行为理论下的人类身体概念》（"Conceptualizing the Human Body within Practice Theory"，2019）则进一步认为，从解释学意义上来看，人类的具身行为超越自身的物理意义，以诸多的可能性构建更广阔的社会意义。④

诚然，查维和吉妮伍的这种考辨指出了"身体"的含混性和修辞性。然而，他们却在很大程度上忽视了"身体"在叙事学意义上的叙事构建及其消解性，在一定程度上误读了 20 世纪中后期的女性主义写作、消费主义的身体写作。尤其是，罗斯"凯普什系列"小说的"身体叙事"相关研究在某种意义上默认了"身体"即"肉体"、"身体叙事"即"私人化写作"。

三　"身体"在本书中的界定

在本书中，"身体叙事"研究中所说的"身体"指的是 20 世纪美国社会转型时期后现代意义上的"身体"。它既是感知体，又是媒体，同时还是叙述体。本书在以下三个层面上对"身体"一词进行讨论。

第一，时代性。此概念主要适用于 20 世纪的美国。它是社会转型时期的社会与文化中的一个核心概念。在当时的社会背景中，身体作为性革命的产物，强调在社会意识相对宽容的背景下身体的自由以及思想的自由。

---

① Braun，Virginia. "Conceptualizing the Body." *Feminism & Psychology* 10. 4（2000）：511-18. SAGE. Web. 16 Nov. 2019.

② Ussher，J. M. *Body Talk: The Material and Discursive Regulation of Sexuality，Madness and Reproduction.* London：Routledge，1997.

③ Chávez，Karma R. "The Body：An Abstract and Actual Rhetorical Concept." *Rhetoric Society Quarterly* 48. 3（2018）：242-50. Taylor and Francis Online. Web. 16 Nov. 2019.

④ Ginev，Dimitri. "Conceptualizing the Human Body Within Practice Theory." *Social Science Information* 58. 1（2019）：121-40. SAGE. Web. 16 Nov. 2019.

第二，思想性。20 世纪中后期反主流文化运动通过彰显"身体"的方式，关注当时的政治、历史、宗教、道德以及社会规范。罗斯小说基于美国犹太裔个体的"小身体"逻辑对主流文化的叛逆和个性的张扬，直指美国社会的"大身体"意识形态，具有对思想意识的消解与构建的双重性。

第三，叙事性。作为叙事主体的"身体"，在后现代叙事作品中赋予叙事以肉体形式，但又远非叙述层面的具身化，而是强调这种具身化如何创造叙述权威，即身体如何反抗和消解美国当时的思想意识形态，以及如何创造和建构某种伦理的。

因此，本书的"身体"概念针锋相对于当时美国社会的主流文化意识形态，是社会转型时期反主流文化运动的思维模式，也是文学作品思想意识消解与构建的叙述主体。与传统的意识叙事相比，本书研究的身体叙事并非意识的他者叙事，而是将身体视为主体进行意识的消解与伦理构建的叙事。

第二节　"身体叙事"语境考辨

本书根据"身体叙事"研究所涉及的语境，主要关注叙事作品中身体的"两个世界""两种存在""两个悖论"。

一　身体的"两个世界"

"两个世界"主要指日常严肃生活的"第一世界"以及与之相对的节日狂欢生活的"第二世界"。巴赫金在《拉伯雷和他的世界》中，将狂欢化的世界感受主要诉诸"怪诞的身体形象"。① 这种身体极度夸张、荒谬可笑。巴赫金所谓的"怪诞身体"并非指现代观念中的生理性身体，也不是个体意义上的小身体概念，而是普遍意义上的宇宙性、集体性的"大躯体"（overarched body）概念。与古典意义的"身体"相比，这种怪诞身体是从日常官方文化僵死封闭的"第一世界"转向永远没有完结的、不断创造和构建的"第二世界"。身体从"一个世界"向"另一个世界"的跨

---

① A universal, cosmic and at the same time an all-people character. （参见 Bakhtin, M. *Rabelais and His World*. Trans. Helene Iswolsky. Bloomington IN：Indiana University Press，1984. 19，303。）

界，证明了身体是未完成的、生成中的、未定型的一个东西。①

在巴赫金看来，这种狂欢化的世界感受源于怪诞身体从第一世界向第二世界所发生的彻底逆转和降格。第一世界所有高贵的都堕落为卑下的，精神的都降格为肉身化的物质性存在。维斯（Sue Vice）认为，"在这两个世界之间所发生的堕落与降格是一种未完成的身体行为，譬如，新旧更替，生死更新"②。正因为其未完成性，巴赫金认为，"堕落与降格是通往重生的坟墓"③。

希尔兹（Carolyn M. Shields）认为，"两个世界"可从狂欢节以及狂欢化的小说话语中得到再现。这种狂欢化的思维只有结合中世纪狂欢节日的历史语境，才能使人领略其"两个世界"的真正含义。④

霍奎斯特（Michael Holquist）发现，拉伯雷与陀思妥耶夫斯基的作品让巴赫金从小说语言的角度对他所处的斯大林主义时期的社会现实与中世纪天主教统治下的现实世界进行了类比。⑤

克拉克（Clark）与霍奎斯特把这两个世界的类比称为政治的寓言，即斯大林主义预设了一个截然不同的第二世界。⑥

巴赫金也谈到凯瑟（Wolfgang Kayser）关于"两个世界"与"怪诞身体"的关系的探讨，其中包含四个基本因素：一是"怪诞身体"的怪诞性；二是怪诞世界的颠覆性；三是两个世界跨界的荒谬性；四是两个世界的自觉抵制性。⑦

---

① It is never finished, never completed; it is continually built, created, and builds and creates another body. (参见 Bakhtin, M. *Rabelais and His World*. Trans. Helene Iswolsky. Bloomington IN: Indiana University Press, 1984. 317。)

② Vice, Sue. *Introducing Bakhtin*. Manchester: Manchester University Press, 1997. 155.

③ Bakhtin, M. *Rabelais and His World*. Trans. Helene Iswolsky. Bloomington IN: Indiana University Press, 1984. 24.

④ Shields, Carolyn M. *Bakhtin Primer*. New York: Peter Lang Publishing, 2007.

⑤ Bakhtin, M. *The Dialogic Imagination: Four Essays*. Ed. Michael Holquist. Trans. Holquist, Michael and Caryl Emerson. Austin: University of Texas Press, 1981. (参见 Bakhtin, M. *Problems of Dostoevsky's Poetics*. Ed. and Trans. Caryl Emerson. Minneapolis: University of Minnesota Press, 1984。)

⑥ Clark, Katherine and Michael Holquist. *Mikhail Bakhtin*. Cambridge: Harvard University Press, 1984.

⑦ Yates, Wilson. "An Introduction to the Grotesque: Theoretical and Theological Considerations." *The Grotesque in Art and Literature: Theological Reflections*. Eds. James Luther Adams and Wilson Yates. Michigan: Wm. B. Eerdmans Publishing Co., 1997. 1-69.

这种"怪诞身体"所张扬的"两个世界"之间的差异、跨界以及颠覆性，在20世纪中后期美国社会转型时期有了新的特征，那就是以性革命的方式掀起的大规模反主流文化运动。性革命所带来的直接后果就是身体的自由与道德价值观的疏离。身体的激烈方式在消解了某种意识形态的同时，也构建了主流社会的意识形态，实现了两个世界的跨界和颠覆。

小说话语基于现实世界的人物或其变形形式实现两个世界的颠覆和跨界。虽然罗斯小说身体叙事在一定程度上具有自传的色彩，但创作意图却是在现实世界和虚构世界之间实现艺术性的想象，以身体叙述方式消解并构建某种伦理。

艾德霍尔姆（Roger Edholm）的《菲利普·罗斯小说的虚构世界与非虚构世界》（"The Written and the Unwritten World of Philip Roth"，2012）从后现代和后结构主义小说修辞理论的角度对"罗斯系列"小说中的现实世界和虚构世界进行了深入的讨论。该研究发现，小说话语的"两个世界"的叙事是作者的语用与修辞叙事的结果。①

简言之，"两个世界"是人们在日常官方文化的"第一世界"中虚构的"第二世界"，即"第二种生活"的可能性，给人以一种想象和慰藉，具有"乌托邦"意义。如果说"怪诞身体"是中世纪狂欢化世界感受的一种道具，那么，"身体叙事"则是小说话语狂欢化的修辞，是作者与读者实现叙事交流的一个语用策略，是构建"第二世界"的叙事主体。

不过，值得注意的主要有两个方面。一是"两个世界"的价值观是森严的宗教等级制度桎梏下民间的狂欢节日给社会全体大众带来的狂欢化世界感受，是"快乐相对化"的必然结果。"快乐相对化"意味着制度、秩序、权势和地位等官方世界必然遭遇人民大众的嘲笑，狂欢式的笑里始终潜藏着死亡和否定的阴影。二是"两个世界"因其迥异的价值观，成了政治意识形态的一种符号。所谓的社会等级制度不再永存，所谓的秩序与真理变得不再绝对，其中贯穿的是一条反常逻辑，即里外翻了个翻，上下颠倒，前后反转、加冕与脱冕等。

总之，在"两个世界"里，身体成了从一个世界向另一个世界跨界的符号，体现了身体作为世界的一个入口，以及身体与意识彼此跨界的思想观。

---

① Edholm, Roger. "The Written and the Unwritten World of Philip Roth: Fiction, Nonfiction, and Borderline Aesthetics in the Roth Books." *Örebro Studies in Literary History and Criticism*, 2012. Örebro University. Web. 16 Nov. 2019.

二　身体的"两种存在"

身体的"两种存在"即"纯粹性肉体"与"综合性身体"两种存在形式。"纯粹性肉体"仅仅是生理学和解剖学意义上的物理性存在，即身体最粗浅的层面，没有附加任何的社会观念和意识形态。而"综合性身体"是一种现象学意义的肉身化存在。作为社会观念的集合体，它在叙事作品中既消解了某种意识，又建构了某种伦理。身体的两种存在形式决定了它在作品中不同的写作方式。

肉体意义的存在形式表现为"身体写作"的方式。它原初指西方为了在父权文化下对女性身体话语"揭蔽"，追求男女和谐共存的"女权"精神的"身体写作"。然而，在消费主义的刺激下，"身体写作"逐渐沦为"私人化写作"。它表达的是一种隐私性的个人经验、个人意识与无意识，特别是被社会公共的道德规范与普遍伦理法则抑制、排斥、遮蔽的"异常经验"或"阴暗心理"。对此，福柯在论述"维多利亚时代资产阶级"的性经验时说，这种私人化经验被小心翼翼地贴上封条。它只好挪挪窝，为家庭夫妇所垄断。上自社会，下至每家每户，性只存在于父母的卧室里，它既实用，又丰富。[1]

如果身体不仅仅是生理学和解剖学意义上的"纯粹性肉体"存在，那么，"身体"便是作为社会观念集合体的现象学意义的"综合性身体"存在。对此，巴赫金的"怪诞身体"在"狂欢化"这一文化美学及诗学命题中得到了精辟论述。狂欢化思维与怪诞身体的戏仿以及引发的"大笑"密切相关。巴赫金的《对话的想象》（*The Dialogic Imagination: Four Essays*，1981）中"大笑"的颠覆性力量，[2] 也在《陀思妥耶夫斯基的诗学问题》（*Problems of Dostoevsky's Poetics*，1984）中得到进一步阐释。这种狂欢式的"大笑"意味着消解权威、真理以及世界秩序的绝对性，而这种笑根源于对怪诞身体的戏仿（parody）。[3] 这种戏仿消解了神圣与粗俗之

---

[1] Foucault, Michel. *The History of Sexuality*. Trans. Robert Hurley. Harmondsworth：Penguin, 1984.

[2] Bakhtin, M. "The Dialogic Imagination：Four Essays." Ed. Michael Holquist. *University of Texas Press Slavic Series* 1. Trans. Michael Holquist and Caryl Emerson. Austin：University of Texas Press. 1981. 23.

[3] Bakhtin, M. "Problems of Dostoevsky's Poetics." Ed. and Trans. Caryl Emerson. *Theory and History of Literature* 8. Minneapolis：University of Minnesota Press, 1984. 127.

分，并赋予了一切对话的可能性与复调性。加什（Anthony Gash）认为，巴赫金的这种思想具有柏拉图意义，更具有苏格拉底关于思想与真理的对话性，还具有克尔凯郭尔（Soren Aabye Kierkegaard，1813—1855）意义。因为在克氏看来，诙谐的怪诞乃一切教义的化身。①

身体的"两种存在"仿佛一把"双刃剑"。它要么使那些强调"肉体"的身体写作、私人化写作成为众矢之的，受人鄙薄；要么使那些强调社会意识的"身体"叙事饱受争议，如履薄冰。从根本上说，"两种存在"是"身体"与"意识"二元对立体系下的产物，在叙事作品中形成了身体的"两个悖论"，既消解了某种意识，又对某种伦理进行了构建。

三　身体的"两个悖论"

柏拉图以降，直至尼采"上帝已死"的哲学传统中，身体从"遮蔽"的客体走向了"揭蔽"的主体，并被赋予了不同的伦理色彩。它主要包括"可见"的与"不可见"的身体以及"消解"与"构建"的身体。

一方面，身体处于"可见"与"不可见"之间。

从身心二元论的意识传统来看，身体尽管在二元论框架体系中不断被论及，但总是作为意识的客体，其认知的重要性在很大程度上被遮蔽了。在柏拉图的《高尔吉亚篇》（Gorgias）和《斐多篇》（Phaedrus）中，身体被视为灵魂的监狱或墓穴，阻碍了灵魂抵达至善的境界。② 当尼采发出"上帝已死"的呼声时，"身体"才开始从千年的沉睡中苏醒过来，重新为人所正视。在尼采看来，身体长久以来未曾得到有效的阐释，而且让人觉得扑朔迷离。③ 康德与黑格尔对身体更是视而不见。然而，自从梅洛-庞蒂提出现象学意义的身体后，身体终于从黑暗中走出来，逐渐成为人们认知的中心。它不再是所谓的灵魂的庇护所，而是一个充满灵性的、鲜活可见的肉身化存在。

---

① Humor is "the incognito of the religious". （参见 Gash，Anthony. "Shakespeare's Carnival and the Sacred：The Winter's Tale and Measure for Measure." Ed. Ronald Knowles. *Shakespeare and Carnival: After Bakhtin*. London：Macmillan Press，1998. 177–210.）

② Plato. *Plato: In Twelve Volumes. Vol. 7. Theaetetus: Sophist*. Trans. Harold North Fowler. Cambridge，Mass. ：Harvard University Press；London：Heinemann，1921. 1996.

③ Nietzsche，Friedrick. *The Gay Science: With a Prelude in German Rhymes and an Appendix of Songs*. Trans. Josefine Nauckhoff. Cambridge：Cambridge University Press，2001. 5.

　　南希的《论身体》认为，哲学的使命在于尽力去看清"身体"。① 德里达的《触感论》（*On Touching*，2005）强调，苏格拉底在几千年前就曾教导我们关于身体的本质与真谛。② 不过，在南希看来，身体似乎是某种事物的再现。然而，事实并非总是如此。身体可能是可见者的呈现，也可能是不可见者的显化，如柏拉图意义的"理念"，或是上帝的旨意。不管如何，"身体"就是"可见者"的符号或"不可见者"的铭刻。对其意义的认知正如对一篇文本的解读，在"可见者"与"不可见者"之间，形成了身体的第一个悖论。

　　另一方面，身体在消解了某种意识的同时又构建了某种伦理。

　　南希在《论身体》中提出的接触（contact）观点，涵盖视看、倾听、触摸，强调接触所发生的场域和条件，并非要切断身体与灵魂，而是展现一种"之间"的本体论。③ 从主体来看，知觉是身体主动建构意识的活动或行为。从客观来看，知觉场是世界呈现的场所，也是世间各种事物被感、被知的活动得以展开的场域。因此，身体的知觉既非纯外在的、经验意义的感受，也不是纯内在的"内观"，而是一种"间性关系"（in-between）。④ 因此，不难看出，南希的这种观点强调存在之间的关系，将身体看成一个场域，并将灵魂视为身体，认为灵魂就是身体的在场，身体就是灵魂的再现。身体作为灵魂的外部存在，在身体场域中构建意识或灵魂。⑤

　　然而，在意识或灵魂的建构中，场域中的身体作为非理性存在，又该如何叙述自我？我们知道，一旦它们开始言说身体时，身体就已经消失了。身体并没有自身的语言来表达自身，身体的言说也不可能按照理性化的话语模式。它只能借助理性的语言。这正如德里达在《我思与疯狂史》（*Cogito and the History of Madness*，1978）对福柯的提问，如果身体的疯狂

---

① Nancy, Jean-Luc. *Corpus*. Paris：Mataillie, 1992；Trans. Richard A. Rand. New York：Fordham University Press, 2008.

② Derrida, Jacques. *On Touching*. Trans. Christine Irizarry. California：Stanford University Press, 2005.

③ Nancy, Jean-Luc. *Corpus*. Paris：Mataillie, 1992；Trans. Richard A. Rand. New York：Fordham University Press, 2008.

④ Nancy, Jean-Luc. *Corpus*. Paris：Mataillie, 1992；Trans. Richard A. Rand. New York：Fordham University Press, 2008.

⑤ Nancy, Jean-Luc. *Corpus*. Paris：Mataillie, 1992；Trans. Richard A. Rand. New York：Fordham University Press, 2008.

保持为狂乱，疯狂又如何言说自身？除非它借助于理性化的说辞。可是，如果已经理性化了，如何可能让"身体的疯狂"说话？① 这个悖论明显地体现了身体的失语与身体表达自身的困难。因此，在叙事的身体场域中，身体既是灵魂的再现和构建，同时又在理性化的叙事过程中消解了自身。从这个维度来说，关于"身体"的叙事必然从一种叙事客体分析转向一种叙事主体研究，即故事的思想或意识在身体的场域中是如何得以消解和构建的。

　　从以上所述可见，客观地考辨"身体叙事"的不同语境，厘清其不同形态和种种悖论，有利于从身体哲学和语言哲学意义上理解菲利普·罗斯小说的身体叙事艺术及其伦理观念。罗斯在小说中通过主人公的"欲望"与"伦理"之间的表层冲突和深层思辨，赋予了"身体"肉体和精神等多层面的内涵与外延，由此形成了"身体叙事"的"两个世界""两种存在""两种悖论"的后现代思维与身体叙事的文学理念。

第三节　罗斯的后现代思维与文学理念

　　从 20 世纪 60 年代开始，随着科学技术革命和资本主义高度发展，西方社会进入一种"后工业社会"，即信息社会、高技术社会、媒体社会、消费社会、最高度发达社会。它在科学、教育、文化等领域经历了一系列根本性的变化。这些变化表明它是人类历史的一次断裂或一个新的发展阶段。因此，"后工业社会"的文化形态称为"后现代社会"或"后现代时代"，其中"后现代"之"后"具有双关性，它体现了"后现代社会"对待"现代性"的两种不同态度。在一种意义上，"后现代"是指"非现代"，它要与现代的理论和文化实践、意识形态以及艺术风格彻底决裂。因此，"后"可以作为肯定性的理解，即积极主动地与先前的东西决裂，从旧的限制和压迫状态中解放出来，进入一个新的领域；也可以作为否定性的理解，即可悲的倒退，传统价值、确实性和稳定性的丧失。在另一种意义上，"后现代"被理解为"高度现代"。它依赖于现代，是对现代的继续和强化，后现代主义不过是现代主义的一种新面孔和新发展。

---

① Derrida, Jacques. *Writing and Difference*. London：Routledge，1978.

一　后现代社会景观

从总体来看，后现代社会既不肯定历史的经验，也不相信意义的本源及其真实性。然而，无论是对传统的决裂还是创新，思维总是秉持一种对逻辑性观念与结构性阐释"不轻信或怀疑"的态度。因此大部分现代理性学者都惯于使用启蒙的眼光和理性的词语，把后现代当作一个对立面来阐释。一大批具有明确指向性的词语——"颠覆""反叛""否定""拒绝""抵制""反-""非-""无-"等，在后现代的定义中大行其道。于是，后现代在哲学上的"破坏/叛逆者"身份深入人心。然而，如德里达在《论文字学》（*Of Grammatology*，1976）中所警醒的那样，我们正中了语言的圈套，忽视了在逻各斯中心主义及二元对立体系框架下的语言构成力量，想当然地把无辜的后现代想象成了一个具有明确目的性的对抗物。①殊不知，当我们把后现代看作"叛逆性"的代名词时，我们本身就已经站在了理性的一边，以整体性的二元对立视角去看待后现代现象。这种行为本身就造成了一种对后现代理解的偏激和错位。可悲的是，我们即使深刻意识到了自己的不公正，却无力改变这个现实，因为我们的语言无论在历时的传统上还是在共时的平面中都具有无法逾越的不确定性。

诚然，后现代主义由于固有的"不确定性"缺乏理论基础。它对现代性进行批判和反省，把自己和现代主义看作完全对立的两极，力图对现代主义的思维方式进行一种根本性的转换。这本身就是以现代主义整体化思维框架和宏大叙事方式为前提的。不可否认的是，理性主义和启蒙精神在人类社会的发展过程中发挥了巨大的历史作用，同时也存在许多问题和缺陷。然而，如果完全抛弃它们，那么，这是极其错误和幼稚的。

可见，"后现代"一词本身就与它所反对的思维方式划不清界限。这也许说明了"现代主义"思维方式是不能完全被超越的原因。然而，这并非代表"后现代"完全是一种无所建树、只事消解的哲学。理性和非理性、总体性思维和局部性思维、横向思维和纵向思维、同一和差异、确定性和不确定性、结构和解构之间并不是一种非此即彼的关系，而应该是一种互补的关系。我们所能做的，只是尽可能地以多元互补和非在场的怀疑

---

① Derrida, Jacques. *Of Grammatology*. Trans. Gayatri Chakravorty Spivak. Baltimore：John Hopkins University Press，1976.

态度去清醒平和地参与后现代的一切，即非指向性期待。

二　罗斯的后现代思维

20世纪60年代中后期美国社会在高呼"身体解放"和"性自由"的大规模的"反主流文化运动"的社会形势下，面临着现代主义向后现代主义的社会转型。这意味着对欲望/伦理二元论的消解和对确定性/不确定性二者之间的转化，并预示着这一时期小说家无中心的叙事机制。

其一，多个叙述声音。

在"凯普什系列"小说的叙述声音中，自由直接引语的使用非常典型。在第一人称叙述视角"经验之我"与"叙述之我"的不同距离操控下，自由直接引语真实客观地呈现了小说主人公的焦虑和欲望，也暗示了故事叙述者与作者的真实内心。

罗斯小说具有较强的"自传性"，常常以作家为主角，主人公的经历也常与罗斯本人的经历有吻合之处，模糊了真实与虚构之间的界限。在小说中，罗斯创造了自己的不同"分身"，包括《鬼作家》《解剖课》等九部作品中的祖克曼，《乳房》《欲望教授》中的大卫·凯普什，甚至在《欺骗》（*Deception: A Novel*，1990）、《夏洛克行动》、《反美阴谋》（*The Plot Against America*，2004）中主人公的名字就叫罗斯。在与文学教授赫尔迈诺尼的一次访谈中，罗斯说："创造假的传记、假的历史，从我真实人生的戏剧中炮制出半是想象的现实，这就是我的生活。"① 罗斯不时穿插着主人公的声音和故事叙述者的声音，并在这些小说里反复探索欲望、写作、家庭关系以及对主流文化的反思。作品简洁、清晰、有力、思辨性强。后现代性无疑构成了罗斯文学创作这一时期比较鲜明的特色——在"两个世界""两个存在""两个悖论"之间进行冷静观察与反思。

值得注意的是，由于罗斯将"身体"和"性"当作其小说的复现性主题，犹太社区一些保守人士视罗斯为"犹太逆子"，并且认为"纽瓦克终于发现了自己的桂冠诗人——像这座城市本身一样'庸俗、怪里怪气、敏感、忧郁以及肮脏'"。② 然而，据英国广播公司（BBC）报道，为罗

---

① 吴永熹：《美国文学泰斗菲利普·罗斯病逝》，http://www.zgnfys.com/a/nflx-55285. shtml［2019-11-18］。

② Baumgarten，Mnrray & Barbara，Gottfried. *Understanding Philip Roth*. Columbia：University of South Carolina Press，2000. 4.

斯写传记的布莱克·贝利（Blake Bailey）声称，罗斯鄙视所有形式的反犹主义；他热爱犹太人，只是没有太多时间来表达自己的宗教信仰。[①] 2004年，评论家琼·阿柯希娜在《纽约客》杂志上发表关于《反美阴谋》的评论，对罗斯的"言行不一"进行了分析。她援引罗斯自己的话说，他从未因为自己是犹太人而遭受歧视或抨击，但从出生起，周围一直充斥着犹太人"荒谬、恶心、贪婪"等观点。表面的安全和现实中的无形指责形成强烈冲突，这种情况被反映在罗斯的作品中。[②] 以上这些事实在很大程度上较好地说明了罗斯以非指向性的期待和非在场的怀疑态度去平和地反思美国社会中犹太人的生存境遇。那么，罗斯反思生存境遇的问题主要表现在两个方面，一是罗斯现实生活中的私人生活经历以及在报刊、访谈中对其作品的真实看法；二是他在小说中叙述"身体"及其相关的"两个世界""两种存在""两种悖论"。

其二，多个叙述视角。

在"凯普什系列"小说的身体叙事中，多个叙述视角生动地展现了人物的内心情感；同时，在人物叙述视角中追加相关评论，正如多个人物之间或人物与叙述者之间从不同的视角展开一场激烈的辩论或对话。

首先，罗斯对其生存境遇的多视角叙述主要源于他的社会经验。

在19世纪至20世纪，工业飞速发展的美国纽瓦克吸引了大批移民。在1880年至1920年，约有20万移民抵达纽瓦克。菲利普·罗斯的祖父就是在此时随东欧犹太移民浪潮抵达纽瓦克并在此安家的。菲利普·罗斯的祖父兰德尔·罗斯是第一代移民。他原本在乌克兰西部的小城利沃夫学习犹太教义，准备到波兰当拉比，但他在1897年最终选择来到美国的纽瓦克。为了养活全家，他在一家帽厂工作了一辈子，1942年死于二次中风。当时，菲利普·罗斯只有7岁。

菲利普·罗斯出生于一个中产阶级家庭。其父亲赫曼·罗斯是在贫困线上长大的第二代移民，在青年时代赶上了经济大萧条。为了全家简朴安定的生活，他在大都会人寿保险公司工作了38年。他固执、勤劳、节俭，但身为犹太人在职业生涯中遭受过集体性歧视。然而，罗斯说起儿时，他

---

① "Philip Roth: Portnoy's Complaint Author Dies Aged 85." BBC News, 18 Nov. 2019. <https://www.bbc.co.uk/news/world-us-canada-44220189>.

② 郑璇、显扬：《美国著名"反犹"犹太作家去世》，https://mil.sina.cn/2018-05-24/detail-ihaysvix5330506.d.html［2019-11-18］。

的父亲常常从外面带回很多有趣的故事。对于所到之处、所见所闻，他都能一一道来，侃侃而谈，足以成为罗斯后来小说创作的一大宝库。可以说，他几乎把整个城里的故事都带回了家。罗斯因其母亲良好的文艺修养，从小就受到过犹太传统的滋养，同时也遭受了一定程度的压抑。

对于罗斯的出生背景，他在《事实：一个小说家的自传》（*The Facts: A Novelist's Autobiography*，1988）、《美国牧歌》（*American Pastoral*，1997）以及其他多部小说中都有过深刻的叙述。而小说中关于其父母的严厉与尖刻的形象，纯属小说虚构而已。他深爱自己的父母，特别是他的父亲。罗斯在小说《遗产——一个真实的故事》（*Patrimony: A True Story*，1991）中，就深情地讲述了他的父亲在大都会人寿保险公司工作多年的人生故事。

罗斯早年的生活主要是在纽瓦克的法官大街附近度过的。那里人来人往、熙熙攘攘，加上他年少时那些逍遥天真的小伙伴，这一切给他的童年生活注入了无尽的想象。2008 年，罗斯的中学老师 Robert Lowenstein 作为百岁老人，依然还能回忆起罗斯年少时天资聪颖、成绩优异，两度跳级，兴趣广泛，乐于体验，尤其对身体充满好奇心。

在罗斯的笔下，他的快乐童年以及抚育他成长的那个温馨的家，成为他心中不老的记忆。那时的他，活泼开朗。青春年少之时，他踌躇满志，梦想成为一名大律师，以受人尊敬，光宗耀祖。

菲利普·罗斯 1954 年毕业于宾夕法尼亚州巴克内尔大学（Bucknell College）的法学专业，后来在马丁教授（Mildred Martin）的影响下，不断进行实验创作。他发现没有什么比文学想象世界更有趣的了，于是，罗斯放弃了法学专业，开始了文学创作的生涯。1955 年他获芝加哥大学文学硕士学位后，就开始在《巴黎评论》（*The Paris Review*）以及其他刊物上发表故事作品。在他作为创作新人的早期阶段，最先受益于贝娄，后来又不断受到沃尔夫（Thomas Wolfe）、福楼拜、詹姆斯以及卡夫卡等人的影响。这些小说家都成为罗斯的精神偶像。他们的肖像在罗斯的工作室都一一可见。1957 年，罗斯最终放弃了博士学位，正式开始从事文学创作。

自童年时代起，罗斯就开始熟悉美国社会的犹太人生活，并对 20 世纪 60 年代的"反主流文化运动"和"性革命"司空见惯。质疑态度和愤世嫉俗成为罗斯创作的主旋律。他在作品中总是重复关于犹太身份、反犹太主义、美国犹太知识分子的生存境遇的主题，尽管这些主题不总是他的创作意图所在。在他的后期作品中，他却将写作主题拉回到他曾经生长过的新泽西，因为那里给予了他自尊与抱负，让人变得节俭与勤奋，成了他"心中的家园"。

譬如，在《事实：一个小说家的自传》这一自传小说中，罗斯说："他所涉及的所有方面，都是不停地在叙述家庭、家庭、家庭，纽瓦克、纽瓦克、纽瓦克，犹太人、犹太人、犹太人，似乎完全在讲述我自己的故事。"① 在罗斯的创作生涯中，他创造了很多不同的"分身"，以多个不同的叙述视角试图去发现作为美国人、犹太人、作家，甚至是普通人的生存意义。

其次，罗斯"凯普什系列"小说对身体的多视角叙述与报刊、媒体以及评论密不可分。

不可否认，罗斯的小说被部分读者认为是低俗之作。他的小说涉及性的话题，而且采用了不少淫秽的语言。对于美国社会的主流观念来说，罗斯确实做出了大胆的越规与挑战。罗斯取材于自己熟悉的犹太人的现实生活，因而常常与福楼拜、卡夫卡、舒尔茨（Bruno Schulz）等现实主义作家相提并论。尤其是，罗斯与贝娄、马拉默德被称为"犹太三大作家"。在罗斯看来，他不喜欢被贴上标签。他认为"美国犹太作家"这种称谓对他没有任何意义，他不是美国人，他什么也不是。罗斯还说："厄普代克和贝娄把手电筒伸向世界，展示了现在的世界，而我挖了个洞，把手电筒照进洞里。"②

显而易见，罗斯在其作品中喜于"挖洞"，并以电筒式的眼光试图洞穿人类生存的意义。这正是他通过自身或虚构的"第二自我"展开多视角的精巧叙事，消抹现实与虚构、自传与小说的界限的原因。在罗斯所有的小说中，其中九部小说的主人公祖克曼跟作者罗斯一样是小说家。另外三部小说的主人公凯普什也与作者罗斯一样，是追求学术与肉欲的知识分子，彼此难以辨分。罗斯在叙述过程中有时索性撕下了虚构的面具。

由此可见，罗斯挖的这个"洞"，就是以多视角叙述方式，试图消抹

① 曾梦龙：《从小镇男孩到大作家，菲利普·罗斯的"自我消解"式自传》，http://www.qdaily.com/articles/65063.html［2019-11-18］。

② Charles McGrath. "Philip Roth, Towering Novelist Who Explored Lust, Jewish Life and America, Dies at 85." *The New York Times*, 18 Nov. 2019. <https://www.nytimes.com/2018/05/22/obituaries/philip-roth-dead.html>.

他所创作的文学人物与作者罗斯之间的身份界限。在后现代主义的写作游戏中，罗斯举着手电筒照进了美国社会以及犹太传统的洞穴里。这让罗斯名声大噪。譬如，在《波特诺的抱怨》这部小说中，罗斯以狂放的文笔写出潜意识里最深的焦虑、极端的性欲，以及身为犹太人的荒谬命运。这部小说是至今描写身体的书中最惊世骇俗而逗趣的一部，成为 2011 年布克奖、诺贝尔文学奖热门候选之作。

约什·格林菲尔德（Josh Greenfeld）在《纽约时报书评》中说，这正是二战以来美国犹太作家闪烁其词，却一直想要创作的小说类型。[①] 然而，文学评论家欧文·豪认为，罗斯小说有悖于犹太的传统，其文化观念淡薄。豪 1972 年认为，《波特诺的抱怨》是读者最不愿意再读的一本书了。[②] 然而，40 多年以后，即罗斯 2018 年逝世以后，罗斯在小说中根深蒂固的犹太文化思想及其世界观，仍然让人铭刻在心。豪对罗斯的评价是出于其作为老一代犹太人的偏见，他无法想象一个既不懂犹太语，又未曾与犹太移民及其祖先有过密切联系的犹太后裔，对本民族究竟能在多大程度上忠于自己的传统。事实确实如此，罗斯不会说犹太语，更谈不上他的宗教情感了。

在接受英国《卫报》（The Guardian）记者麦克鲁姆（Robert McCrum）采访时，罗斯对"凯普什系列"小说主人公凯普什的叙述视角问题做出了简要回答。他认为，凯普什作为系列小说主人公，跟"祖克曼系列"小说的主人公祖克曼一样，仅仅是叙事的一个道具而已，别无他物。[③] 小说《垂死的肉身》所叙述的故事就是根据他身边的一个逸闻创作而成的。在罗斯看来，无论是美国人的经历，还是犹太人的经历，他们的经历都是一样的。罗斯的前辈，如索尔·贝娄和伯纳德·马拉默德，作品中常涉及犹太移民的痛苦境遇，而罗斯在作品中反映的却是这些犹太移民后裔的生活经历。他们操着一口地道的英语，不再信奉犹太教传统。而且，他们的美

---

① Josh Greenfeld. "Portnoy's Complaint." （Book Review）*The New York Times*，23 Feb. 1969. *The New York Times of the Sixties*：*The Culture*，*Politics*，*and Personalities that Shaped the Decade*. Ed. John Rockwell. New York：Black Dog & Leventhal，2014.

② The cruellest thing anyone can do with *Portnoy's Complaint* is to read it twice. 参见 Joe Sommerlad. "How Philip Roth's *Portnoy's Complaint* Shocked America." *Independent*. 23 May 2018. Web. 18 Nov. 2019. <https：//www. independent. co. uk>.

③ McCrum, Robert. "A Conversation with Philip Roth." *The Guardian*. 1 Jul. 2001. Web. 18 Nov. 2019. <https：//www. theguardian. com/books/2001/jul/01/fiction. philiproth1>.

国梦，或许说是一场梦魇，就是让自己变成非犹太意义的犹太人。因此，小说中的多视角叙述暗示了人物的不确定的生存境遇。

最后，罗斯"凯普什系列"小说的多视角叙述离不开他个人的生活经历。

在公众眼里，罗斯风流倜傥，和蔼可亲。而且，他天资聪颖，善于模仿，幽默风趣。在他的朋友看来，即使他的写作生涯受挫，他也可以另谋高就，做一名喜剧演员是完全可以胜任的。

然而，在罗斯的体面与风趣的背后，却有一段鲜为人知的灰暗生活。这种生活所体现的性情特征在某种意义上给他的小说创作笼罩上了一层挥之不去的阴影。罗斯一生中的大部分时间都是在校园中孤独地度过的。半个世纪以来，他一直勤奋、努力，孜孜不倦，创作了几十部作品。他曾说："我还想写一本大书，直至我生命的最后一刻。我已经想好，用25年时间完成，到那时我一百岁了，我就可以安心地走了。"① 令人惋惜的是，事非所愿，糟糕的身体和惨淡的婚姻让他遭受了近半个世纪的身体与灵魂的困苦。这在他的小说中都有过多视角的叙述。

小说《她是好女人的时候》就是以他本人与玛格丽特（Margaret Martinson Williams）从1959年到1968年的不快婚姻作为出发点进行创作的。《我作为男人的一生》《事实：一个小说家的自传》这两部小说也能让人找到罗斯与玛格丽特曾经的婚姻生活的影子。另外，让他声名大噪的《波特诺的抱怨》这部小说也是在罗斯因其妻玛格丽特假孕事件分居后而创作的。

犹太拉比斯科勒姆（Gershom Scholem）对罗斯的《波特诺的抱怨》《我作为男人的一生》，以及祖克曼三部曲多视角下自传性与虚构性的界限进行了质疑。尤其是，"罗斯系列"小说《夏洛克在行动》中的主人公涉及两个罗斯，一个是现实人物，另一个则是他的"分身"（phony）。现实与虚构难以界分。从一定程度上来说，这可能跟罗斯1983年膝部手术和1989年伤势恶化有一定关系。为了缓解疼痛，长期服用安眠药使他的抑

---

① I want to have a big long project that will occupy me until my death. I'm ready for it. I have a 25-year book. And when I'm one hundred I will hand it in and then lie down in darkness.（参见 John Freeman. "Philip Roth: America the dutiful." *Independent*. 12 Sept. 2008. Web. 18 Nov. 2019. <https://www.independent.co.uk/arts-entertainment/books/features/philip-roth-america-the-dutiful-926481.html>。）

郁症愈加严重。

在伦敦疗伤的大部分时间，罗斯是与伴侣克莱尔·布鲁姆（Claire Bloom），即英国著名的好莱坞影星一起度过的。两人同居十八年后，经历了五年的婚姻生活，最终却因性格不合而婚姻破裂。布鲁姆在其回忆录《离开玩偶之家》（*Leaving the Doll's House*，1996）中将罗斯描述成一个患有厌女症的偏执狂，因为他坚决不肯接受一个不是自己亲生的女儿并与其共同生活。布鲁姆还说到自己曾经在读罗斯的《欺骗》这一小说的手稿时深感震惊。她发现小说人物跟她一样都是中产阶级的一位女性，而且与她同名，嫁的是一位与自己丈夫同名的不忠男人。如果说罗斯的创作具有传奇色彩，那么，罗斯的私生活也不乏传奇性。在他与妻子布鲁姆感情破裂后，有报道称他曾与布鲁姆的导演的前任女友法罗（Mia Farrow）保持过一段暧昧关系，而且她曾在拍戏时扮演作家罗斯这一身份。

在布鲁姆的回忆录中，她的前夫罗斯冷酷自私、性情乖僻。不过，这一切仍然阻挡不了她对丈夫的一往情深。事实上，罗斯抑郁不堪缘于他本人很不稳定的身体状况。自从 20 世纪 60 年代以来，罗斯饱尝阑尾炎之苦。1987 年，这个病魔让他痛不欲生。小说《夏洛克在行动》在读者中的反响令人沮丧，让他再度陷入抑郁之中无法自拔。于是，他多年以来一直潜心创作，与外界几乎没有任何联系。他的朋友透露，尽管他的作品不乏诙谐和幽默，然而，从其作品封面的肖像来看，他的深邃目光背后无不诉说着他内心的不尽沧桑。

罗斯尽管经历了二度婚姻，然而未曾留下任何子嗣。20 世纪 90 年代，自从罗斯与布鲁姆的婚姻破裂之后，他搬离伦敦，回到康涅狄格州。从此，美国社会与文化成为他小说创作的源泉，小说创作也成为他一生的追求。于是，他的生活开始变得更加隐蔽。从英国伦敦回到美国后，在康涅狄格具有 18 世纪风格的一家农舍里，他更加潜心创作。他想从真正的作家层面上去探索美国社会所涉及的一切现实生活的意义。直到 2012 年宣告封笔，他最后决定把所有的手稿交给为他撰写传记的挚友布莱克·贝利，并公开宣布他的自传在他在世期间不要面世。2015 年，罗斯完全隐退。

罗斯游离于犹太传统与美国主流社会之间，因此他的思想总是为人们所争论。诚然，人们可以因为立场的不同而指责一个思想者，但他的思想所具有的批判性也正是源于他所处的独特立场。

小说中的多视角叙述揭示出他整个人生的乐趣在于写作，即在现实与虚构中多视角讲述当代美国社会的每一个人的故事。他从多视角展开的冷峻客观的叙述与他所接受的后现代文学理念密不可分。

三 后现代文学理念影响

罗斯是 20 世纪至 21 世纪的"先锋"（Avant-Garde）作家。在小说的身体叙事方面，他以文学实验方式对叙事艺术的传统进行创新。然而，罗斯"凯普什系列"小说的先锋性尚未得到足够的研究。韦伯斯特（Merriam - Webster，2001）在《米伦·韦伯斯特的美国作家词典》（*Merriam-Webster's Dictionary of American Writers*，2001）关于罗斯的简介中提到，"'凯普什系列'的《乳房》和《欲望教授》两部小说比起罗斯所有其他小说所取得的文学成就来说，似乎影响不大（minor works）"①。然而，在罗斯"凯普什系列"小说中，身体的"两个世界""两种存在""两种悖论"在很大程度上决定了该系列小说关于"身体"的叙事类型和深刻逻辑，即作为叙事的身体对欲望的书写，对欲望/伦理二元对立的质疑和消解，以及对狂欢化伦理的建构。

从上述身体叙事逻辑来看，罗斯小说对身体的叙事没有明确的指向性。也就是说，叙事的身体并非从一极滑向另一极，而是以"后现代"思维方式游戏在"两个世界""两种存在""两种悖论"之间。与罗斯同一时代的布汉姆（John C. Burnham）在《美国的性价值观改革及其进步思想》（"The Progressive Era Revolution in American Attitudes Toward Sex"，1973）中就是从怀疑与反思的意义上来评论美国社会的性革命及其带来的性价值观的改革和思想的进步的。他认为，在 20 世纪美国的所有改革中，性革命运动蔚为壮观。性改革者主要针对维多利亚时代的性道德观，试图改变整个美国社会的伦理道德和社会秩序。值得注意的是，那些性改革者把"身体"推向改革的前景时，其道德伦理观念已然成为性改革不可或缺的一部分。②

在这一时代中，利普曼（Walter Lippmann）也是从辩证的视角看待身

---

① Webster, Merriam. *Merriam-Webster's Dictionary of American Writers.* Springfield, Mass.: Merriam-Webster, 2001. 350.

② Burnham, John C. "The Progressive Era Revolution in American Attitudes Toward Sex." *The Journal of American History* 59. 4（1973）: 885–908. JSTOR. Web. 18 Nov. 2019.

体如何在 20 世纪得到人们的重新认识的。他的《审视当前不安的身体》
（"Drift and Mastery：An Attempt to Diagnose the Current Unrest"，1914）认
为，这个时代的孩子不再是对自己的"身体"嗤之以鼻的时候了，他们开
始对"身体"充满兴趣，在探索"身体"的过程中获得教益，甚至越来
越多的人把欲望视为伦理生活的一部分，因为"欲望并非邪淫之事"①。

　　从以上所述我们可以看出，一方面，传统的身体观在 20 世纪的美国
社会已经受到了质疑和反思。"身体"从神秘的遮蔽状态逐渐为性改革者
所揭蔽，成为人们公开讨论和反思的话题。另一方面，对欲望与伦理的边
界的认识日趋模糊，即"身体"在人与人之间，以及人与社会的边界的缺
失。多个叙述声音与多个叙述视角以及后现代文学理念影响，在很大程度
上预示了罗斯"凯普什系列"小说身体叙事的狂欢化趋势。

---

① Lippmann，Walter. *Drift and Mastery：An Attempt to Diagnose the Current Unrest*. New York：H. Holt & co. ，1914. 258-59.

第三章　《乳房》身体叙事对欲望/伦理二元对立的质疑

　　罗斯小说《乳房》身体叙事的一个核心词就是"质疑"。其故事层面的多重欲望与话语层面的叙述策略所揭示的欲望与伦理存在于彼此交织与跨界的"中间世界",在某种意义上质疑了欲望/伦理的二元对立,并暗示了罗斯小说身体叙事的狂欢化趋势。本章对作为叙事主体的身体所呈现的欲望书写进行文本分析,并在前文所述的"两种存在""两个世界""两个悖论"的基础上探讨小说《乳房》的身体叙事对欲望/伦理二元对立的质疑。

第一节　身体叙事的原欲动因

　　罗斯小说《乳房》身体叙事的根本动因是"原欲"(libido)。根据《牛津英语字典》(第 12 版)对"原欲"的解释,它是指精神分析学意义上的精神驱动力或精神之源,尤其与性本能相关,而且是固有的心理欲望与原动力。① 对"原欲"这一概念表述更为具体的是奥地利心理学家、精神分析学派的创始人西格蒙德·弗洛伊德和瑞士心理学家卡尔·荣格(Carl Gustav Jung,1875—1961)。弗洛伊德认为,原欲包含着各种爱:性爱的本能欲望、对自我的爱、对双亲和子女的爱,以及对朋友和普通人的爱。它更包括对无生命物品如艺术作品的爱、个人对国家的爱,甚至对一个抽象理念的爱。但他又这样认为:所有的爱都是从人格的一个共同来源发展出来的。他称这个心理能量的来源为"原欲"。② 从性质上讲,它主要是性能量。然而,荣格认为弗洛伊德关于性能量的说法过于狭隘,并指

---

① Stevenson, A. and Maurice Waite, eds. *Concise Oxford English Dictionary*. 12th ed. Oxford: Oxford University Press, 2011.

② Freud, Sigmund. *Three Essays on the Theory of Sexuality*. New York: Basic Books, 1962.

出原欲是一种能用于延续个人心理生长的创造性生命力，是一种广泛的生命能量，在生命的不同阶段有不同的表现形式。① 按照荣格理论，原欲是隐藏在精神后面的内驱力。当各种需要产生时，它就集中于满足这些需要的活动上，而不管这些需要是生理上的还是心理上的。在人格问题上，荣格反对弗洛伊德关于人格为童年早期经验所决定的看法。与之相反的是，荣格认为，人格在后半生能够由未来的希望引导而塑造和改变。

本书中的"原欲"一词在这部小说中具有多重含义。它既可以指小说人物对各种"爱"的原欲，又可以指小说人物的某种精神所隐藏的强大的内驱力，还可以指在某种希望的召唤下，小说人物自身人格得以塑造和改变的生命能量。随着小说叙事的推进，小说中原欲的多重含义暗示了小说人物对自身身份看法的转变，由变形成为"乳房"这一"纯粹肉体存在"的欲望逐渐过渡为超脱于"乳房"的"综合身体存在"的伦理。

具体来说，"原欲"在小说《乳房》中就是身体叙事的欲望故事及其话语与叙事者之间所构成的驱动关系。本书认为，"原欲"是小说《乳房》身体叙事的原始驱动力。显而易见，这部小说的标题"乳房"关系到身体，尤其是女性身体的一个关键性征。然而，有意思的是，这种女性性征被置换到一个具有男性身份的凯普什身上，并成为他变形为一只硕大的女性乳房后与自我及他人沟通与交流的唯一的原始驱动形式。可以说，乳房就是凯普什，凯普什就是乳房。这种身份表面上的对等性对原本迥异的二者来说极具荒谬性，却成为男性身份的凯普什表达自身的焦虑与欲望的重要原动力。

第二节　故事与话语中的多重欲望

小说中的欲望叙事一般可从故事层面和话语层面展开。本章基于罗斯"凯普什系列"的第一部小说《乳房》，分别对其故事层面的多重欲望和话语层面的叙事策略进行分析和论述。

一　故事层面的多重欲望

从小说《乳房》的故事层面来看，凯普什的身体变形为"乳房"的

---

① Jung, C. G. *The Structure and Dynamics of the Psyche*. New Jersey: Princeton University Press, 1970.

境遇与他的原欲密切相关，包括性爱的本能欲望、对自我的爱，以及对他者的爱，其中又包括其父母、导师，也可看出"变形"小说作者果戈理、卡夫卡，以及描述"精神分裂症"的陀思妥耶夫斯基的影响。

1. 性爱的本能欲望

首先，性爱的本能欲望消解了肉体与身体的界限。

小说《乳房》的主人公凯普什不可思议地变成了一只硕大的女性乳房，他保证"遵守那些作为一只乳房应该遵守的规矩"[①]。在他看来，"除非我还是做我自己，否则我会发疯，那样我就必死无疑了。看来我还不想死；这念头连我自己都有些吃惊，可我依然保留着对生存的渴望"[②]。求生的欲望依然在这只乳房里永恒地搏动。因此，他坚持认为自己还是个人，"不过不是人们所谓的那个人"[③]。面对这个不死之物，在克林格医生看来，这并非一个"纯粹肉体"，而是一个"综合身体"的存在，因为这种存在充满"人格的力量"和"生存的意志"[④]。不过，凯普什认为，这只不过是克林格医生的一种艺术的说法。他拒绝这种陈腐的说辞。他认为，"尽管我也许是个彻头彻尾的理性主义者"，"在这个荒谬的时代，我们必须坚持我们的平凡"，"我想发疯，我想癫狂、咆哮、撒野"[⑤]。在凯普什看来，对他的前妻所带给他的创伤来说，克莱尔就是一剂抚慰人心的解毒药。只要他想到已变形为"乳房"的他将永远无法报答这个冷静、内敛、异常含蓄的年轻女子所给予他的深情，无论是她对他的感情还是她那自发的同情心，他都无法从羞耻中完全解脱出来。他甚至因为缺乏理解力、感情与道德判断力而陷入自责的泥潭。同时，在性的领域，这种变形使他无比困惑，也几乎造成了他的崩溃与死亡。

因此，在克莱尔给凯普什按摩时，他忽然感觉到了枯木逢春。在按摩期间，凯普什对克莱尔的深情回忆，[⑥] 以及荒唐透顶的性幻想[⑦]和对自己

---

① 〔美〕菲利普·罗斯：《乳房》，姜向明译，上海：上海译文出版社，2010年，第32页。（参见 Roth, Philip. *The Breast*. New York: Vintage, 1972.）后文出自该书的引文，仅标出作者、作品名称以及引文出处页码。

② 〔美〕菲利普·罗斯：《乳房》，第32~33页。

③ 〔美〕菲利普·罗斯：《乳房》，第33页。

④ 〔美〕菲利普·罗斯：《乳房》，第35页。

⑤ 〔美〕菲利普·罗斯：《乳房》，第35~38页。

⑥ 〔美〕菲利普·罗斯：《乳房》，第47~56页。

⑦ 〔美〕菲利普·罗斯：《乳房》，第67~69页。

曾经梦想变成乳房的愿望成真的忏悔告白，这些"终极"想法却因他对克莱尔的深爱之情，始终没有向其言明。毋庸置疑，他想要她为他的"乳房"变形物疯狂不已。可他担心，如果真的说出来会把她吓跑的。"那样就没人会再来关心我了……我不会再有女人了。从今往后我不会再有爱也不会再有性了"①。正如米兹再黑（Moran Mizrahi）所说，人们通常认为两性之间随着亲密度增加而产生性欲望，然而他在研究中发现，性欲望的产生并不意味着两性关系的增进。即使女方表现出性本能的欲望在一定程度上能缓解两性的紧张关系，但男性所表现的性欲望可能意味着两性关系正走向疏离状态。② 用凯普什的话来说：

> 处在这样一种天灾之中，谁还有可能愚不可及地来关心我的公民自由权呢？那简直让人笑掉大牙了。反正我也只能孤独地思考着自己的处境，处在这种状态下的我又有什么必要去在乎我是否独自一人呢？我所知道的只有我也许正置身于一个隔音的玻璃圆顶之下……无论谁在我的头顶注视着我，我还不是像任何人所能够期待的那样孑然一身吗？③

这一段对未发生之事的叙述中反复出现的"孤独"意象，呈现了主人公的性爱本能欲望因为他自身的变形无法得到满足而使他焦虑不堪、无法自拔，实际上正是"肉体/身体"之间界限的模糊导致他对欲望/伦理二元对立的质疑。

毋庸置疑，对于已经变形为乳房的凯普什来说，他对克莱尔产生的性欲望以及焦虑感暗示着困于变形的他已经丧失了常人的伦理意义。他和克莱尔的两性危机可想而知。不过，身体发生变形的凯普什依然保持着正常人的爱欲本能。这成为他求生的精神动力。对此，沃奈克（Tom Warnecke）指出，在身体与精神的治疗过程中，病人的爱欲本能有助于提

① 〔美〕菲利普·罗斯：《乳房》，第52~57页。
② Men's displays of desire predicted a decline in their own and their partner's relationship-specific insecurities. 参见 Mizrahi, Moran, et al. "Reassuring Sex: Can Sexual Desire and Intimacy Reduce Relationship-Specific Attachment Insecurities?" *European Journal of Social Psychology* 46.4 (2016): 467-80. Jstor. Web. 19 Nov. 2019.
③ 〔美〕菲利普·罗斯：《乳房》，第30~31页。

升预期疗效。①

其次，凯普什对未发生事件的叙述进一步消解了欲望/伦理的二元对立。

对于他向女护士提出的关于性本能的"终极"想法，克拉克小姐置之不理。这让凯普什整个成为一个重达一百五十五磅的尴尬与悔恨的混合体。对于未发生事件，小说叙述（disnarrate）②了他的各种担心，如被记录在案，在画廊或看台被人听见，在晨间小报的头版上被人看见，或在公众场所成为人们茶余饭后的谈资。接着，小说叙述了他在内心所做的荒诞不经的辩解，也许是为了让人相信他还是个人，"不是别的东西，而是一个有良心、理智、欲望和悔恨的人"。③他扪心自问，"为什么说那个太荒诞呢！对于荒诞你们所有人又了解多少呢！究竟哪样更荒诞呢，在阴魂不散的噩梦中还要剥夺我那小小的乐趣"④。对于故事人物凯普什来说，像他这样幻想自己还是个正常的人的欲望持续了好几个月。最后，在克林格医生的帮助下，喷洒麻醉剂和改换男护士才让病房中的凯普什的欲望暂时得到控制。

从以上凯普什对未发生的事件的叙述可以看出，主人公在本能欲望驱动下的所作所为是纯粹意义上的原欲本能表现。但我们从主人公的自说自话中看不到关于他的原欲本能的任何回应。这种叙述上的空白也就在很大程度上暗示了凯普什已经异化为一个不为主流所接纳的个体。他对自己的身体没有了自主权和对话权。而且，凯普什的所有辩解到底是属于一个"人"之正常所想，还是一个"非人"之荒诞所为，叙述者反复以二者为对照，仿佛在描述着"欲望"与"伦理"的关系与评判标准。主人公的自我评论——"对那个结实又尽职的克拉克小姐我愈发地淫荡了，我好色，我粗野，我卑鄙"⑤，也明显暗示着灵与肉的二元对立。不过，主人

---

① Eros and erotic dynamics for body psychotherapy practice. 参见 Warnecke, Tom. "Eros in Body Psychotherapy—A Crucible of Awakening, Destruction and Reparation." *Body, Movement and Dance in Psychotherapy* 13.3 (2018): 143-55.

② 〔美〕罗宾·R.沃霍尔：《新叙事：现实主义小说和当代电影怎样表达不可叙述之事》，宁一中译，载〔美〕詹姆斯·费伦等主编《当代叙事理论指南》，北京：北京大学出版社，2007年，第242页。

③ 〔美〕菲利普·罗斯：《乳房》，第61~62页。

④ 〔美〕菲利普·罗斯：《乳房》，第60页。

⑤ 〔美〕菲利普·罗斯：《乳房》，第62页。

公的这句自我鄙薄的叙事评论也不无含混之处。语气不乏反讽与自嘲，也不无严肃反思的可能。故事人物的他者眼光在某种意义上正是罗斯挑战美国社会犹太裔传统伦理的切入口。他所讽刺的不是凯普什的荒诞欲望，而是传统习俗与道德伦理对变形人之幻想的眼光，也就是原欲驱动下的性幻想必然导致一个变形人被评判为"非人"的结局。

最后，凯普什"自我眼中的我"（I-for-myself）、"他者眼中的我"（the-other-for-myself）、"我眼中的他者"（the-other-for-me）的多重视角强化了对欲望/伦理二元对立的消解。

成为女性乳房腺体的凯普什自从发生变形后呈现为一个充满幻想的"非人"的身体存在，其在叙述者的"自我眼中的我""他者眼中的我""我眼中的他者"多重视角下，仿佛经历了一场激烈的对话与辩驳，使小说人物在罗斯的身体叙事中得到了多棱镜像般的映射与展现，从而消解了传统意义上欲望/伦理的二元对立。

关于他者与自我的关系，苏联著名文艺理论家巴赫金在《审美活动中的作者和主人公》中提出，主体自我必须成为和他自己相关的他人，必须通过他人的眼睛来观看自己。① "我"被巴赫金描述为"自我眼中的我"与"他者眼中的我"，而"他人"则必须总是成为"我眼中的他者"。②从这种存在于自我与他者之间的动态建构关系来看，他人从某个视角或者某种背景中来观察我，而我在这种视角和背景下永远也看不到我自己，我们尤其不能或不足以依靠我们自己来理解我们的个性的整体面貌。那么，罗斯正是通过这样的多重视角叙述一个已经变形而且发疯的故事人物的欲望和伦理的。

小说所叙述的人物的欲望与伦理主要体现于凯普什在"人"与"非人"、"身体"与"意识"，以及现实与幻想之间的身体困惑、精神焦虑和自我质疑。而这个故事人物的自我怀疑与想象旨在颠覆20世纪60年代美国社会犹太知识分子所面对的传统伦理与社会秩序。无论是微生物学家、生理学家、生化学家，还是克林格医生，都在持之以恒、竭尽全力地面对这个奇迹，但无论怎么收拾这个残局，最终都束手无策。那么，这个已经

---

① 〔苏〕巴赫金：《审美活动中的作者和主人公》，晓河译，载钱中文主编《巴赫金全集》第1卷，石家庄：河北教育出版社，1998年，第76~304页。

② 〔苏〕巴赫金：《审美活动中的作者和主人公》，晓河译，载钱中文主编《巴赫金全集》第1卷，石家庄：河北教育出版社，1998年，第76~304页。

变形为乳房的凯普什究竟是怎样的一种奇迹呢？

> 在这种状况下你最为怀念的还是愚蠢、琐碎、空洞的日常生活；撇开恶魔般的身体变形不说，我的智力当然也应该对我那乖张特异的不幸负责。它究竟是什么意思？它怎么会发生的？又为了什么？在整个漫长的人类历史上，为什么要偏偏发生在大卫·艾伦·凯普什身上？克林格医生告诉我的所谓的"人格的力量"和"生存的意志"……在我看来都是克林格医生的一种艺术的说法。①

从这段叙述来看，凯普什所凭借的"自我眼中的我""他者眼中的我""我眼中的他者"的多重视角，就是对乖张特异的自我身体的反思与拷问。也正是在反思与拷问这一过程中，对充满性本能的身体欲望与道德伦理的二元关系进行了挑战与消解。奇迹般的凯普什在自我的心灵独白中通过"他者眼中的我"（英语原文斜体显示的 meaninglessness，以及大写的四个诘问句型）对"我"的评价、"自我眼中的我"以及"他者眼中的我"的相关叙述，非常明显地暗示了20世纪60年代美国社会与犹太传统道德伦理对"人"与"非人"、"身体"与"意识"以及现实与幻想的两级划分。它似乎从根本上否定了与身体密切相关的欲望与伦理的过渡空间以及二者动态转化的可能性。

2. 对自我的爱

首先，小说叙述者对人物病痛的"少叙"（paralipsis）② 体现了主人公身体变形前后的本能自爱。

凯普什作为一名理性知识分子，在变形为"乳房"的前后，不仅对自身的身体欲望和感觉推测充满了惶恐与困惑，而且坚定地维持住了求生的欲望。他谦卑地认为，"阳光下的一切都是'怪异'地开始，'怪异'地结束，它们自身就是'怪异'……所有的存在都是奇迹……而我就是其中之一"③，似乎更为神秘。随着怪异感觉的开始，理性而多疑的凯普什就对自身进行了谨慎细致的观察与推测，并且对自身以往的身体状况保持坚

---

① 〔美〕菲利普·罗斯：《乳房》，第38页。
② 〔美〕杰拉德·普里斯：《叙述学词典》（修订版），乔国强等译，上海：上海译文出版社，2011年，第163页。
③ 〔美〕菲利普·罗斯：《乳房》，第4页。

定的信心。因为他"活到三十八岁还从未得过任何大病",下身出现的这种刺痛感绝对不算什么大事情。他认为他向来就没得过什么大病。直到过了病情的潜伏期之后,他才不得不向戈登医生描述自己的病症。小说叙述者以少叙的方式概述了人物的惊慌与恐惧,仅简明扼要地写了一句:"我在电话里向医生详细描述了我下半身的刺痛史"。① 然而,人物凯普什却希望他的话听上去就像客观的"病例分析",直到挂断电话他才把它与他的"病情"联系起来。

其次,小说叙述者对人物欲望的"多叙"(paralepsis)② 体现了主人公身体变形之后所具有的原欲,从侧面反映了主人公的自爱本能。

他详细地回忆了他与克莱尔在一起时欲望的神秘复苏以及欲望曾经消减的怪异,并追溯了他对欲望产生免疫力的原因。然而,对于他自身的感官快乐和触觉享受的不期而至,小说却以煽情的叙事回述了他在潜伏期的最后一个礼拜里尽情释放的生活,在某种程度上以原欲的自我否定了灾难的现实。

最后,小说叙述者对人物变形身体命运的"预叙"(prolepsis)③ 进一步揭示了主人公自爱的呼唤。虽然在他意识到自己是一只乳房时,小说预叙了他的身体的畸变可能遭遇的一些尴尬,不过他保持乐观以待的心态。他知道有人"就快要最终揭开这个科学之谜",也"期待医生能够在这种病情下挽留住我的生命,期待我自己还能维持住求生的欲望",④ 这实质上就是原欲意义上发自他内心的对自身的爱。

综上所述,故事叙述者采用了少叙、多叙与预叙多重方式,以不同的篇幅叙述了变形身体的自爱欲望。可以看出,这个变形物的身体与意识的界限开始变得模糊。在多叙与预叙部分,在凯普什变形后漫无边际的梦境般的幻想、质疑与欲望中不乏现实伦理的因素。这让凯普什在"人"与"非人"、"身体"与"意识"、现实与幻想的边界上游荡。它既具有肉体意义上的欲望,又不乏精神意义上的伦理。这在某种程度上消抹了欲望/伦理二元对立的思维定式。

---

① 〔美〕菲利普·罗斯:《乳房》,第 8 页。
② 〔美〕杰拉德·普里斯:《叙述学词典》(修订版),乔国强等译,上海:上海译文出版社,2011 年,第 163 页。
③ 〔美〕杰拉德·普里斯:《叙述学词典》(修订版),乔国强等译,上海:上海译文出版社,2011 年,第 182 页。
④ 〔美〕菲利普·罗斯:《乳房》,第 15 页。

3. 对他者的爱

凯普什变形为一只硕大的乳房的残酷现实阻断不了他对其身边的人的错综复杂的爱，包括他的父亲、导师阿瑟·舍恩布伦，以及果戈理、卡夫卡、陀思妥耶夫斯基，甚至这些文学作品中的"变形"与"精神分裂症"这样的抽象理念。

首先，小说主人公对其父母的矛盾情感的叙述体现了该变形物具有人之为人的亲情欲望。

凯普什以爱恨交加的方式概述了他的父亲的形象，如勇气惊人、勤勤恳恳、狡黠诡诈、残暴专横、吹毛求疵、天真、负责、温和，还有他那浓浓的爱意，以及他来看望自己时的喋喋不休，最终让凯普什认识到他的父亲是一位伟大而高尚的人。叙述者以同样矛盾的心理，回顾了他已去世的母亲蛮横无理与隐忍坚强的个性，以及他对母亲的感恩与自豪，并强调他过去创业的决心正是遗传自她，他那生存的方式正是以她为榜样，还有他能承受变形为一只乳房也是因为他的教养，而这来源于他的家庭环境。①

其次，小说主人公对其导师和一系列变形小说作者以及其他人物的复杂情感的叙述，体现了该变形物具有人之为人的友情欲望。

小说以真实与想象的方式叙述了前来探望他的导师——阿瑟·舍恩布伦儒雅而又虚伪的多重形象给他带来的信仰危机。凯普什在追溯阿瑟的形象时，一开始以"谜"的方式给他定下了不可捉摸的基调。在凯普什看来：

> 如今的他对我来说就是个谜，比以往任何时候都更加像个谜……也许有一天阿瑟会成为我们的总统……成为美利坚合众国的总统……他在人前表现出的自信，他面对两个或两千个听众所表现出的说服力，他那夺人耳目的温和态度与外交手段——他就像一台上足了油的机器一般总是令我反感，可无论如何他总使你不得不相信他或多或少是自己的主人。②

因此，在凯普什战胜了狂暴的性欲之后，他相信自己可以信赖阿瑟来

① 〔美〕菲利普·罗斯：《乳房》，第44~45页。
② 〔美〕菲利普·罗斯：《乳房》，第74~76页。

帮助他实现社交上的复出。然而，阿瑟在探望凯普什时的惊慌失措与歇斯底里以及事后的道歉信，使"虚伪"与"自恋"成为他一贯假装的从容、大度与关怀的最终标签，从而导致了一场严重的信仰危机。

而且，凯普什对变形小说及其作者果戈理、卡夫卡，以及描述精神幻觉的陀思妥耶夫斯基的迷恋，导致了他的下一场几乎无法避免的危机：他拒绝承认自己已变形为一只乳房。在他看来，"一个人是不可能变形为乳房的，除非出自他自己的想象"①。他告诉克林格医生他的幻想来自小说，他全情投入的文学作品激起了他的精神分裂型幻想。"变形"的观念植入了他的大脑，因为他每年都要教授果戈理小说和卡夫卡小说《鼻子》和《变形记》。有意思的是，克林格医生始终认为，凯普什并非患有"精神分裂症"，其精神根本就没有病。他的震惊、恐慌、愤怒、绝望、迷失、彻底的无助与孤独以及深深的失落，在克林格医生看来，都不能称为疾病。他就是只乳房，一只变异的乳房。面对这个神秘的不幸事件，他并非已发疯，他装疯卖傻只是为了否认事实，即假装天真，怂恿自己把自身的处境和自己对果戈理、卡夫卡等人的荒诞作品的文学研究联系起来。克林格医生说，"如果你坚持这种想法，那你的麻烦就真的大了……你就会制造出真正无可挽回的幻想"。②凯普什发誓要拒绝这个幻想，不要做它的俘虏和牺牲品。如果他还不能抛弃这种身体幻想的话，他每天都将受制于精神错乱。于是，他不再相信自己是一只乳房了，他要坚守住大卫·艾伦·凯普什这个文学教授的身份所蕴含的希望。从前面所述可见，他的友情欲望所产生的信仰危机导致了他自身在"人"与"非人"之间的幻想危机。

最后，小说叙述者对人物自身变形之前的现实生活的倒叙体现了主人公对其"公众形象"的欲望，进一步揭示了主人公原欲意义上对他者的爱。

凯普什在感觉到自己正逐渐回归自我时，再次陷入了无边无际的幻想。小说大篇幅地倒叙了凯普什在变形为"乳房"之前作为文学教授的琐碎日子。他感觉自己能看见自己重新回到了课堂上，讲授果戈理和卡夫卡关于身体变形的幻想。③同时，小说的叙述者又不时从过去拉回到他身处

---

① 〔美〕菲利普·罗斯：《乳房》，第84~85页。
② 〔美〕菲利普·罗斯：《乳房》，第98页。
③ 〔美〕菲利普·罗斯：《乳房》，第100~102页。

的变形现实，他想要弄清楚为什么他把自己想象成一只乳房。叙述者将
"凯普什"从"乳房"中剥离出来，即从心理学角度推测了"乳房崇拜"
的来龙去脉，凯普什似乎战胜了认为自己是一只乳房的念头。然而，不失
理性与多疑的主人公为了不断地证明自己的真实身份，在与父亲的对话中
得知他是一只硕大的乳房，而且他是个精神病人的真相后，再次陷入疯狂
的幻觉解释中。在反复的追问中，他得到的回答却是黑白颠倒、令人困惑
的，于是进一步消抹了"人"与"非人"、现实与幻想的界限。

　　综上所述，故事叙述者结合矛盾叙述与幻觉倒叙的方式，叙述了变形
身体的他爱欲望。可以看出，作为变形物的"人"与"非人"、现实与幻
想的界限进一步变得模糊。总之，凯普什在"人"与"非人"、"身体"
与"意识"、现实与幻想之间自爱与他爱的欲望，在某种程度上进一步消
解了欲望/伦理的二元对立。

二　欲望话语的叙述策略

　　从小说《乳房》的话语层面来看，在主人公凯普什变形为"乳房"
后，不同叙述形式的欲望话语构成了延续凯普什心理生长的创造性生命
力。其喋喋不休的叙述背后隐藏着的强大内驱力是荣格意义上的一种广泛
的生命能量。

　　以下根据小说《乳房》的叙述策略，对文本的欲望话语展开论述。

1. 读者邀请式叙述

　　叙述中的"读者邀请"（response-inviting）是指由于作者叙述策略与
读者阅读过程之间相互作用与相互融合，文本中的空白与否定诱发而且控
制实际读者与潜在文本的双向交流。一般来说，一部读者型作品的空白越
多，越能激发读者的想象，也就越能诱发和控制读者的建构行为，促使读
者在阅读过程中不断融会贯通，在新因素对旧因素的反复、抵触和发展中
修正自己的判断，对文本做出某种反应，并逐渐发现其文本意义。阅读理
论家沃尔夫冈·伊瑟尔（Wolfgang Iser，1926—）认为，"空白自动地调动
了想象，提高了读者的建构能力，他不得不尽力补充空白，把这些文本图
式联系起来，成为综合的完型"①。因此，作品的意义只有借助读者的积

---

① Iser，Wolfgang. *The Art of Reading: A Theory of Aesthetic Response*. Galtimore：The Johns Hopkins
University Press，1978. 216.

极介入和批判性思考，才可能在读者与文本不断生成的运动过程中产生。

在小说主人公变形为"乳房"的第一章，一方面，故事叙述者以"空白"的叙述策略处处设下悬念，使读者产生一系列困惑。叙述者以"它怪异地开始了"这句话开篇，以评论的方式对即将变形为"乳房"的凯普什的怪异故事进行全知式介入。然而，究竟是什么怪异地开始了？文本没有指明，读者也无多知晓。于是，"怪异"构成了这一阶段叙述的关键词。那么，这个故事的开篇代词"它"到底是什么呢？接下来，叙述者提及的"阳光下的一切""所有的存在""有些东西"同样晦涩不堪，令人摸不着头脑。

> 它怪异地开始了。可是如果能有不同的开始，那又会是怎样的开始呢？当然，人家会这么说，阳光下的一切都是"怪异"地开始，"怪异"地结束，它们自身就是"怪异"：一朵完美的玫瑰是"怪异"，一朵并非完美的玫瑰也一样，你家邻居花园里那朵好看又普通的粉红玫瑰也一样。我了解透视法，那种手法会让一切都显得神秘而高远。思考一下永恒这个问题，思考，如果你全力以赴地思考，脑子里就会一片空白，就会发现所有的存在都是奇迹。可是我仍然要这么对你说，满怀谦卑地对你说，有些东西就是比别的来得更为神秘，而我就是其中之一。于是，它怪异地开始了，伴随着下身感觉到的一阵和缓的、偶尔的刺痛。①

毋庸置疑，代词的指代意义总是以其所指代的对象预先出现为前提的。如果指代对象缺失或模糊不清，就会给读者的阅读造成困难。小说第一章以"它怪异地开始了"进入故事，却又没有言明怪异的对象，然而读者似乎可以接受这一含混不清的句子。这是因为主人公大卫·凯普什是乳房变形物，不是正常人。他说的话自然不完整，缺乏逻辑性。然而，凯普什还有正常知觉和反思能力，甚至还能保持谦卑之心。因此，在这样的信息之间，无法建立起关于该代词的意义连接。此处的空白导致了读者与文本之间的文学交流戛然停顿，它成为阅读过程中激发读者的想象和欲望的动因，从而诱发他们积极参与文本意义的建构。

---

① 〔美〕菲利普·罗斯：《乳房》，第3~4页。

不仅如此，文本在叙述他对"怪异地开始"的反应时，再次使用了代词"它"，却又不在毗邻的上下文中予以明示。这不能不使读者感到疑惑：是文本无视语法规则，还是有意为之？如果是有意为之，文本叙述的意图何在？同时，读者对"它"所指代的实际对象仍然抱有浓厚的兴趣。他们想弄明白是什么怪异地开始了？这种怪异的开始究竟会导致什么样的后果？它给主人公带来了什么样的心理感受，又导致了什么样的眼光？他的命运又将是什么样子？这一欲望激发读者不断生成对"它"的不同想象，并促使其在阅读时瞻前顾后，努力从下文的阅读中找到能连接这一缺失环节的对象。

读者的这一欲望和努力一直持续到第二章。故事人物凯普什以"我是一只乳房"这一内心独白，使读者对"它"的所指恍然大悟："在 1971年 2 月 18 日的子夜到凌晨四点之间我的身体发生了这样的变形……我变成了一叶与任何人形都毫无关联的乳腺。"① 实际上，在小说第一章中，读者可以发现很多"怪异"的暗示。譬如：

> 可我还是认为那绝对不算什么大事情，我向来就没得过什么大病……已是午夜时分，对那些魔幻的心灵来说身体的变形往往发生在这种时候……我本来一直把它归结为是我对她的欲望的复苏……事实上，我已经准备再去拜访我以前的心理医师，与他一起探讨下我对克莱尔的性欲消失的问题，可是就在此时又来了次晴天霹雳，我的激情又不期而至……我知道，有些人声称他们就快要最终揭开这个科学之谜……可那也许正是我必须的，期待医生能够在这种病情下挽留住我的生命，期待我自己还能维持住求生的欲望。②

于是，读者终于明白了主人公为什么会在变形发生的时候歇斯底里地苦苦号叫。但是"它究竟是什么意思？它怎么会发生的？又为了什么？在整个漫长的人类历史上，为什么要偏偏发生在大卫·艾伦·凯普什身上？"③ 对凯普什这样一个健康而严肃的知识分子来说，在他身上发生如此怪异的事令人无法理解、无法同情，也无法取笑。而突如其来的变形让

---

① 〔美〕菲利普·罗斯：《乳房》，第 19 页。
② 〔美〕菲利普·罗斯：《乳房》，第 7~19 页。
③ 〔美〕菲利普·罗斯：《乳房》，第 37 页。

他感到迷茫与无奈。读者对故事人物的境遇不免感到深切同情。

从上述可见，在"它"的所指对象被确定之前，读者对文本所产生的想象可能与这一结果有所关联，但更为可能的是与之毫不相干。这是因为叙述者与人物不同的叙述声音打破了这种期待，使读者产生了一种意义生成的愉悦。它不仅补充了凯普什变形的故事，而且促使读者在阅读过程中不断联系前后文，修正自己的预设和判断，并不断完善凯普什的故事。正是在读者的这种主动建构行为中，凯普什的一个个欲望故事被还原、一个个人物得以出场。但是如果把这两章的故事按照代词的所指对象基于传统叙述方式在上下文中自然排列，所指先于代词出现在叙事中，虽然也呈现给读者一个个完整的故事，但大大地削弱了文本所带给读者的深深震撼和丰富的隐含意义。

另一方面，故事叙述者以否定（negation）的叙述策略从多视角来突出文本的隐含部分，揭示出此部分对读者的巨大影响。它强调读者的积极介入和批判性思考，并使文本意义的不断生成过程成为读者的意义体验历程。

小说《乳房》主人公的身体变形，究竟是"人"还是"物"，是"纯粹肉体"还是"综合身体存在"，是"身体"还是"意识"，扑朔迷离，令人百思不得其解，此即伊瑟尔所称的"不确定性"。这就必然激起读者的积极介入及建构行为。

为此，《乳房》文本提供了多个叙述视角。然而，彼此之间不相吻合，甚至相互对立，构成了透视角度的不一致或冲突，即伊瑟尔意义上的"否定"。在伊瑟尔看来，否定可具体分为初级否定（the primary negations）和二级否定（the secondary negations）。[①] 根据文本与世界的关系，初级否定主要指文本对现实世界的扭曲或重构。二级否定主要指文本内的所暗示之物，而非表现之物，即"那些在文本中没有被表现，却产生于文本符号和读者创造的格式塔之间的相互作用的东西"。[②]

对于这个怪异的变形物究竟是什么，《乳房》文本中所提供的多个叙述视角充满质疑性，属于典型的二级否定。它不仅是对现实世界社会规范

① Iser，Wolfgan. *The Art of Reading: A Theory of Aesthetic Response*. Galtimore：The Johns Hopkins University Press，1978. 196.

② Iser，Wolfgan. *The Art of Reading: A Theory of Aesthetic Response*. Galtimore：The Johns Hopkins University Press，1978. 196.

的扭曲或重构，更是文本中由怀疑而产生的潜在相关性，要求读者积极介入并做出批判性思考。因此，否定构成了阅读活动的基础。它诚挚地邀请读者发现主题，把他的发现和他的习惯性倾向结合起来，对其做出修正，并把文本的主题转化成读者的体验。

在第一章，读者被引入凯普什身体变形"怪异地开始"的精神世界。他时序倒错的意识显然紧紧围绕着他的下身或代表它的欲望以及焦虑、困惑和性等意象，如戈登医生、妻子克莱尔。下身的刺痛感给他带来的恐惧和困惑让他不得不在一个午夜时分向戈登医生求助。四个小时的疼痛与恐惧让他魂不守舍、精神错乱。他将自己性欲的突然复苏与先前的性欲衰退进行对照，倒叙了过去褪色的婚姻生活，又不断将回忆拉回到性欲复苏的现实。由于凯普什是一名严肃的知识分子，他的身体变形行为必然受到强烈的自我意识的支配。他能体会到怪异的身体变形给他带来的各种感受，却不知道这就是他变形成"乳房"的先兆。他也根本不知道，正是这种"怪异地开始"成为他许多行为举止的动机。他的焦虑与困惑让他无法像普通人那样意识到：欲望的剧烈变化源自他身体内"荷尔蒙激增""内分泌失调"，或者是"雌雄染色体的大爆炸"。比起故事中的戈登医生，凯普什所经历的焦虑与困惑要多得多。对他而言，发生在他身上的事"没人曾经经历过……而有时候，我也和他们一样：我能够理解，我能够同情，我也感到好笑"[①]。从这个角度来审视变形的凯普什，他的变形身体不过是一具活在世上的死尸。对他而言，生活充满了荒诞。从凯普什的意识中，读者首先感觉到的就是美国的犹太知识分子被笼罩在一片病态和悲剧的气氛中。但读者对凯普什是寄予了无限同情的。他是一个身体畸变物，因而他的病态身体和混乱意识是情有可原的。读者甚至可以这样假设：如果凯普什不是乳房形变物，那么他在这个世界上会建立起一种切实有效的正常人的生活，他的一生也许就不再是荒诞的了。因此，在阅读完小说第一章后，读者会产生这样一种期待：或许犹太其他心智正常的同胞，如他的家庭医生，会有办法使这位犹太知识分子从病态和悲剧中解脱出来。

戈登是凯普什的家庭医生，其诊疗水平自然高于常人。作为家庭医生，他理所当然应该成为这个家庭的拯救者，肩负起抢救这个知识分子的重任。然而，文本呈现给读者的戈登精神世界似乎与凯普什的一样混乱不

---

① 〔美〕菲利普·罗斯：《乳房》，第 15 页。

堪，甚至更加的病态、颓废。尽管戈登每天早晚都会到凯普什所住的雷诺克斯山医院的病房里看他一次，并给予他非常好的照顾。然而，这位医生和他的同事面对如此怪异的"疾病"，只是简单地解释为由荷尔蒙造成的，并把凯普什作为"非人"进行全天候的闭路电视监控。这让变形为乳房的凯普什在自己的身份定位上更加困惑不堪。这就很难想象这位医生能够采用某种抑制乳腺发育的荷尔蒙，让凯普什恢复他从前的体格。

凯普什变形为乳腺体却一直没有死掉引起了医学界极大的兴趣。曾为凯普什做心理疏导的克林格医生认为这个不死之物始终保持"人格的力量"和"生存的意志"。在"人"与"非人"的身份定位上，医生的陈腐说辞使凯普什的理性大厦顷刻间坍塌了。对人的自由价值相当重视的凯普什企图充当复归人性的勇士。他要把无意义的变形转化为荒谬的选择。于是，他选择了作为一只乳房的活法。他非但没有拯救出他的变形身体，反而以身体变形方式按自己的想法活下去，并以全新的认识改变着自己的生活。在以里尔克的《远古的阿波罗残雕》一诗结束的小说尾声中，读者再一次体验到欲望与伦理的诉求对于一个"人/非人"来说是如此的荒诞不经。充斥于这样的生活中的别无他物，唯有荒谬与无意义。

从上述的阅读过程中我们不难看出：读者自己被迫放弃曾经期待的每一种联系，而且只要每一种期待被否定，每一种联系就被中断，荒诞无意义的生活就会转变为读者的一种体验。因此，《乳房》提供的是一个逐渐发现的、动态的和不断变换感知的理解对象。作品的阅读过程即是理解者与理解对象相互作用、相互融合的历程。这是因为每一种新的因素都通过对前面因素的重复、抵触或发展生成一种新的视域，作品意义就在读者与文本不断生成的运动过程之中产生。

2. 反讽式叙述

"反讽"具有不同的含义。一方面从修辞学上来说，它具有三种含义。其一，佯装无知。譬如阿里斯托芬的喜剧中存在这样的角色，他在自以为高明的对手面前说傻话，但最后证明这些傻话是真理，从而使对手认输。其二，苏格拉底式的反讽（对方在他的请教和追问下不自觉露出破绽）。其三，罗马式反讽（字面意义与实指意义不符或相反）。另一方面从叙述学上来说，反讽作为一种创作原则，存在这样一个事实，即世界本质上是诡论式的，保持一种模棱两可的态度才能抓住世界的矛盾整体性。另外，从新批评意义上来说，反讽是指语境对一个陈述语含义明显的歪曲或颠倒，即言非所指。从诗学角度看，反讽来自语境中对立物的均衡，即通常互相冲突、互相排斥、互相抵消的方面，在诗中结合为一种平衡状态。总之，这些貌似不同的含义体现了反讽的本质，即对二元对立的质疑与消解。

罗斯小说《乳房》中的反讽式叙述主要表现为夸张法、正话反说等，暗示了主题意义相反相成的两重或多重表现，形成了强烈的反讽意味。

其一，夸张法。

夸张法是指在客观现实的基础上运用丰富的想象力，有意识地对事物的形象、特征、作用、程度等夸大或缩小，从而诱发或暗示读者或听者的想象力，加强所说的话的力量，收到滑稽效果，使事物的本质更好地体现出来。这种修辞手法可把错误的道理即谬论夸张到荒谬的程度，谬论自然被击败，真理也在夸张的语言中不言而喻了。它往往具有幽默感和哲理性。

小说《乳房》的故事人物凯普什变成一个女性乳房的变形物之后，没有视觉、没有味觉、没有嗅觉，只剩下微弱的听觉，而且还不能动。[①] 要认识自我身份，他只有在有限的听觉感知中通过接收他者的信息才可能对自己做出注解与诠释。然而，叙述者在小说第二章开门见山，向读者宣告"我是一只乳房"，透过这种直陈叙述以及后文出现的他者评论，足可见其叙述的"超前夸张"，即在时间上把后出现的事物提前一步的夸张形式。譬如：

> 人家告诉我如今的我是一个具有足球或飞艇外形的生命体；一个重量为一百五十五磅的海绵联合体，而高度依旧是六英尺……人家告诉我它是输乳管的开口……人家说，我的肉体是柔滑的、"年轻的"，我依旧是一个"白种人"……他们（医生们）主张我乳头上粗糙起皱的皮肤是由龟头形成的……过了一个星期他们才告诉了我些许详情，此前他们只是说我"病得很重"，说我得了"内分泌失调"。[②]

比起这些碎片化的描述，开篇宣言的"超前夸张"已经夸张到了荒谬

---

① 〔美〕菲利普·罗斯：《乳房》，第23页。
② 〔美〕菲利普·罗斯：《乳房》，第19～23页。

的程度。"我是一只乳房"的直陈宣告自然被后文逐个击破。关于这个怪异的变形体到底是什么,读者感到模棱两可,不得其解。这就从根本上消解了叙述者关于变形身体自我身份的叙述。

其二,正话反说。

"正话反说"与"反话正说"虽然在修辞格上常常作为对立的两个术语,不过,学界对"正话反说"与"反话正说"的界定不一致;言语表达中这两个术语的运用也不一致;"正话"与"反话"的含义并非完全对立。无论是"正话"还是"反话",其真正含义都取决于语境。只要不是以正面直接的方式说出来,都叫"正话反说"。

关于主人公的自我身份,凯普什愈加怀疑和焦虑,反复地正话反说,大大激发了读者的阅读想象,不断调整阅读过程中的各种预设与期待。主人公在宣告"我是一只乳房"后,即向读者暗示他只不过成了一个乳房变形物("非人"),他已经不可能具有常人的各种身体器官了。然而,凯普什不断地向戈登医生和护士以及他自身发出拷问:"我的脸在哪里!我的胳膊在哪里!我的腿呢!我的嘴巴在哪里!我是怎么回事啊!""我究竟怎么了?""我怎样进食呢!"① 这样的拷问实质上质疑并消解了主人公的"非人"形象,激发了读者对这个变形体的人性想象,并对主人公的欲望/伦理二元对立的思考做出了某种意义上的理解与共情。

凯普什反复地正话反说,强调了一个"人"与"非人"之间的含混形象,在某种程度上质疑与消解了欲望/伦理的二元对立。他说他是个"被截去了四肢的人"②,在护士给他清洗的过程中感到自己被"召唤",还能再次感觉到"那种伴随有色情刺激的快感"③。他依旧存有的性癫狂,他健全的心智和尊严,以及他保留着的对生存的渴望让他坚信,他"还是个人,不过不是人们所谓的那个人"④。

那么,他究竟认为自己是个什么样的人呢?小说以人物对话的方式,通过凯普什与克林格医生的辩驳以及他与隐含读者的交流,否定了"人格的力量""生存的意志"的说教,凯普什认为自己从来也不"坚强",他就是"怪异",他就想发疯和癫狂。他认为,"在这样的世界,在这个荒

① 〔美〕菲利普·罗斯:《乳房》,第24~26页。
② 〔美〕菲利普·罗斯:《乳房》,第26页。
③ 〔美〕菲利普·罗斯:《乳房》,第27页。
④ 〔美〕菲利普·罗斯:《乳房》,第33页。

谬的时代，我们必须坚持我们的平凡……我们都明白还是有那么多的东西需要我们去忍受"①。故事人物以正话反说的方式，将自我身份的拷问上升到了对欲望/伦理二元对立的反思，远远超越了"我是一只乳房"或"我还是个人"这一话语本身的叙述意义。

夸张法与正话反说都暗示了凯普什在变形为乳房之后对自我身份的反讽与质疑，在某种意义上质疑与消解了欲望/伦理的二元对立。围绕"我是一只乳房"这一命题，故事人物从最初的他者镜像到最后的主观臆想，构建了关于"我是一只乳房"这一命题的反命题，即"我还是个人，不过不是人们所谓的那个人"②。这个通过夸张法与正话反说方式构建身份的过程尽管极具荒谬性，然而构成了故事人物在面对"我是一只乳房"的残酷现实时心理不断成长的创造性生命力，更构成了叙述者让故事不断向前推进的强大驱动力。

3. 狂欢化叙述

文学中的狂欢化源于中世纪的狂欢节日给社会全体大众带来的狂欢化世界感受，是"快乐相对化"的必然结果。它使人们的精神生活实现了从日常官方的"第一世界"向狂欢化的"第二世界"的跨界，其中包含诸多的反常逻辑。

其一，加冕与脱冕。

加冕与脱冕源于西方狂欢节的一个仪式：对狂欢节上的小丑进行加冕仪式，让他穿上国王的冠冕，享受国王的权益。大家顶礼膜拜完毕，又对他实行脱冕仪式，扒下他的衣服，夺去他的权杖，讥笑并且殴打他。巴赫金将加冕与脱冕看作狂欢的基本仪式，作品中的艺术思维通过加冕与脱冕实现。加冕与脱冕的仪式体现了交替与变更、死亡与再生的精神，同时表现了一种颠覆力和创造力。这种仪式逐渐成为一种艺术思维，渗透到人们的观念中，被作家用以观察周围世界，处理笔下题材。

小说《乳房》第三章至第五章中，故事叙述者以及人物在叙述过程中的狂欢化色彩愈加强烈，共同构筑了故事的高潮部分。尤其是，第三章主要以人物独白方式叙述了凯普什加冕与脱冕的性幻想。这一章以"乳房本身就好像是一个宇宙——柔软的宇宙"开头，似乎使遭遇身体变形的主人

---

① 〔美〕菲利普·罗斯：《乳房》，第38页。
② 〔美〕菲利普·罗斯：《乳房》，第33页。

公从一个怪异的小丑摇身一变，成了希腊神话中的天神宙斯或海神波塞冬。他的变形体"乳房本身就好像是一个宇宙——柔软的宇宙"①。故事人物凯普什把自己幻想成波塞冬或宙斯，在乳房这个柔软的宇宙中寻欢作乐。他认为，他是理性主义之神，但也能像普通人那样拥有欲望与激情。确切地说，他认为自己也是个会发疯和癫狂的有理智之人，因为他要让所有的观众相信他"还是个人——不是别的东西，而是一个有良心、理智、欲望和悔恨的人"②，并且把自己难以遏制的性欲望视为"英雄的伟业"③。他在妻子克莱尔来探望他的时候，回忆了一段他们去年夏天在南塔基特岛上度假的情景：

> 多么奇妙的感觉，远处是大海在那里咆哮！这乳房本身就好像是一个宇宙——柔软的宇宙！——而我就是波塞冬，是宙斯！无怪乎希腊人会把神给人化了——只有那样的神才能像人一样寻欢作乐呀。④

不难看出，叙述者将变形为"乳房"的凯普什从一个怪异的变形物加冕成了"神"这样一个具有自我意识和各种欲求的生命体。这不仅表现了主人公的欲望与伦理，而且暗示了文本的多重意义。也就是说，欲望/伦理二元对立的关系在神的视角下受到了质疑与消解。

故事主人公在叙述者的操控下，不仅得到了加冕，而且在人物内心独白中大大降格了自我形象，并且走向了另一个极端，即"脱冕"。主人公因为不切实际的欲望，特别是梦想变成乳房，最终让自己沦为了这种梦想的牺牲者，即整个成为一个重达一百五十五磅的羞辱与悔恨的混合体。这不仅具有"快乐的惩罚意味"⑤，而且陷入了一场荒谬的灾难。他认为自己成了一个"荒谬的生命体"⑥，他很担心他会沉溺于自己的荒唐欲望。于是，他在克林格医生的帮助下开始试着消灭，至少是忍受欲望的煎熬；而且，他竭尽全力不去挑起已经陷入荒诞的克莱尔对其荒诞自身的认真思考。

---

① 〔美〕菲利普·罗斯：《乳房》，第55页。
② 〔美〕菲利普·罗斯：《乳房》，第62页。
③ 〔美〕菲利普·罗斯：《乳房》，第66页。
④ 〔美〕菲利普·罗斯：《乳房》，第55页。
⑤ 〔美〕菲利普·罗斯：《乳房》，第57页。
⑥ 〔美〕菲利普·罗斯：《乳房》，第68页。

　　如果我沉溺于那样的行为，我的品位就只会越来越怪诞，直到最后我会陷入一种人格障碍，从此堕落于——或者说升腾于——一个虚无之境。我会发疯的。我会忘记自己是谁，是干什么的。我会忘记一切。那样的话即使我能免于一死，除了一大块肉以外我还能有其他任何的意义吗？[①]

　　从以上所述可见，主人公强烈的自我意识在狂欢化的叙述中对自我的欲望与伦理不断地考量。他成了一个被逐渐发现的、动态的和不断变换感知的理解对象。读者在叙述者关于主人公加冕与脱冕的狂欢化逻辑中，不断被迫放弃他曾经的每一种期待。随着每一种期待被否定，每一种相关的联系就被中断，荒诞而无意义的生活就会转变为读者的一种体验。正是从这种意义上来说，欲望/伦理二元对立的关系受到了质疑与消解。

　　其二，前后反转。

　　"前后反转"是狂欢化逻辑中因"两个世界"迥异的价值观，一个世界向另一个世界的反转。它通常是人们在某种社会政治历史背景下实现反叛与颠覆的工具。

　　小说《乳房》的故事人物以"前后反转"的方式，从"我是一只乳房"的命题出发，在真实与幻觉之间自我质疑，并反转了这样一个命题，而后在内心独白中反观变形现实，并对其做出理性的反思与升华。可见，故事人物成了理性的荒诞与荒诞的理性的统一体，并向读者暗示了欲望/伦理二元对立受到了某种意义的质疑与消解。

　　小说第四章主要以元叙述方式追溯了不伦教授阿瑟·舍恩社会阅历的来源，幻想其来访的模样，并幻想了一场严重的"信仰危机"。随之，他又拒绝承认自己陷入的变形危机，在真实与梦境的交织中否定自我已变形成为"乳房"和精神崩溃的现实，幻想自己在逐渐回归自我，回归以往正常的教学生活。而且，他试图反思他为什么把自己想象成一只乳房。他认为，这种幻想与他教授文学作品时对卡夫卡或果戈理的想象存在某种联系。在真实与幻觉的较量中，故事人物不断地自我怀疑与辩驳，发现变形为"乳房"这一事件只不过是他个人的主观想象。这就进一步构建了"你就是只乳房，一只变异的乳房"的反命题。

---

① 〔美〕菲利普·罗斯：《乳房》，第65页。

小说第五章的故事人物在现在与过去的交织中回顾了大学时代自己在戏剧社团里的莎剧模仿天赋，又不由自主地思考起当下的苦涩命运。叙述者主要以内心对白的方式，对于自我为何遭受这样的身体变形，在不断拷问中坚守他幻想中的最后尊严。在他看来：

> 我实现了飞跃。完成了升华。我将书本上的词语变化为现实。我是个超越了卡夫卡的卡夫卡。卡夫卡只能在想象中把人变成为蟑螂。可你瞧瞧我的成就……就像别的许多事情一样，伟大的艺术总要实现在某个人的身上。①

不仅如此，他极具激情地告诉自己：

> 这里是在自我实现的时代里的幸运之地，而我是大卫·艾伦·凯普什，是一只乳房，我要按我自己的想法活着……也许我自己该把这一切告诉人家……靠说真话出名总比靠荒诞不经的流言蜚语和胡编乱造的小报要来得强。②

在故事的尾声中，引叙的里尔克的《远古的阿波罗残雕》一诗则进一步增强了小说人物的生命能量，并反转了"乳房"的变形现实。凯普什怀着赤诚之心敞开心扉，很大程度上昭示了在他变形为"乳房"后，他的"人格"在求生希望的召唤下，将不断得以塑造和改变，因为他认为，"你必须改变你的生活"③。

不难看出，小说《乳房》身体叙事的欲望话语不仅体现在故事层面，而且展现于邀请式、反讽式和狂欢式叙述中。前文提到的凯普什关于"性爱的本能欲望""对自我的爱""对他者的爱"，这些方面都体现了"原欲"的丰富含义，而且给故事人物赋予了不同程度的欲望色彩。然而，故事人物即凯普什与"乳房"二者合一的变形肖像——既是曾经的那位文学教授、情人、儿子、朋友、邻居、顾客、委托人、公民，又是一个重量为一百五十五磅、高达六英尺的女性乳房腺体——这本身就是人与非人、现

---

① 〔美〕菲利普·罗斯：《乳房》，第125～126页。
② 〔美〕菲利普·罗斯：《乳房》，第130～132页。
③ 〔美〕菲利普·罗斯：《乳房》，第135页。

实与幻想之间的欲望与伦理矛盾体。这种矛盾体仿佛现身于一面哈哈镜。如果我们把批判现实主义文学比作反映现实的一面镜子，那么，我们不妨把这种关于欲望与伦理矛盾体的荒诞文学比成反映现实的一面哈哈镜。尽管语言荒诞、意象怪异、情节离奇，却另辟蹊径，唤醒了人类对自身所处的生存境况的自我意识，揭示了深刻的主题。譬如，作为"乳房"模样的变形人，凯普什最初确信自己是一个截去了四肢的人。① 后来，他坚持认为"我还是个人，不过不是人们所谓的那个人"②，而且是一个"有良心、理智、欲望和悔恨的人"③。他惊恐地发现自己并没有从真正的睡眠中醒过来，而只是从那做着噩梦的睡眠里醒了过来，他依然还是那个大卫·艾伦·凯普什，还在做梦的凯普什。在他看来，"这乳房本身就好像是一个宇宙——柔软的宇宙！而我就是波塞冬，是宙斯"④。"我是个超越了卡夫卡的卡夫卡"⑤，最终，他认识到"我就是大卫·艾伦·凯普什，是一只乳房，我要按我自己的想法活着"⑥。这些认识暗示了虚构与幻想的二者交织与彼此消解。这就为消解人与非人的"两种存在"、现实与虚构的"两个世界"、欲望与伦理的"两个悖论"奠定了身体的基础，即否定了凯普什的原欲所固有的静态特征，暗示了动态变化的可能性。小说以里尔克的《远古的阿波罗残雕》一诗收尾，尤其是诗中最后的警句"你必须改变你的生活"将该小说欲望话语中原欲的暗示性表达得更具召唤性。正如里尔克所言，"远古的阿波罗残雕"以烛火般辉煌的躯干注视着我们的生活，这必须要改变。

总之，小说叙述者以不同的叙述方式叙述了人物凯普什在身体变形为"乳房"后对欲望与伦理的追寻与反思，不断揭示文本的多重含义，并召唤读者要像凯普什那样看待自己在变形为乳房后人与非人、现实与虚构的动态变化，因为这种怀疑与游戏的小说态度可能意味着对欲望与伦理的二元对立的消解。

---

① 〔美〕菲利普·罗斯：《乳房》，第 26 页。
② 〔美〕菲利普·罗斯：《乳房》，第 33 页。
③ 〔美〕菲利普·罗斯：《乳房》，第 62 页。
④ 〔美〕菲利普·罗斯：《乳房》，第 55 页。
⑤ 〔美〕菲利普·罗斯：《乳房》，第 125～126 页。
⑥ 〔美〕菲利普·罗斯：《乳房》，第 130 页。

第三节　欲望与伦理的"中间世界"

在前文关于小说《乳房》的欲望叙事分析中，凯普什是典型的原欲性人物，处在欲望与伦理的"中间世界"。在他变形为"乳房"后，他最终成为人与非人的统一体，既具有某种伦理的人的"综合身体"存在，又不乏欲望的"纯粹肉体"存在。在原欲的驱动下，凯普什在人与非人、现实与虚构以及欲望和伦理交织的"中间世界"叙述自己的生存境遇。

凯普什究竟是内分泌失调的普通"病人"，还是变形成为"乳房"的怪物呢？是"综合身体"存在，还是"纯粹肉体"存在？是对现实的叙事，还是对幻想的虚构？是静态的描述，还是动态的建构？这些都构成了读者在面对故事人物喋喋不休地讲述生存境遇时所产生的主要困惑。

根据小说的第二章（"我是一只乳房"）的叙述，故事人物变成了一叶与任何人性都毫不相关的乳腺体。叙述者将其归因于医生们所认为的"荷尔蒙激增""内分泌失调"的恶果，或者是"雌雄染色体的大爆炸"。[1] 那么，从人物所转述的话语可以看出，其依然认为自己是个人。在第四章（"你就是只乳房，一只变异的乳房"）的叙述中，故事人物在他的父亲和克林格医生面前询问身体变形的事实真相时进一步做了这样的推理："如果我是乳房就会分泌乳汁！充足的乳汁！胀鼓鼓的乳房！如果有人相信这事他一定是疯了！就连我自己也无法相信！这不可能是真的！"[2] 可是，这又是一个不争的事实。他确实变形为一只乳房，然而并没有分泌乳汁。如果医生说的"荷尔蒙激增""内分泌失调"没错的话，那么，故事人物有理由对此提出怀疑，"就像人家可以用注射催乳的 GH（生长激素）的方式来提高奶牛的产奶量，所以也可以假设如果给我适当的荷尔蒙刺激我也可能成为一叶产奶的乳腺"[3]。然而，这一切对于故事人物来说都是一派胡言。于是，他因"自己究竟是谁"而陷入了进退维谷的境地。"或许我就会成为一只完整又真实的乳房，而不仅仅是一个仍然被称为大卫·艾伦·凯普什的内分泌失调的'病例'。"[4] 到了小说的第

---

① 〔美〕菲利普·罗斯：《乳房》，第19页。
② 〔美〕菲利普·罗斯：《乳房》，第114~115页。
③ 〔美〕菲利普·罗斯：《乳房》，第115页。
④ 〔美〕菲利普·罗斯：《乳房》，第115页。

五章（"我是一只乳房，我要按我自己的想法活着"），故事人物最终从内分泌失调的"病例"中超脱出来，他向世人宣告他既是一个普通意义上的人，又是一个身体变形的幸运物。他说，"我的朋友，这里是在自我实现的时代里的幸运之地，而我是大卫·艾伦·凯普什，是一只乳房，我要按我自己的想法活着"①。从上述可见，叙述者在主人公的变形故事中展现了一个欲望叙事的"中间世界"。

首先，欲望叙事的"中间世界"源于欧洲文学艺术传统的影响。

对于多年教授变形小说的故事人物来说，他对自己"究竟是人还是变形物"的叙述，始终离不开他所受到的欧洲文学传统中关于现实与幻想的文学艺术的影响。

诚然，欧洲文学艺术传统给罗斯的"凯普什系列"小说提供了丰富的文学想象。譬如，变形小说家果戈理的《鼻子》与卡夫卡的《变形记》对罗斯的《乳房》的影响，契诃夫的小说以及卡夫卡的《饥饿艺术家》和《城堡》对罗斯的《欲望教授》的影响，以及曼的《威尼斯之死》和叶芝的《驶向拜占庭》对罗斯的《垂死的肉身》的影响。

加纳尔在《罗斯的凯普什三部小说的欧洲文学传统》（"European Literary Tradition in Roth's Kepesh Trilogy"，2014）一文中指出，罗斯在他所编辑的《东欧作家》（*Writers from the Other Europe*，1980）文集中提到他二十几岁时就开始读卡夫卡小说了。而且他还会读詹姆斯、福楼拜和契诃夫的小说。在七八十年代和 90 年代早期，他经常去欧洲会晤一些作家，譬如辛格（Isaac Bashevis Singer）、昆德拉、莱维（Primo Levi）、安普菲尔德（Aharon Appelfeld）、克里玛（Ivan Klíma）等犹太裔小说家，并将他们的访谈合辑在《行话：与名作家论文艺》中出版。② 正因为欧洲文学传统对罗斯的深刻影响，当代罗斯学者罗亚尔在帕里什主编的《菲利普·罗斯研究剑桥指南》文集中认为，罗斯的所有小说无不指涉大量的欧洲小说家，如索福克勒斯、陀思妥耶夫斯基、莎士比亚、布卢姆茨伯里派、乔伊斯、亨利·詹姆斯、莫泊桑、福楼拜、托尔斯泰、昆德拉、弗洛伊德、叶芝、哈代、曼、勃朗特、贝克特、贝娄、马拉默德、厄普代克、亨利·米

---

① 〔美〕菲利普·罗斯：《乳房》，第 130 页。

② Sánchez-Canales, Gustavo. "Eururopean Liaterary Tradition in Roth's Kepesh Trilogy." *Comparative Literature and Culture* 16. 2（2014）. CLC Web. 19 Nov. 2019. <http: //docs. lib. purdue. edu/clcweb/vol16/iss2/8>.

勒、契诃夫等，尤其是果戈理和卡夫卡的变形小说给罗斯的创作注入了大量富有创造性的想象力，[①] 构成了他的"凯普什系列"小说中欲望叙事的"中间世界"。

对于果戈理的《鼻子》的叙述者和卡夫卡的《变形记》的主人公萨姆撒（Gregor Samsa）来说，所发生的一切变形事件似乎是对幻想与现实之间的"中间世界"的叙事。对于罗斯小说《乳房》的主人公凯普什变形为"乳房"的怪事究竟是现实还是幻觉，克林格医生以及妻子克莱尔声称所发生的一切皆为真实事件，而凯普什对此矢口否认。这实在令人费解。因此，在作者所受的变形小说传统的影响以及故事人物的激烈辩驳下，小说的变形事件明显地暗示着幻想与现实之间的"中间世界"。

其次，欲望叙事的"中间世界"源于幻想与现实的二元跨界。

一方面，小说中的幻想是基于客观现实的想象形式，但并不是严肃意义上的想象。另一方面，小说中的幻想是根据人们所处的"第一世界"所建构的"第二世界"，二者从根本上是一致的。"第一世界"的存在需要"第二世界观"的弥补和填充。

从上述可以看出，文学作品中的幻想是对现实世界的解放和逃避，要么是无关紧要的想象，要么是反叛意义上的形变，构建精神、道德、社会政治层面的乌托邦，从而最终达到消解现实世界的目的。

事实上，现实与幻想并非截然可分。幻想是能指与所指的关系链上的一个断裂，或者说是对现实世界进行填补的一个罅隙。托多洛夫认为，文学的幻想源于现实世界的不确定性。这种感觉要么是神秘莫测的，要么是妙不可言的。文学作品的这种幻想并不指向真实读者，而是指向布斯意义上的"隐含读者"，取决于文本中的"隐含作者"与"隐含读者"所建构的"隐含对话"。真实读者要想与"隐含读者"达到吻合，必须悬置自身对文本虚构世界的认识。

由于文学的幻想介于真实与虚构之间，托多洛夫认为，对其解读需要读者游刃于现实与想象之间，即似信非信，也就是德里达意义上的非神启的神启。[②] 这是因为文学作品中的幻想是介于现实与幻想之间的一种含混

---

① Royal，Derek Parker. "Roth，Literary Influence，and Postmodernism." *The Cambridge Companion to Philip Roth*. Ed. Timothy Parrish. Cambridge：Cambridge University Press，2007. 22–34.

② Aichele，George. "Literary Fantasy and Postmodern Theology." *Journal of the American Academy of Religion* 59. 2（1991）：323–37. JSTOR. Web. 19 Nov. 2019.

体和神秘物。

从本质上说，幻想与现实的二元跨界反映了文本与世界之间不可分割的关系。巴尔（Gerald Bar）所探讨的生存于多元文化夹缝中的欧洲小说家卡夫卡通过身体变形的艺术表现，对现实世界的自我身份疏离（estrangement）与他异性社会环境（hetero-social context）进行深刻的反思，从一定程度上揭示了文本与世界的密切关系。① 正如詹姆逊（Frederic Jameson）在《想象叙事》（"Magical Narrative：Romance as Genre"）中指出的那样，文学作品通过想象的形式揭示社会最深层的意识。幻想者体验变形后梦境般的喜怒哀乐，目的不是遮蔽现实，而是揭示现实。卡夫卡在《变形记》中描绘的寓言式的虚幻世界，象征着真实的现实世界。在这里，象征只是一种方式，揭示、暴露问题才是目的。该部作品真实地表现了黑暗的社会现实给人造成的压力、重负，最后导致人的精神扭曲。

然后，幻想与现实的二元跨界导致了罗斯小说人物在欲望/伦理中对人性自由的想象。

正如评论家和文学史家格林（Martin Green）在为《罗斯作品导读》（*A Philip Roth Reader*，1980）作序时指出的，罗斯在欧洲文学传统的"影响的焦虑"中，依然能够独创我们这个时代的文学想象。② 比起他主编的《东欧作家》中所涉及的波兰和捷克小说家，罗斯的作品仍然能够让读者在其人物的身体欲望与伦理中重拾人性自由的想象。他的小说《乳房》叙述的就是故事人物凯普什在"色情的想象"中再现了卡夫卡文学的幻想。不过，罗斯小说深刻地揭示出现实与幻想而且富有理性的"中间世界"。正如皮尔朋（Pierpont）在《解放了的罗斯：一位作家及其他的作品》（*Roth Unbound: A Writer and His Books*，2013）序言里③所指出的那样："我认为只有那些震撼我们灵魂的书才值得我们去细细咀嚼。如果我们的思想都未曾受到过那样的洗礼，我们又何妨去读它呢？"④

① Bar, Gerald. "Fantasy of Fragmentation in Conrad, Kafka and Pessoa：Literary Srategies to Express Strangeness in a Hetero-Social Context." *Amaltea: Revista de Mitocritica* 3 (2011)：1-21. DOAJ. Web. 19 Nov. 2019.

② Roth, Philip. *A Philip Roth Reader*. London：Vintage, 1993, 1980.

③ Pierpont, Claudia Roth. *Roth Unbound：A Writer and His Books*. New York：Farrar, Straus and Giroux, 2013.

④ 原文出自罗斯的《解放了的朱克曼》（*Zuckerman Unbound*，1981），初见于卡夫卡的《致Oscar Pollak 的一封信》（*A Letter to Oscar Pollak*，1904）。

诚然,《乳房》的主人公大卫·凯普什在确凿可考的某一天的某一时刻,不可思议地发生了变形为硕大乳房的怪事,实在撼人心魄。此小说体现了叙述者如何在现实与幻想的跨界中创造欲望叙事的"中间世界"。对此,肖斯塔克的《反文本,反生活》(Countertexts, Counterlives, 2004)指出,罗斯在作品中往往叙述的是五味杂陈的喜剧故事,悲喜交加,构成了一个充满反讽与自我反讽色彩的"中间世界"。① 故事人物的自我指涉性独白,旨在探索自我和发现自我。

对于欲望叙事的"中间世界"的叙事艺术,斯塔特兰德(Jane Statlander)发现,罗斯的大量作品都可以从以欧文(Washington Irving)、库柏(James Fenimore Cooper)、霍桑、坡(Edgar Allan Poe)等为代表的美国浪漫小说传统(romanticism, 1830—1865)来解读。斯塔特兰德认为,罗斯小说中的欲望叙事充满现实与幻想的跨界,其叙事不再是严格意义上的模仿文学,而更多地被赋予了霍桑意义上的"中间世界"的浪漫色彩,即介于现实世界与想象世界之间,既是此世界,又是彼世界。如果要把罗斯的小说定义为美国历史浪漫小说,那么它可以说是美国希伯来历史浪漫小说(American Hebraic Historical Romance)。②

最后,欲望叙事的"中间世界"挑战了欲望/伦理二元对立的关系。

罗斯在小说中以身体叙事的欲望话语形式,针对变形为"乳房"的主人公凯普什的自我生存困境所产生的种种欲望叙述了现实与幻想的跨界及其"中间世界"。它暗示了美国 20 世纪 60 年代反主流文化时期关于现实与幻想的二元对立和两级划分,反映了在夹缝中生存的美国社会犹太知识分子所遭遇的美国生活现实与犹太传统信仰之间相互冲突、互不融合的狭隘眼光与窒息命运。罗斯试图通过主人公的欲望话语暗示现实与幻想的二元跨界,并通过继承欧洲的变形小说艺术传统,创造欲望叙事的"中间世界",从而在某种意义上挑战欲望与伦理的界限。然而,在变形的叙事框架下探讨故事人物的生存境遇,导致他最终没有跳出"变形小说"叙事的传统套路。如果说罗斯敢于打破传统道德禁忌,叙写鄙俗露骨的"欲望"形象,挑战了犹太的道德传统与当时的小说创作的叙事规范,那么故事叙

---

① Shostak, Debra. *Countertexts*, *Counterlives*. Columbia: University of South Carolina Press, 2004.

② Statlander, Jane. *Philip Roth's Postmodern American Romance: Critical Essays on Selected Works*. New York; Oxford; Peter Lang, 2011.

述者通过邀请式、反讽式以及狂欢化叙述导致了故事人物存在的荒谬与无意义，在某种程度上消解了作者的这种挑战。欲望与伦理的界限并非得到实质性的消抹，在一定意义上二者的对立反而加剧了，从而最终未能打破真实读者的阅读预期。

不过，故事叙述者对人物的欲望叙事所构建的"中间世界"暗示了小说身体叙事的狂欢化趋势。在小说《乳房》出版五年之后，罗斯索性避开传统文学的变形叙事，在《欲望教授》中更加率直而彻底地叙述了现实中凯普什的真实阅历和身体故事，走向了欲望/伦理的二元消解。

综上所述，本章主要论述了小说《乳房》身体叙事对欲望/伦理的二元对立的质疑。本书从身体叙事的原欲动因入手，重点分析了欲望叙事在故事层面的多重表现，并从话语层面上详细分析了质疑欲望/伦理二元对立的欲望叙事的叙述策略，最后阐释了欲望叙事的"中间世界"直接导致小说身体叙事对欲望/伦理二元对立的质疑，并揭示出小说身体叙事逐渐走向狂欢化的趋势。

第四章　《欲望教授》身体叙事对欲望/伦理二元对立的消解

　　菲利普·罗斯"凯普什系列"之二——小说《欲望教授》虽然是在《乳房》出版五年之后创作的，但从叙事情节来看，却是《乳房》的前篇。它围绕小说主人公大卫·凯普什教授的半生经历，追溯了他在变形之前的欲望经历和内心斗争，以及作为情欲的牺牲品在欲海中沉浮的情形。而且，虽然这部小说在欲望/伦理二元对立的主题上继承了质疑的创作风格，但在身体感知方面，其视觉叙事、听觉叙事以及心理叙事构成了后现代身体哲学相关理论的具体实践。它进一步质疑甚至消解了欲望与伦理的二元对立，同时也揭示了罗斯文学创作的狂欢化世界观。另外，在资本主义理性文化、道德法规及传统的意识形态和价值体系的约束中，这部小说反映了美国现代社会追求刺激、探索幻想的主张，也揭示出欲望/伦理不确定转化的生存困境。

第一节　欲望与伦理的镜像认同

　　20 世纪 60 年代美国社会"反主流文化运动"前后，在文学作品的身体叙事中，"欲望"构成了"伦理"的镜像，"伦理"又反射出了"欲望"的镜像。这就构成了欲望与伦理的镜像认同。关于欲望与伦理的身体叙事小说仿佛就是对拉康（Jacques Lacan，1901—1981）镜像理论的生动演绎。身体的独特叙事话语再现了镜像世界中人的主体建构历程，并且在西方传统的怀疑论中面对社会转型时期的人类生存境遇，深刻地揭示了欲望和伦理相结合的狂欢化救赎之路。

　　欲望与伦理的镜像认同如拉康的《镜子阶段》（"The Mirror Stage as Formative of the Function of the I as Revealed in Psychoanalytic Experience"，1977）一文所指的自我的构成与本质以及自我认同的形成过程。拉康提

到，6—18 个月的孩子虽然已开始区分身体与外界事物，但对自我的确认不完整，导致了双重的错误识别。一是将镜中像认作别人，并将"自我"指认成"他人"。二是将镜中像认作自己，将真实与光影的幻想混同，从而迷恋上了自己的镜像。①

根据镜像理论，主体永远都在试图质疑和消解自我与镜像的二元对立，从而获得一种重塑和整合。然而，主体无法通过镜像获得完美的自我，反而造成了自我的异化。从这个意义上来说，"镜子阶段意味着一场悲剧，构成了主体异化的开端"②。对于社会转型时期小说的身体叙事来说，欲望与伦理的镜像认同也是如此，暗示了欲望/伦理二元对立的关系受到了质疑与消解。

我们不难发现，亨利·米勒的《北回归线》《南回归线》《情欲之网》、塞林格的《麦田里的守望者》、弗拉基米尔·纳博科夫的《洛丽塔》、托妮·莫里森的《所罗门之歌》《宠儿》及以西尔维亚·普拉斯为代表的美国自白诗派的作品等复现的身体叙事对欲望/伦理镜像认同的关注由来已久。包括《欲望教授》在内的罗斯"凯普什系列"小说，即"欲望三部曲"，就是其典型。

罗斯小说《欲望教授》叙述凯普什在求学时代，把"学者中的流氓，流氓中的学者"③当作了自我的镜像认同。他未曾想到他的这句名言预示了他后来的"欲望与伦理"人生。在洛桑（Mark Lawson）看来，他似乎既像一个猥亵的色情者，又像一位尊贵的学者，极具双重的社会形象。④作为一名在欲海中沉浮的理性学者，凯普什一直试图在追求肉欲与逃离现实之间找到欲望与伦理的最佳平衡点。

---

① 〔法〕拉康：《助成"我"的功能形成的镜子阶段——精神分析经验所揭示的一个阶段》，载《拉康选集》，褚孝泉译，北京：生活·读书·新知三联书店，2001 年，第 93 页。（参见 Jacques Lacan. "The Mirror Stage as Formative of the Function of the I as Revealed in Psychoanalytic Experience." *Literary Theory: An Anthology*. 2$_{nd}$ ed. Eds. Julie Rivkin & Michael Ryan. Blackwell Publishing, 1998, 2004. 441-46。）

② 龙丹：《主体与镜像的辩证关系——镜像认同的三种样态》，《外国文学》2018 年第 1 期，第 111 页。

③ 〔美〕菲利普·罗斯：《欲望教授》，张廷佺译，上海：上海译文出版社，2011 年，第 19 页。（参见 Roth, Philip. *The Professor of Desire*. New York：Vintage, 1977. 1994. 19。）后文出自该书的引文，仅标出作者、作品名称以及引文出处页码。

④ Lawson, Mark. "The Two Faces of Philip Roth." *Newstatesman*. May 23, 2018. Web. 20 Nov. 2019. <https：// www. newstatesman. com/culture/books/2018/05/two-faces-philip-roth>.

　　"消解欲望和伦理的二元对立"这一主题在《欲望教授》中的凸显，不仅与当时的"反主流文化"思潮紧密相关，而且与罗斯的文学创作艺术癖好密不可分。在罗斯的笔下，小说人物凯普什以历史的眼光看待人性解放的发展历程，而且把身体的独立与自由看作20世纪60年代性革命的遗赠物。然而，罗斯在接受采访时，对"欲望和伦理"这一话题讳莫如深、避而不谈，实际上是在某种程度上否认了欲望与伦理在文学创作中的二元对立关系，从而消解了二者之间的界限。

　　罗斯与女人之间欲望/伦理的冲突经历与其小说身体叙事构成了镜像认同，也成为评论界对其小说叙事伦理的关注焦点。布莱克·贝利在为罗斯作传时，不得不仔细考量他既是有妇之夫又是猎艳高手的实际身份。他的前妻，即著名演员克莱尔·布鲁姆在其回忆录《离开玩偶之家》中就有过关于罗斯与其他数个女人有染以及"厌女症"的描述。罗斯后期的小说也几乎都是针对布鲁姆而创作的。因此，他后期的小说受到查禁而未能公开发行。出版商卡门·卡里尔（Carmen Callil）坚决反对罗斯小说的出版。这是因为几乎每一部小说都是关于男性欲望的喋喋不休的叙述，让人望而生厌。[①] 即便如此，罗斯小说仍然得到了权威学者的认可与肯定。英国文学评论家霍米欧妮·李（Hermione Lee）对罗斯的小说表示了强烈的拥护和支持。尽管在她看来，罗斯小说缺乏一定的幽默感，而且尖刻刁钻，不过她仍然认为，小说的文本叙事对读者来说并非一个静止不变的理解对象。[②] 这是因为文本不是在表现意义，而是在向读者暗示某种意义。文本的意义只能是一种效果，或者是读者对此做出的反应。效果和反应既不是读者自己希望中的想象物，也不是文本主动显示出来的东西，而是潜在文本与实际读者的双向交流。这就从反面强调了欲望在身体叙事文本中的开放性、多元性，以及建构某种伦理的可能性，从而在某种意义上消解了欲望/伦理二元对立的静态性，强化了二者之间的镜像认同。

　　值得注意的是，罗斯游走于犹太传统理性与美国反主流文化之间，因此他的思想总是为人们所争议。然而，2018年，在罗斯逝世后的悼亡周

① Lawson, Mark. "The Two Faces of Philip Roth." *Newstatesman*. May 23, 2018. Web. 20 Nov. 2019. <https：// www. newstatesman. com/culture/books/2018/05/two-faces-philip-roth>.

② Greenberg, David. "The Forgotten Political Genius of Philip Roth." *Politico*. 6 Mar. 2018. Web. 20 Nov. 2019. <https：//www. politico. eu/article/philip – roth – the – forgotten – political – genius-of-philip-roth/>.

内，《纽约时报》评论家加纳（Dwight Garner）把罗斯视为 20 世纪下半叶重新定义美国文学的最后一位伟大作家。① 史密斯（Zadie Smith）进一步认为，罗斯已成为文学的精神之源，小说叙事广阔、诙谐幽默、关切历史与政治，构成了我们这个时代最富有批判精神的政治见证者。②

在诸多评价面前，罗斯并不希望自己被视为犹太作家，甚至也不喜欢被称为美国作家。这是因为在罗斯看来，无论是犹太人的经历，还是美国人的经历，都涉及普通意义上人的欲望与伦理。关于小说中犹太人的欲望的率直叙事，罗斯认为，犹太人跟普通人一样，不应以欲为耻。可能正是因为罗斯小说身体叙事中欲望/伦理的镜像认同，多年以来他一直被视为美国现代文坛的一大传奇作家。

对于欲望/伦理的镜像认同，李在《巴黎评论》中声称，她采访罗斯问到是否"在写作中预设了一个理想读者"这一问题时，罗斯回答说："没有，我有时甚至会推测有一个'反罗斯的读者'（anti-Roth reader），他可能会对他所读的东西感到不可思议。也许那就是我想要寻求的写作动力。"③

艾普斯坦（Joseph Epstein）对罗斯的欲望/伦理镜像认同这一问题进行了深入讨论。他在《评论》（Commentary）中发表了《菲利普·罗斯的创作意图何在》（"What Does Philip Roth Want?"，1984）一文，他认为，一方面，罗斯想成为一名伟大的作家，继承果戈理、契诃夫以及卡夫卡的叙事风格。另一方面，他也试图挑战中产阶级，特别是犹太中产阶级的传统，从而建立起自己的文学创作观。遗憾的是，评论界仍不能对他的作品做出理想的解读。④

需要指出的是，欲望/伦理的镜像认同也许是罗斯在创作中反思的焦

---

① Garner, Dwight. "Death of Author Philip Roth Marks End of a Cultural Era." *The Sydney Morning Herald*. 20 Nov. 2019. <https://www.smh.com.au/entertainment/books/death-of-author-philip-roth-marks-end-of-a-cultural-era-20180524-p4zhcl.html>.

② Italie, Hillel. "Philip Roth, Fearless Narrator of Sex, Death and Jewish Life, Dead at 85." *The Times of Israel*. 23 May 2018. Web. 20 Nov. 2019. <https://www.timesofisrael.com/philip-roth-great-american-jewish-novelist-dead-at-85/>.

③ Lee, Hermione. "The Art of Fiction." *The Paris Review* 93（1984）. 20 Nov. 2019. <https://www.theparisreview.org/interviews/2957/the-art-of-fiction-no-84-philip-roth>.

④ Epstein, Joseph. "What Does Philip Roth Want?." *Commentary* 1（1984）. 20 Nov. 2019. <https://www.commentarymagazine.com/articles/joseph-epstein/what-does-philip-roth-want/>.

点，但他的小说身体叙事所涉及的欲望与伦理并非意味着罗斯的传记故事。毋庸置疑，他跟其他小说家，如詹姆斯·鲍德温（James Baldwin，1924—1987）、托马斯·品钦（Thomas Pynchon，1937—　）以及托妮·莫里森一样，对战后的美国小说重新做出界定。在叙事方式和叙述者的问题上，罗斯作为美国犹太裔作家，其创作观尽管未能占据美国社会主流，但是他的小说最具革命性。可以说，从 20 世纪中期美国的价值观来看，他摒弃了社会流俗，颠覆了现存的社会标准。很少有作家能像罗斯那样如此尊重小说人物的声音。而罗斯小说的伟大之处正是在于其人物声音所呈现的欲望和伦理带来的各种可能性，即如何将读者带入一个"可能世界"。小说就是让读者欣赏如何叙事的艺术，或者说如何积极地去建构一个故事的文本意义。除此之外，小说还在于挑战读者的已知世界、考验读者的想象力，以及召唤读者的移情能力。

在罗斯的文论散文集《为何写作》（Why Write，2017）第一部分谈论欲望/伦理的镜像认同中，罗斯写道，小说的伟大之处在于让作者和读者经历那些不曾有过的欲望经历。我们可能从来就不曾知道自己还会有那样的一种情感与反应，直到我们在阅读中才最终释然。在采访中，他还说，他的人生在于构建一部新的自传，塑造一段新的历史，搭建一台亦真亦幻的人生戏剧。①

从上述可见，罗斯想通过消抹文本与世界的边界来消解身体叙事中欲望与伦理的界限，从而实现欲望/伦理的镜像认同。而且更重要的是，他的小说让读者体验到现实人生背后所隐藏的种种困惑，同时揭示为现实社会所异化了的东西。只要去深入阅读一下罗斯的小说，我们就会发现这些小说无不叙述了欲望/伦理的镜像认同。

第二节　欲望与伦理的二元跨界

罗斯在卡夫卡文学的镜像认同中对欲望与伦理的二元跨界不仅体现在身体叙事的虚构世界，而且践行于布拉格探访之旅。

其一，作者实现了欲望/伦理在文本与世界上的跨界。

---

① Roth，Philip. *Why Write? Collected Nonfiction 1960 - 2013*（*The Library of America*）. New York：The Library of America，2017.

　　小说作者罗斯的布拉格之行是对欧洲传统文学文本的现实演绎。从他的《东欧作家》中就可见一斑。事实上，萨诺夫（Alvin P. Sanoff）采访罗斯时了解到，他从二十几岁就开始读卡夫卡小说了。当然除了卡夫卡，他还读詹姆斯、福楼拜、契诃夫等作家的作品。[1] 这些欧洲作家本身就是现实主义者，他们笔下的文本就是对他们所生活的世界的深刻再现。

　　布莱拉（Martyna Bryla）在《解读东欧之行：菲利普·罗斯小说中的布拉格》（*Understanding the Other Europe: Philip Roth's Writings on Prague*，2013）开篇就提到，关于罗斯的布拉格之行，他的一位捷克友人克利玛（Ivan Klima）在警方的质问中不无讽刺地回应——他就是来这儿寻欢作乐的啊![2] 诚然，罗斯在其小说《欺骗》中就说过，他的捷克之行是为"找乐子"。[3] 事实上，罗斯初访布拉格是为了访古探幽，重温卡夫卡当年的社会历史。[4] 因此，罗斯的捷克经历给他的生活与创作带来深刻的影响。譬如，在《布拉格狂欢》（*The Prague Orgy*，1985）中，功成名就的内森·祖克曼在20世纪70年代中期来到布拉格。他在这里发现了完全不同的文学困境，并经历了一系列奇幻而辛酸的冒险。《布拉格狂欢》以日记体的形式呈现了祖克曼与那些被放逐的流亡艺术家的旅居生活，诉说了这些几近道德沦丧的艺术家在极权主义社会中的挣扎：他们在纵欲狂欢放逐自我的同时，用自己的身体反抗精神的束缚。菲利普·罗斯借此书探讨了知识分子在严苛政治局势下的艰难命运和生存状态，其笔端流露出深切的关注与同情。罗斯在小说《欲望教授》中借叙述者之口讲述了故事主人公，即文学教授大卫·凯普什与其女友克莱尔·欧文顿共同探访捷克的经历，同样是关于跨越欲望与伦理边界的故事。在他们抵达布拉格后，凯普什期望此行能消除性欲方面的难言之隐。卡夫卡小说中的那些故事人物正是处于这样的困惑中，与性无能和恐婚症做着持续的斗争。而对于凯普什来说，

---

① Sanoff, Alvin P. "Writers Have a Third Eye." *Conversations with Philip Roth*. Ed. George J. Searles. Jackson: University of Mississippi Press, 1992. 209-13.

② Bryla, Martyna. "Understanding the Other Europe: Philip Roth's Writings on Prague." *Revista de Estudios Norteamericanos* 17 (2013): 13-24. 罗斯在2013年4月30日获得美国笔会/艾伦基金会文学奖（PEN/Allan Foundation Literary Service Award）时，说到他的捷克友人小说家克利玛曾受到警方质问关于罗斯的捷克之行。1977年，罗斯作为资本主义社会作家被禁止入境捷克，直到1989年东欧剧变后才被允许访问布拉格。

③ Roth, Philip. *Deception: A Novel*. New York: Simon and Schuster, 1990. 142.

④ Roth, Philip. "In Search of Kafka and Other Answers." *New York Times Book Review* 15 Feb. 1976. 6-7.

他希望在布拉格与卡夫卡实现精神上的相遇，重拾自己已经逝去的欲望与伦理。

值得注意的是，罗斯的捷克之行正值奥匈帝国的强暴统治与苏联对东欧文人的高压控制时期。① 他们的作品出版遭到严格查封。因此，罗斯在布拉格目睹了最严酷的社会现实。罗斯的小说《欲望教授》所涉及的卡夫卡世界就是对其生动的写照。在克利玛看来，卡夫卡的作品受到捷克的全方位查封，是因为他对当时社会的精神桎梏予以无情揭露与鞭挞。而在罗斯的小说中，主人公凯普什是卡夫卡的追随者。正如昆德拉所说，卡夫卡所控诉的黑暗的社会现实对于凯普什教授来说，就是政治上的强暴带来的孤独、恐惧和抑郁，意味着某种苦行的生活。在文学评论家乔治·斯坦纳（George Steiner）看来，这些铁幕背后的东欧作家的确为了追求真理而不惜付出生命的代价；美国文学与其相比，则远远缺乏政治上的严肃性。②

诚然，美国文学涉及的主题源于平庸生活，不过罗斯并不认为这就意味着美国小说微不足道。不可否认，《欲望教授》这部小说主要叙述的是主人公的生活琐事，对捷克首都布拉格的叙述不多。然而，从凯普什的自我想象中可以看出，凯普什构成了罗斯的第二个自我。经过这次布拉格之行，小说人物凯普什以为自己已经走出了卡夫卡式的魔咒，并恢复了对克莱尔的欲望与现世生活。然而，凯普什最终无法走入平静的婚姻生活，而且很难走出卡夫卡的小说世界。可以说，凯普什的婚姻困境正是他焦虑内心的真实写照，显示了他在欲望与伦理的冲突中所做的挣扎与努力。正如他在文学教授生涯中不断努力去体悟契诃夫的全部人生哲学一样，他的学生凯西让他明白了"人生来是无知的，只有经历了理想的破灭，我们才能明白。然后，我们开始惧怕死亡——我们只能得到些许幸福的残片，用它们抵消我们的伤痛"③。凯普什面对现实极具悲观主义，即使在克林格医生面前，其内心的焦虑也没有缓解过。他说，"克林格医生，我向你保证，我现在满脑子都是契诃夫那样的偏见，甚至连自己都怀疑……契诃夫也写过一句十分有道理的话，如果我可以引用的话，那就是：在心理上，'上

---

① Garton Ash, Timothy. *The Uses of Adversity: Essays on the Fate of Central Europe*. London: Penguin, 1999.

② Steiner, George. "The Archives of Eden." *No Passion Spent: Essays 1978-1996*. London: Faber and Faber, 1997. 266-303.

③ 〔美〕菲利普·罗斯：《欲望教授》，第 106 页。

帝保佑我们免受他人对我们做出片面的评判'"①。对于正处精神困惑的凯普什来说，卡夫卡成了他的精神导师。卡夫卡的《饥饿艺术家》和《城堡》让凯普什相信，他自身的精神危机根源于他的"性绝望"。如此看来，克莱尔的出现似乎可以挽救他的精神世界。然而，正如卡夫卡所谓的"性绝望"，它实质上指出了他在生活中对自由追求的权利的丧失。凯普什深谙于此。因此，他在阅读卡夫卡的作品时产生了一种前所未有的共鸣：

> 我自己想法子努力去感觉某种欲望在召唤我——或者说想象欲望在召唤我，其实这种欲望根本就不属于我……我有时会猜测《城堡》是否真的和卡夫卡本人的性障碍有关——这本书处处都很精彩，可就是没达到高潮。②

其二，作者实现了欲望／伦理在虚构与现实上的跨界。

对于小说作者罗斯来说，他在作品中不仅再现了布拉格的经历，而且在虚构化的创作实验中实践了从欲望虚构到伦理现实的二元跨界。可以说，他的小说艺术在某种意义上打破了文学评论家乔治·斯坦纳对美国文学的偏见，再次证明了虚构小说不能因其虚构性而排斥现实生活的参与。正如罗斯的捷克友人克利玛所说，文学不囿于政治现实，它可以超乎其上，而又无不关涉人们生活的社会现实。③

在《欲望教授》中，主人公凯普什发现他所研究的福楼拜、卡夫卡、果戈理、托尔斯泰、契诃夫等人的作品正是他们的个人现实经历。正是从这个意义上来说，凯普什被认为在坚守小说中虚构与现实的跨界理念。从契诃夫与卡夫卡对罗斯的《欲望教授》以及果戈理和卡夫卡对《乳房》的深刻影响来看，这三位作家成了凯普什的"文学先父"。然而，"凯普什系列小说"的作者罗斯在《欲望教授》和《乳房》中讲述的虚构故事

---

① 契诃夫的一段名言，全句是："上帝保佑我们免受他人对我们做出片面的评判。这个世上有许许多多的言论，其中多半是那些未经历过困境的人所作的妄言。"（详见〔美〕菲利普·罗斯《欲望教授》，第113页。）
② 〔美〕菲利普·罗斯：《欲望教授》，第197页。
③ Adams, Tim. "The Interview: Ivan Klima." *The Guardian*. 2 Aug. 2009. Web. 20 Nov. 2019. <https://www.theguardian.com/books/2009/aug/02/ivan-klima-interview>.

似乎更加真实可信。也就是说，小说《欲望教授》中现实与虚构的交织直接预设了小说《乳房》的变形故事，也一直贯穿了罗斯后期所谓的"严肃小说"。

罗斯通过他的人物凯普什与心理医生克林格之间的对话明显地暗示了欲望与伦理在现实与虚构之间的跨界。在小说《乳房》中，当克林格问起是不是小说让凯普什变成这个样子时，他说："怎么可能，凯普什先生？"并且他指出，不是小说让凯普什先生变成那样的，荷尔蒙是荷尔蒙，艺术是艺术。他变成那样并不是因为他受想象力的影响太深。凯普什的回答却是：

> 不过，这也许是我要成为卡夫卡的方式，成为果戈理，成为斯威夫特。他们能够将那些神奇的变形转化为视觉——他们是艺术家。他们有语言的天赋，还有执着于虚构的大脑。可我没有。所以我不得不通过亲身体验的方式来实现……我极端地热爱文学，将那些作家们理想化，被他们的想象力与思想性所蛊惑……我实现了飞跃，完成了升华。我将书本上的词语变化为现实。我是个超越了卡夫卡的卡夫卡……就像别的许多事情一样，伟大的艺术总要实现在某个人的身上……啊，可我必须保持住我敏锐的洞察力，不要幻觉；把自己幻想为伟大人物是要不得的。[1]

当克林格医生说"荷尔蒙是荷尔蒙，艺术是艺术。你变成那样并不是因为你受想象力的影响太深"这句话时，实质上是在暗示罗斯的叙述者：所有发生在凯普什先生身上的事情不是一种幻觉，而是确凿无误的。因此，凯普什不断拷问自身的命运问题。即使不得不接受他已经变形为一只乳房的现实，他依然穿越在现实与虚构之间，反思自己的生存困境，探寻何去何从的终极问题，并始终以自己的声音坚守人之为人的最后一分尊严。直到他读到里尔克的《远古的阿波罗残雕》这首诗的最后一行"你必须改变你的生活"[2] 时，他意识到要改变自身所处的现实困境，就必须首先在思想意识上实现欲望与伦理的二元消解。

---

① 〔美〕菲利普·罗斯：《乳房》，第 125~126 页。
② 〔美〕菲利普·罗斯：《乳房》，第 135 页。

综上，本节主要围绕罗斯的布拉格之行和虚构化的创作实验，从文本与世界、虚构与现实两个领域探讨欲望/伦理的二元跨界，揭示罗斯小说身体叙事所涉及的欲望/伦理不是静止的二元对立的关系，而是相互交织、相互作用、相互融合的历程。欲望/伦理的文本意义在读者与文本不断生成的运动过程之中产生。

第三节 欲望与伦理的二元消解

小说《欲望教授》的身体叙事正如其作品命名那样，即"欲望"和"教授"组成的一个联合式矛盾结构，既强调该对象的欲望追求，又明确了该对象的追求不乏学术理性色彩，在很大程度上暗示了该小说身体叙事的欲望体验与消解的特征。罗斯通过故事人物凯普什，既叙述了作为"经验—我"所处的现实和内心的欲望，又叙述了作为"叙述—我"的所见所感。叙述者游走在欲望和伦理之间，不断地切换人物叙述和旁观者叙述方式，主要表现为自说自话的"复调"、对自我与他者的"凝视""探听""触感"等身体感知方式，在现实的伦理中消解了欲望，在欲望中又建构了现实的伦理。因此，小说《欲望教授》在这样的彼此抵消中模糊了欲望与伦理的边界，从而在文学中构建了欲望与伦理动态转化的可能世界。

小说《欲望教授》主要叙述的是凯普什教授前半生的人生经历和身体故事。因此，小说的人物叙述显得历历在目、真切感人，富有强烈的自传色彩。然而，小说叙述者的声音不断介入人物叙述者欲望和伦理的边界，立足于现实的伦理，展开一场激烈的自我辩驳，或是对他者的凝视或探听，或是自我与他者的心理对峙，最终在欲望与伦理的张力之中逐渐走向二元的消解。

需要指出的是，罗斯的小说人物凯普什的欲望追求与伦理诉求在广义上属于人的感知范畴，要对其进行深入解读则离不开视觉和听觉的身体感知。其中，视觉是传递感知最重要的信息方式，视觉与听觉的联动作用使人对欲望与伦理有更好的感知，乃至构成了身体哲学相关理论的具体实践。

一　凯普什的凝视与质疑

小说主人公凯普什的欲望对象几乎都是伴随着或强或弱、或显或隐的身体素描而出场的，仿佛艺术家眼中的一幅画像或雕塑，在静态的凝视中反映出"自我眼中的我""他人眼中的我""我眼中的他者"的交叠形象。同时，在多重的眼光交织中又消解了彼此的形象，从而在某种程度上使欲望的对象在现实的伦理中逐渐消抹，并发生动态的转化。譬如，小说《欲望教授》开篇并未以其主人公凯普什为叙述焦点，而是以凯普什儿时最崇拜的赫比·布若塔斯基（Herbie Bratasky）为出场人物。小说叙述者通过对赫比进行大篇幅描述和评论，凸显了他卓尔不群的品质、才华与能力，他成了小说的重磅人物，让小说主人公凯普什仰慕不已。然而，在凯普什作为旁观者的视角下，赫比受到了凝视背后的质疑与反思。小说开门见山，第一句话就以形容词对赫比的形象进行界定：

> 赫比·布若塔斯基真是个锋芒毕露的人物。我一开始就很崇拜他。他是我家开在半山腰的度假酒店的活动主管，还是乐队指挥、低音歌手、喜剧演员和司仪。①

小说接着对赫比的身体形象进行大篇幅的描绘，强烈地暗示了小说主人公对这样一种人物的崇拜与追求，甚至对这种欲望永无止境地幻想。也就是说，这种追求和幻想注定了他对逃离现实牢笼与挣脱传统束缚的渴望。小说叙述者将赫比的身体形象叙述得绘声绘色：

> 他在游泳池边教伦巴时，经常穿着紧身游泳短裤，展现出他健美的身形。其他时候，他总是穿得花里胡哨的：上身一件深红色和米白色相间的"懒人"休闲夹克，下身一条浅黄色的宽松收腿裤，裤腿由上至下逐渐变窄，底边收紧到他的白色多孔帆布鞋的正上方。他口袋里总放着一片没拆包装的黑杰克口香糖，嘴里还吊儿郎当地嚼着另一片。……他腰间系着时髦的鳄鱼皮细皮带，上面挂着一串金钥匙链。

---

① 〔美〕菲利普·罗斯：《欲望教授》，第 1 页。

下面的裤腿里，他的一个膝盖和着自己脑中刚果鼓的鼓点不停地抖动着。①

这种细致入微的身体描述似乎定格了这个二十岁小伙非同一般的形象。他神奇得似乎让旁观叙述者凯普什有一种不可置信的预感。于是，在小凯普什的眼中，他似乎成了一个被审视的所谓"王牌人物"。他既是凯普什心目中的英雄，又是一个脸皮很厚的"犹太奇人"。正如英国艺术评论家约翰·伯格的《观看之道》所论述的那样，观察者与受观者往往合二为一。也就是说，任何一个人的体内既有一个观察者，又有一个受观者。别人对他（她）的印象，将会取代这个人原有的自我感觉。② 那么，对于凯普什来说，他不仅作为犹太同胞赫比的观察者，同时又是非犹太人眼中的受观者，这就把他自己变成了景观。因此，凯普什内心这两种矛盾的眼光，一个是审视赫比的犹太同胞的眼光，一个是接受这种审视的非犹太人的眼光，前者已经屈服于后者，很大程度上认同了他者的眼光，即很大程度上消解了自我的欲望。不过，对于凯普什来说，赫比就像一面镜子，不仅照出了凯普什自我欲望的双重性，而且也投射了赫比在凯普什眼中的双重形象。这种融于一体的双重形象是对欲望的彰显与消解，也似乎暗示了对传统伦理的认同。

然而，凯普什在锡拉丘兹大学求学的时候，他在学术理性与肉欲满足之间的疯狂追求和自由选择所体现的自我形象消抹了欲望/伦理的二元划分。这跟他所阅读的文学人物及其思想不无关系。譬如，英国浪漫主义诗人拜伦的格言，英国历史学家、诗人麦考利对爱尔兰散文家、剧作家、记者和政治家斯梯尔的评论。对此，小说叙述者做了以下评述：

拜伦的自大早已名扬在外，他有句格言让我印象深刻。这句格言语句流畅，充满智慧，仅仅用了六个字就表达出一种无法平衡的道德困境。一些女生说我在这个方面聪明得过了头，因此拒绝了我。只要碰上这样的女生，为了达到目的，就会大胆地高声引用这句格言。我

---

① 〔美〕菲利普·罗斯：《欲望教授》，第 1 页。
② 〔美〕约翰·伯格：《观看之道》，戴行钺译，桂林：广西师范大学出版社，2015 年，第 64 页。（参见 Berger, John. *Ways of Seeing*. London：British Broadcasting Corporation and Penguin Books，1990。）

告诉她们，"日苦读，夜风流"。……我读了麦考利的作品，看到他对艾迪生的好友斯梯尔的描写。"找到了！"我大喊。这又是一句经典，它说明我优异的成绩和低俗的欲望并不矛盾。"学者中的流氓，流氓中的学者。"太妙了！我用大头针将这句话钉在布告板上，和拜伦的那句钉在一起，在我打算勾引的那些女生名字的正上方。"勾引"二字引起了我内心深处的共鸣。我并不是在淫秽的色情杂志上接触到这个词的，而是在苦苦研读克尔凯郭尔的《非此即彼》时遇到的。①

　　从以上所述可见，关于人物欲望/伦理二元对立的消抹叙述是"通过仿作、戏仿、拼贴等手段，将高雅的文学理论知识阐释与紧张离奇的通俗故事情节并置，形成互文手法，讽刺了当代学术界的荒诞"②。诚然，克尔凯郭尔是丹麦宗教哲学家、神学家、现代西方存在主义和存在哲学的思想先驱。其《非此即彼》（*Enten-Eller Et Livs-Fragment*，1843）教给凯普什"存在的本质即选择"的道理，③ 似乎说明了凯普什的伦理困境并不意味着"低俗"欲望与现实伦理的二元对立。这是因为在克尔凯郭尔看来，我们的存在要么是选择审美的人生态度，要么是选择道德的人生态度，无论选择什么，不同选择之间并不存在一个比另一个优越。不过，比起这些文学作品对凯普什的欲望/伦理选择的影响，印刻在凯普什童年时代的赫比·布若塔斯基的双重形象似乎更强烈地影响了凯普什的人生态度，消解了审美和道德的二元对立，导致他对欲望与伦理的选择并不那么彻底。

　　在小说《欲望教授》中，让凯普什迷恋不已的另一个人物便是曾经与他有过一段婚史的海伦小姐。小说以肖像素描的方式花了很大篇幅描绘海伦的身体形象。④ 在凯普什的凝视下，海伦美丽动人。然而，这又令人如此地难以置信。因此，在凯普什凝视与质疑的双重目光中，现实的伦理在某种意义上消解了其内心的欲望。因此，伦理与欲望不再是克尔凯郭尔意义上的非此即彼的自由选择问题，而是彼此逐渐二元消解，甚至迈向现代

① 〔美〕菲利普·罗斯：《欲望教授》，第18～19页。
② 陈世丹等：《后现代主义浪漫传奇文本与当代学术界的荒诞景观》，《中国人民大学学报》2012年第2期，第140页。
③ 〔丹麦〕索伦·克尔凯郭尔：《非此即彼》，封宗信等译，北京：中国工人出版社，1997年。（参见 Kierkegaard, Soren A. *Enten-Eller Et Livs-Fragment*. Kjøbenhavn: C. A. Reitzel, 1843.）
④ 〔美〕菲利普·罗斯：《欲望教授》，第64～65页。

自由伦理的发展历程。

> 我有些怀疑，甚至鄙视她那份恬静和女人味。更确切地说，是她对自己眼睛、鼻子、脖子、胸部、臀部、大腿的那种过度自信——为什么在她眼中，连她的脚都那么诱人，那么值得骄傲、值得炫耀呢？她那种贵族气质到底是哪儿来的呢？她肌肤滑嫩，四肢纤细，长着宽宽的嘴和大大的眼睛。她的眼睑上涂了浅绿色的眼影，鼻尖正中凹下去一块，她眼都不眨地把它称作"佛兰芒人"的鼻子。似乎这一切都散发着贵族气质。我很受不了像她这样有点姿色就充满成就感的自负女人。①

小说人物凯普什在描述海伦的身体形象时，无不充满了仰视与俯视的双重视角。对于她的美貌与气质，凯普什将其归入"佛兰芒人"的贵族行列。所谓的"佛兰芒人"，主要分布在比利时西部和北部，另外还有一些分布在荷兰和法国等国。佛兰芒人以荷兰语为母语，属印欧语系日耳曼语族，属于白种人，族源与荷兰人基本相同，主要由弗里斯人、法兰克人、撒克逊人等古代日耳曼部落和凯尔特人结合而成。佛兰芒人经济发达，历史上以生产呢绒、麻纺、陶瓷著称，现今主要工业有造船、炼油、冶金、采煤、热带产品加工、机械和电气设备等。文化亦发达，尤以文艺复兴时期的绘画艺术驰名于世。可见，佛兰芒人的种族以及在历史上的经济与文化地位决定了他们的贵族气质和骄傲资本，自然成为被仰视的对象。然而，在作为犹太人的凯普什眼里，海伦的"佛兰芒人"气质却成了被审视的对象。在他对海伦的回忆中，信任危机随处可见。他发现海伦身上：

> 每样东西都有点不真实，除了眼睛……我一直怀疑她在演戏……我心中充满了怀疑、期待、渴望与惶恐。我上一秒还在期待着未来光明美好，下一秒便预感到它会变得糟糕透顶……不论她如何掩盖这个让我痛心的事实，不论她怎样努力照顾我，怎样认真对待我们的生活，她都和我一样清楚，她嫁给我只因为没法嫁给她的情人，那个大名鼎鼎的人物，除非他杀了他老婆（人们大概是这么说的）……要是

---

① 〔美〕菲利普·罗斯：《欲望教授》，第64页。

我们俩有谁能把它忘了，那该有多好！要是我能填平造成我们互不信任的这道荒谬的鸿沟，那该多好啊……等到而立之年，我们变得越发水火不容。我们都变成了对方最开始害怕出现的样子。和她的"没头没脑"、"白痴般的挥霍无度"和"少女般的浮想联翩"一样，我也摆出一副教授"自命清高""谨小慎微"的架子，让海伦打心底里讨厌我，我们曾是对方眼中的救星，可现在却成了冤家对头！①

凯普什对海伦的叙述暗示了在个人与他人以及社会的关系中的现代自由伦理。这种伦理观要求个人对自己的伦理选择必须承担责任，而不可推给道德规诫。小说叙述者用"佛兰芒人"这个高贵的字眼来描绘小说人物海伦的自由伦理追求，似乎在极尽嘲讽挖苦之能事，尤其是将海伦的形象与爱尔兰长毛猎犬、皇冠、尖塔或光环、圣物、卡门这些意象联系起来，更加具有反讽的意味。

海伦的发色和爱尔兰长毛猎犬的毛色很像，不过她觉得她每根头发都与众不同，每根头发都像皇冠、尖塔或光环一样。她不是简单地把头发装饰一番、梳得更漂亮一些，而是在向人们暗示着什么。也许这正反映出我见识有多肤浅，反映出我已变得多落伍，或者这也真实地反映出她的名媛气质。她将自己看作一尊用百磅玉石雕刻而成的圣物，这种名媛气质便由此而来。她的眼睛没伊丽莎白的那么大，也没那么蓝。但当她把头发盘在脑后，在睫毛上画上黑色眼线，当她早晨戴上几串手镯，像卡门一样在腰间系上一条流苏丝巾出门去买橙子做早饭时，这些还是对我起作用了。还远远不止这些。我一开始就招架不住女人的美貌。但海伦的美貌不仅勾起了我的兴趣和欲望，也让我感到担忧。我越发强烈地怀疑她——她自信地认为自己很可爱，无人能及，对此我心悦诚服，然而，我却怀疑她的优越感和地位是她自己想象出来的。我觉得，这些有时是她对自己和经历过于庸俗的认识，但依然很迷人，充满诱惑。②

---

① 〔美〕菲利普·罗斯：《欲望教授》，第69~80页。
② 〔美〕菲利普·罗斯：《欲望教授》，第65页。

　　从以上的身体描述可见，海伦在凯普什眼中是既具有爱尔兰长毛猎犬那样独立敏锐、忠诚可靠的客体形象，又在多棱镜的反射下被赋予了多面的形象。无论是圣母般的"皇冠、尖塔或光环"，"一尊用百磅玉石雕刻而成的圣物"，还是温柔、直率、热情、残忍、诱惑、傲慢、放荡、狡黠的"卡门"，都真实地刻画了海伦变幻莫测、不可捉摸的自由伦理形象。在自我与他人以及社会的伦理中，她既构成了凯普什的欲望目标，又注定在现代自由伦理的夹缝中不可避免的悲剧性结局。因此，在凯普什看来，这样的矛盾既令海伦的"欲望"形象不够彻底，又令她的"伦理"形象不够牢固。

　　诚然，在小说的身体叙事中，眼睛这种视觉上的判断比起耳朵来说是更为精确的"见证人"，因此在身体的诸种感觉的划分中被赋予优先地位。然而，根据古希腊哲学传统对"心灵之眼"和"肉体之眼"的划分和阐释，[1]"肉体之眼"的观看只能是"可见的世界"，即现实的世界，但这个世界与真理是相隔的；而"心灵之眼"的观看与理性相联系，它观看的是"可知的世界"，即理念的世界。对此，柏拉图著名的"穴喻"进一步阐释了二者的区别。洞穴后壁、面对洞穴后壁的囚徒、洞穴外的矮墙、在矮墙上出现的各种器物以及矮墙外燃烧的火，是构成这个穴喻的全部"道具"。在洞穴中，囚徒通过映在洞穴后壁上的影子完成对器物（世界）的感知，一旦囚徒走出洞穴，看到火光映照的器物，就会发现映在洞穴后壁上的影子是虚幻的。在这里，映在后壁上的影子就是与肉眼对应的现实世界，而洞穴外的世界则是理念的世界。由此可见，视觉的二元划分表达了对感性的贬低和对理性的推崇，无疑也揭示了在视觉观看领域理性与感性、主体与客体、存在与思维之间的裂痕。

　　值得注意的是，罗斯的小说人物凯普什与海伦之间互为观看之眼，既是"肉体之眼"，又是"心灵之眼"，似乎让彼此自觉地意识到了真实的自我。自我与他人之间的伦理在某种程度上消解了自我的欲望。凯普什注意到：

　　　　她边看着我摆餐桌边说："要是他太太没忘记在烤什么东西，没把东西全部烤焦，那该多好；要是他太太能记得大卫在阿卡迪亚吃饭

---

[1] Adam, James, ed. *The Republic of Plato*. Cambridge: Cambridge University Press, 1963.

时，她母亲总是把叉子放左边，勺子放右边，永远永远别放在同一侧，那该多好。哦，要是他太太能像他母亲一样，在冬天烘烤好土豆，在上面涂上黄油，那该多好啊！"①

毋庸置疑，罗斯在其作品中常常游走于"肉体之眼"与"心灵之眼"之间。小说通过主人公凯普什的"肉体之眼"，对"迷恋非犹太姑娘""性狂热""背叛家庭""刻画犹太之子"进行了观看叙述，似乎有意在欺骗读者。② 然而，他又常常通过大量的内心独白进行"心灵之眼"的审视与拷问。可以说，小说中的观看叙事在某种程度上放大了小说人物的欲望书写，同时在"心灵之眼"的伦理镜像中消解了欲望。

罗斯的"肉体之眼"与"心灵之眼"的观看叙事还体现在小说人物海伦的形象伪装与伦理诉求上。海伦在受邀参加晚宴的香港朋友，即英国投资银行的高管唐纳德·加兰面前：

> 只想让他知道她现在一切都好，她和丈夫过着温馨和睦的日子；也想让他知道，他这位保护神再也不用为她担心了。是的，海伦只是在演戏，就像每个孝顺的女儿都会在宠爱自己的父亲面前隐瞒残酷的事实一样。③

海伦在外人眼中的所有表现尽管在凯普什眼里只不过是遮人耳目的伪装，但也正是透过这种"肉体之眼"，我们无法质疑这位贤妻良母、孝顺之女的"他者欲望"。她确实想跟凯普什生孩子，因为"如果有孩子的话，事情就会朝另一个方向发展"④。遗憾的是，凯普什并不想冒险和她生小孩。于是，海伦在自己的欲望和幻想中，把自己贤良高贵的形象在"肉体之眼"与"心灵之眼"的交叠中不断伪装下去。

> 她的一天在散发着茉莉花香的洗澡水中开始。她往头发上抹橄榄油，让它洗后更柔顺，还要在脸上涂维生素乳霜。她每天早上都会闭

① 〔美〕菲利普·罗斯：《欲望教授》，第80页。
② Parrish，Timothy. *The Cambridge Companion to Philip Roth*. Cambridge University Press，2007.6.
③ 〔美〕菲利普·罗斯：《欲望教授》，第87页。
④ 〔美〕菲利普·罗斯：《欲望教授》，第102页。

着眼睛在浴盆里躺二十分钟，她尊贵的脑袋惬意地枕在充气小枕头上，唯一的动作就是用浮石轻轻揉搓脚底的死皮。沐浴后，她又是还要蒸脸，一周三次；穿着深蓝色真丝和服，上面绣着粉色和红色的罂粟花，还有从未在陆地和海上见过的黄色小鸟；她坐在厨房的长餐桌前，裹着头巾，身体前倾，面对着一碗热气腾腾的水，水面上撒着迷迭香、甘菊和接骨木花。做完蒸汽浴、化好妆、梳好头，她换上衣服准备去健身了——我在学校时，她不管去哪儿都是这身打扮：穿着合身的深蓝色真丝旗袍，高高的立领，裙摆开衩至大腿，戴着镶钻耳环、包金的玉手镯和玉戒指；穿着凉鞋，背着草编包。①

从上述关于海伦的形象伪装可以看出，"肉体之眼"与"心灵之眼"对小说人物的观看冲击强化了欲望的积极性与生产性。此处欲望既是海伦"生性欠缺"的体现，同时又是她在这种缺失状态下为了让自我坚持存在下去所做的努力。因此，海伦的欲望体现人之为人的人性，或者说，彰显人作为现代自由伦理主体的伦理性。可见，欲望/伦理二元对立在现代自由伦理观中得到了消解。

一方面，"心灵之眼"在视觉哲学理念中占据绝对性地位。从柏拉图对二元哲学思想的开启，到笛卡儿思想的最终确立，观看的感性"外衣"被彻底"撕去"，"心灵之眼"成为观看的决定性法则。笛卡儿在"我思故我在"的哲学思想中解答"谁"在观看事物时，将观看的主体归结为"我"。"这个我也就是我说的灵魂，也就是说我之所以为我的那个东西，是完全、真正跟我的肉体有分别的，灵魂可以没有肉体而存在。"②

另一方面，"肉体之眼"观看的价值以及思考的重要性将人从"心灵之眼"的束缚中解放出来。20世纪以来，在新的视界体系建构中，人们不再追求"心灵之眼"的意义，"肉体之眼"本身就显露出"可见的思想"。现象学—解释学传统作为20世纪人文科学的根本方法和重要的批评理论，构建的就是以体验和经验为本体的理论原则。梅洛-庞蒂在批判笛卡儿"我思"的基础上，强调了知觉经验的首要性及其在"我"与世界之间的中介作用。在对事物的认识中，在视觉、听觉中建构的感性的（肉

---

① 〔美〕菲利普·罗斯：《欲望教授》，第79页。
② 〔法〕勒内·笛卡尔：《第一哲学沉思集》，庞景仁译，北京：商务印书馆，1986年，第82页。

体的）"我思"代替了逻辑的"我思"，审美对象在身体的感性认知中得到呈现。

尽管以上所述似乎显示了"肉体之眼"与"心灵之眼"的区别，强化了肉体意义的欲望与精神层面的伦理之间的二元对立，但小说中的双重观看视角对欲望/伦理二元论做出的消解，在一定意义上意味着现代自由伦理存在建构的可能性。

众所周知，"为艺术而艺术"这一口号是"对康德文艺思想中的艺术独立性、艺术无功利性、纯粹美之类美学概念的一种方便的概括"。① 它主张艺术在任何情况下都不可能变成"宗教的婢女、责任的导师、事实的奴仆、道德的先驱"②。但是，很多学者提出不同见解。美国著名的文学评论家布斯在《小说修辞学》（*The Rhetoric of Fiction*，1961）中认为，这是因为有些批评家担心文学的伦理批评会破坏叙事的审美性和纯粹的艺术性。③ 格雷戈里（Marshall Gregory）进一步认为，这是因为这些批评家混淆了伦理批评与道德批评的界限。④ 二者的区别在本书绪论中已得到厘清与界定。在现代自由伦理观下，欲望的自由选择必须在自我、他人与社会的关系中承担相应的伦理责任。

对于《欲望教授》中的小说人物海伦来说，她构成了小说主人公凯普什的欲望对象，也构成了她自身和凯普什伦理反思及其构建的行为基础。小说大篇幅描绘了海伦的身体，折射出她的优雅形象以及想做贤妻良母的期望：让凯普什离不开她，并让他们的婚姻持续的时间几乎和谈恋爱的时间一样长。

> 他们不止一次听到别人把他们称作格外"引人注目"的一对：衣

---

① 周小仪：《"为艺术而艺术"口号的起源、发展和演变》，《外国文学》2002 年第 2 期，第 50 页。

② 〔美〕卫姆塞特、布鲁克斯：《西洋文学批评史》，颜元叔译，北京：中国人民大学出版社，1987 年，第 442 页。

③ Booth，Wayne C. *The Rhetoric of Fiction*. Chicago；London：University of Chicago Press，1961.（参见 Booth，Wayne C. "Why Ethical Criticism Can Never Be Simple." *Ethics*，*Literature and Theory: An Introductory Reader*. Ed. Stephen K. George. Lanham，MD：Rowman & Littlefield，2005。）

④ Gregory，Marshall. "Ethical Criticism：What It Is and Why It Matters." *Ethics*，*Literature and Theory: An Introductory Reader*. Ed. Stephen K. George. Lanham，MD：Rowman & Littlefield，2005.

着体面，四处游历，脑子好使，善于处世（尤其是对于一对做学问的
年轻夫妻来说）。两人收入共达一万两千美金……而生活却一团糟。①

可以看出，小说人物凯普什和海伦在他者的眼光与自我的眼光中对自
由伦理的追求历程表现了其对命运的哀叹和对自身存在的思索，也暗示了
建构某种伦理的可能性。

诚然，海伦嫁给凯普什，是为了离开吉米，是为了救他，免得他沦为
谋杀犯，因为吉米为了海伦而想杀死他老婆。甚至，吉米为了报复海伦而
将可卡因栽赃在她身上——栽赃给她，他爱的人！他让人拿走她的钱包，
偷走她的钱！而现在他恨她太正派，凯普什又嫌她太风骚。可见，在两个
男人的"肉体之眼"与"心灵之眼"的双重审视下，海伦迎合男性的贤
妻良母欲望未必会给她带来应有的回报。她对凯普什的伦理告白——"为
什么你不能把我像男人一样带进你的世界呢？""你不想冒险和我生孩子
吗？""你有没有想过如果有了孩子的话，事情会朝另一个方向发展呢"，
加上她在与凯普什和吉米之间情感纠葛上的自我诘问"为什么他们不是残
忍的畜生就是胆小鬼"，②暗示男性的目光在一定意义上塑造了女性囚禁
自我的牢笼。在 20 世纪 60 年代，实际上是男性构成了反主流文化运动的
主角，他们的欲望追求对女性预设了某些限制，暴露了自我与他者之间自
由伦理的尴尬。具体来说，在男性的目光期待与审视标准下，海伦成了欲
望/伦理的矛盾体：

　　　　她放纵情欲的天分加上忍痛割爱的胆魄，必然造就了她的魅力。
我们从未完全融洽相处过，我从未有过十分的把握。而且不知怎的，
她这个人肤浅、虚荣，不过这些都算不了什么，不是吗？我把她奉为
年轻漂亮的女主角，面对欲望，她毫不退缩，冒过那么多次风险，得
到了很多，也失去了很多。这本身就是一种美。我认识那么多人，最
能激起我欲望的不就是她吗？她看起来如此迷人，哪怕在喝咖啡或拨
电话时，我都无法将视线从她身上移开。她身上最不起眼的小动作都
会激起我的欲望……我心中充满了怀疑、期待、渴望与惶恐。我上一

①　〔美〕菲利普·罗斯：《欲望教授》，第 81 页。
②　〔美〕菲利普·罗斯：《欲望教授》，第 102~103 页。

秒还在期待着未来光明美好，下一秒便预感到它会变得糟糕透顶。就这样，我和海伦·柏德结婚了——那是在我度过了整整三年从怀疑、渴望、惶恐的生活之后。①

从以上所述可见，小说《欲望教授》不仅涉及"肉体之眼"的自由欲望，而且表现了在现代自由伦理中，欲望的自由选择意味着人之为人的责任承担。

小说《欲望教授》主人公凯普什作为文学教授，在"肉体之眼"与"心灵之眼"的双重目光下，对契诃夫作品中的现代自由伦理进行了审视。在"爱的追求"主题上，是他的学生帮助他领悟到了契诃夫的人生哲学——"人生本来是无知的，只有经历了理想的破灭，我们才能明白。然后，我们开始惧怕死亡——我们只能得到些许幸福的残片，用它们抵消我们的伤痛。"② 可见，爱欲不是匮乏而是馈赠，而且不是被动的馈赠，而是主动的赋予、积极的生成。这是因为欲望作为人生命本能的力量，是生命力的源泉以及人的存在的前提。在凯普什对克莱尔打掉小孩的行为进行严肃的自我解剖时，我们也可以看出他的欲望被"肉体之眼"与"心灵之眼"赋予了构建自我与他人的某种伦理的可能性。这是因为，一味追求欲望的满足给他带来的未必全是欢愉和快乐，也可能是痛苦与悲哀。他读到了克莱尔心底深处巨大的悲哀，并且觉得克莱尔心头的悲哀与他有关。他总是让别人的愿望和期待落空，永远不能让别人幸福。

因此，小说作者通过叙述者讲述故事人物凯普什关于"欲望教授"的人生经历与种种欲望，从叙事修辞的视角向隐含读者暗示了欲望背后潜藏的伦理意义，从而在某种程度上消解了欲望与伦理的二元对立。从他的"肉体之眼"对海伦的迷恋与欲望，到历经婚姻的伤痛与失败，直到最后他的"心灵之眼"认识欲望的伦理本质，欲望/伦理的二元关系不断发生动态变化和消解，欲望叙事最终构成了伦理建构的必由之路。

二　凯普什的探听与反思

在罗斯小说的身体叙事中，主人公欲望与伦理的二元消解同时诉诸凯

---

① 〔美〕菲利普·罗斯：《欲望教授》，第 73~75 页。
② 〔美〕菲利普·罗斯：《欲望教授》，第 106 页。

普什的探听与反思的叙事。这构成了"凯普什系列"小说身体叙事的另一特色。正如瓦登（Erik Varden）发现奥古斯丁的《忏悔录》第九章（*Confessions*，Ⅸ，6）所说："教堂里传来的甜美的音乐声让我的心灵为之震颤。乐曲在我的耳畔流淌，真理却在我的内心涌现。这一切让我心潮澎湃，欢欣不已。"[①] 可见，一场"听"的体悟仪式就是欲望表达与伦理建构的一个重要的身体叙事场域。对于罗斯的小说《欲望教授》而言，其小说人物对自我和他者的关注，除了上文所述的观看方式外，还通过"听"他者与自我的身体感知形式，历经欲望和伦理的双重体验。

其一，对他者的倾听。

一方面，对他者的倾听表现为偷听（eavesdropping）。

偷听侧重于刻意、主动地去听他者的说话。在小说《欲望教授》中，不可否认的是，赫比通过偷听模仿美国喜剧歌舞电影的口音和犹太教堂举行宗教仪式的羊角号，甚至是放屁、撒尿、拉屎、拉肚子、擦屁股的声音，确实模仿得惟妙惟肖。凯普什曾这样评价道，"他不仅能模仿人们的各种放屁声——轻的像沙沙的春风，响的像二十一响礼炮，而且还能模仿'拉肚子'的声音"[②]。让他感到纳闷的是，赫比怎么会知道那么多呢？他怎么会对厕所的叮咚声这么感兴趣呢？为什么像他父亲一样五音不辨的门外汉对此却无动于衷呢？诚然，在小凯普什摩西般的父亲眼中，"这些只能归结为一个词——下流"[③]。小凯普什在追求个性自由的赫比与固守犹太传统的父亲的夹缝中，以"偷听"方式开始了他的质疑与反叛人生。从这个意义上来说，人物的"偷听"事件不断推进了小说情节的发展。

值得注意的是，在代表犹太传统的凯普什父亲的眼里，所谓的"下流"艺术暗示了美国反主流文化运动时期自由欲望与伦理道德相互冲突的社会历史风貌。譬如，小说一开篇就把善于模仿的赫比比作"犹太的库加特，犹太的克鲁帕"，还把他称作"丹尼·凯第二""托尼·马丁第二"。这些犹太裔演员要么是美国拉丁流行音乐界的重要人物，要么是著名爵士乐歌手，要么是乐队鼓手，要么是喜剧演员。而且，赫比自信地认为，他把排泄和放屁的声音模仿得像德国歌剧家瓦格纳创作的狂飙突进式的音乐

---

① Varden, Erik. "Towards the Authentic: Reflections on Music, Desire and Truth." *The Downside Review* 125. 438（2007）: 1–18. SAGE. Web. 20 Dec. 2019.

② 〔美〕菲利普·罗斯：《欲望教授》，第6页。

③ 〔美〕菲利普·罗斯：《欲望教授》，第7页。

一样，甚至能入选美国漫画家李普利在《纽约环球报》开设的奇闻趣事专栏。这些音乐艺术都是美国 20 世纪 60 年代反主流文化运动的产物，主张摆脱传统的束缚，发挥个体主观能动性，让人的情感得以自由发挥。它是文艺形式从传统的古典主义向强调自由欲望的现代浪漫主义的过渡。在这些音乐艺术中，凯普什融入了哲学家马丁·布伯的宗教存在主义的"关系哲学"、叔本华的悲观主义哲学以及东欧犹太教的神秘主义，使其更加富有哲学的意味。在作者罗斯看来，其小说中关于听觉的身体叙事就像凯普什有意去听的音乐表演那样，既是欲望的书写，又是伦理的建构。① 因此，该人物的"偷听"在某种意义上揭示了小说关于欲望/伦理二元关系的主题。

维克－亚特斯（Aakanksha Virkar-Yates）在叔本华的音乐研究中进一步发现，艺术品具有超时间的本质，而音乐同时具备超时间和超空间的本质。所以音乐是对欲望的复制，它使人试图满足自己的欲望。然而，世界是某种让人无法满足的欲望对象。从逻辑上说，它永不可能被满足。② 所以，如果不能满足的欲望是某种痛苦，那么人们在此世界就无法摆脱其痛苦的本质。

另一方面，对他者的倾听表现为偶听（overhearing）。

偶听通常侧重于不小心听到，无意中听到。然而，在叙事的复杂人物情节中，偶听不仅表现为在场的偶听，如言者有意让他者偶听（intended overhearing）、对他者有意的偶听（intentional hearer），以及对他者无意的偶听（unintentional hearer），还表现为不在场的偶听（overhearer）。③ 由于偶听心理彼此交叉，此处分类不过是出于某种侧重而已。小说《欲望教授》不仅以在场式叙述了凯普什小时候聆听美国喜剧歌舞电影的口音、犹太教堂举行宗教仪式的羊角号，甚至是放屁、撒尿、拉屎、拉肚子、擦屁股的声音，而且以不在场式叙述了凯普什偶听他人的谈话，并以此来建构他的世界观，在自己不断的想象和欲望中消解他所处的现实伦理，从而建

---

① Tandon, Sahil. "Queering Indian Classical Music: An Exploration of Sexuality and Desire." *Sexuality & Culture* 23 (2019): 154-74. Social Science. Web. 20 Dec. 2019.

② Virkar-Yates, Aakanksha. "Absolute Music and the Death of Desire: Beethoven, Schopenhauer, Wagner and Eliot's Four Quartets." *Journal of Modern Literature* 40.2 (2016): 79-93. Project Muse. Web. 20 Dec. 2019.

③ Ning, Yizhong. "Categorization and Functions of 'Overhearing' in Narrative." *Journal of Foreign Languages and Cutures* 2.1 (2018): 139.

构一种新的伦理现实。

在凯普什九岁时，他就把赫比视为他家的皇家匈牙利旅馆的王牌人物，时刻有意无意地听到别人对赫比的议论和评价，并被问及他的心中梦想。"嘿，小凯普什，过来，你这小家伙偷听我们说话。长大以后想做什么呢？……谁是你心目中的英雄？"① 他脱口而出："赫比。"尽管凯普什的回答逗乐了男人们，却让母亲感到不安，更让他的父亲感到不可思议。受犹太教赎罪日的传统观念的影响颇深，凯普什一改最初的认识："我一个毛头小子学他这种人教的东西有什么用呢？……我深知这是个怎样的社会，深知人们更喜欢什么。因此，我绝不会在同学面前出风头，虽然我真的很想给那些人秀几招赫比的绝活。"② 然而，他随身揣着赫比写给他的信，甚至晚上时，他把信放在睡衣口袋里，钻进被窝打着手电筒看，然后把它贴在心窝上进入梦乡。有意思的是，小说叙述者叙述了一些未发生之事，即这封信在强烈的伦理冲突下给凯普什带来的各种可能的灾难性后果。在凯普什十八岁时，他对模仿的狂热已经超出了他的父母亲的预料，表演似乎成了他的人生追求。后来，二十岁的他在自我的眼中与他者的眼中却猛然意识到，这不过是一种可怜的自我膨胀："我不能总是模仿他人，而是得找回自我，或者至少要开始模仿我认为应当成为的那个自我。"③ 从上述可见，无论是偷听还是偶听赫比的传奇故事，凯普什儿时的这些举动似乎解释了他后来踌躇于欲望与伦理的人生。而且，凯普什这一人物的双重形象在这样的听觉叙事中得到有力的塑造。

其二，对自我的倾听，即人物的内心独白（interior monologue）。

罗斯的小说人物凯普什在叙事中与他者对话的场景并不多见。除了"看"和"听"的身体感知之外，它更多地表现为自我幻想和欲望的内心独白。然而，不可忽视的是，小说常常通过对内心独白的叙事，让隐含读者聆听小说人物的欲望幻想与伦理诉求。这不仅体现在聆听赫比的音乐表演的时候，还体现在他对待克莱尔的情感分享方面。从他的第一句话"我在听呢"开始，到"没有那样的事"收场，④ 一共才短短的两句话，比起克莱尔滔滔不绝的长篇大论来说，无疑体现了凯普什对克莱尔的尊重和在

① 〔美〕菲利普·罗斯：《欲望教授》，第4页。

② 〔美〕菲利普·罗斯：《欲望教授》，第7~8页。

③ 〔美〕菲利普·罗斯：《欲望教授》，第12页。

④ 〔美〕菲利普·罗斯：《欲望教授》，第251~253页。

意，但他的内心独白明显地暗示了他沉湎和放纵于欲望以及内心痛苦与孤独的现实。

在罗斯的笔下，小说人物凯普什的内心独白，无论是对于读者还是对于其他故事人物来说，都似乎让人身临其境，声声在耳，真切可感。这种内心独白在古希腊摹仿文学或戏剧文学，特别是在史诗、悲剧和希腊小说中，十分常见。心理独白通常被界定为非叙事，因此它是否与第一人称叙事相似，是一个存在争议的问题。① 热奈特在《叙事话语》（*Narrative Discourse*，1980）中将心理独白看作"不受叙述者控制的一种话语形式"。② 斯坦泽尔（Franz Karl Stanzel，1923—　）认为，心理独白就是"一种非叙事方式，或者说是一种不需任何听众或读者的话语形式"。③ 那么，我们能否认为罗斯小说人物凯普什的内心独白就是一种非叙事呢？从叙事结构上来说，凯普什的心理独白不能不算是叙事话语。毋庸置疑，他的内心思想活动是含混不堪、不忍卒读的，但是小说中关于他的心理独白的话语却是按照事件的内在逻辑叙述出来的，譬如，凯普什与克莱尔相向而坐时所产生的心理危机：

> 她在我眼里比以往更珍贵，更像我真正的妻子，像我那还没出生的孩子的母亲……然而我已经筋疲力尽，没什么指望，没什么称心满意的。虽然我俩的关系会按计划向前发展，周末和学校放假时租房子一起住，但我确定我们共同拥有的东西会慢慢消失，那只是时间问题——那是迟早的事。在她眼里，现在我这个手里拿着一勺她做的橙子"舒芙蕾"的男人不过是赫比的徒弟，波姬塔的同谋，海伦的追求者，鲍姆加滕的死党和辩护者，一个任性的儿子，一个充满着渴望的男人。如果不是那样的话，那又会是什么呢？当这也依次消失后，她会怎么看待我呢？④

① Stjernfelt, Frederik and Nikolaj Zeuthen. "Simultaneous Narration: A Closer Look. Comments On a Recent Narrative Phenomenon." *Acta Linguistica Hafniensia* 42.1 (2010): 85 - 102. Taylor and Francis Online. Web. 20 Dec. 2019.

② Genette, Gerard. *Narrative Discourse: An Essay in Method.* Trans. Jane E. Lewin. Ithaca, NY: Cornell University Press, 1980. 174.

③ Stanzel, Franz Karl. *A Theory of Narrative.* Trans. Charlotte Goedsche. Cambridge: Cambridge University Press. 1984. 212.

④ 〔美〕菲利普·罗斯：《欲望教授》，第284页。

从这段心理独白，我们可以看出凯普什剪不断、理还乱的内心矛盾与困惑，通过叙述的方式让读者一目了然。小说的其他地方也都穿插了大量关于凯普什与其他人物的心理独白，这实质上就是一种独白叙事。如果说斯坦泽尔认为叙事是以受述者（addressee）为前提的话，那么是否就意味着凯普什的内心独白没有任何受话人呢？这就关系到叙事是否必须要有一个不同于叙述者的受述者问题。

利奇（Leech）和肖特（Short）在《小说文体学》（*Style in Fiction*，1981）中以对比方式探讨了"思想呈现"（thought presentation）与"话语呈现"（speech presentation）的问题，并发现，"自由直接话语"（free direct speech）与"自由直接思想"（free direct thought）都包含"心理独白"的成分。[1] 它作为一个文学批评术语首次出现于法国文学评论家杜雅尔丹（Edouard Dujardin，1861—1949）的小说《月桂树被砍倒了》（*Les Lauriers Sont Coupes*，1888）中，并具有了语言学意义上的界定。[2] 杜雅尔丹指出，"自由直接话语/思想"是一种没有加工过的原始话语，常出现于"意识流"中，我们不能把它与心理独白混为一谈。心理独白又有内隐（interior，silent）与外显（exterior，uttered）之分；前者不同于后者，它不需外在的受话人在场，即自己既是发话者，又是受话者。[3]

无论如何，我们必须承认，心理独白是一种指向自我的特殊"叙事"。叙事中自我对话的实质在于"借助'个人的内心世界是自由的'达到个性解放"。[4]

罗斯小说关于凯普什的独白叙事所呈现的内心赤裸裸的无序和复杂状态，正是以自我对话所揭示的自由的内心世界实现其对现代自由伦理的诉求。小说尾声提到故事人物在一个辗转难眠的夜晚，面对其妻百无聊赖、欲望全无，即使用所有的快乐和希望来掩盖他的担忧，仍不能抑制自我的胡思乱想：

---

[1] Leech, Geoffrey N. and Mick Short. *Style in Fiction: A Linguistic Introduction to English Fictional Prose*. London and New York: Longman Group Ltd. , 1981.

[2] Dujardin, Edouard. *Les Lauriers Sont Coupés*. Paris: Le Chemin Vert, 1981. （参见 Dujardin, Edouard. *Le Monologue Interieur: Son Apparition*, *Ses Origines*, *Sa Place dans l'Euvre de James Joyce*. Paris: Albert Messein, 1931。）

[3] Soderlind, Johannes. "The Interior Monologue: A Linguistic Approach. " *Studia Neophilologica* 61 (1989): 169–73. Taylor and Francis Online. Web. 20 Dec. 2019.

[4] 凌建侯：《狂欢理论与史学考证》，《俄罗斯文艺》2008 年第 1 期，第 62 页。

　　该睡了，就这样吧！哦，我亲爱的，你太天真了，你不懂，而我也不能告诉你。我不能说出来，今晚不能。我的激情会在一年内消耗殆尽。实际上已在慢慢消退了，我担心自己已无法拯救激情。你也无能为力。我与你肌肤相亲——我只与你一个人这样！——可现在我竟没有抚摸你的那种冲动……除非我先提醒自己必须那么做。你的身体曾经与我亲密无间，让我左右自己的生活，但它现在竟然无法唤起我的欲望。哦，这样太蠢了！太傻了！太不公平了！你就这样从我手中被夺走了！被夺走的还有我所热爱却未能读懂的生活！是被谁夺走的呢？竟然是我自己！①

　　在以上凯普什的心理独白中，读者偶听到了他内心的种种欲望，在其欲望的不断消解中，也进一步窥探到了他的自由伦理诉求。因此，故事人物所遭遇的精神危机显而易见。罗斯把人物作为故事叙述者，所涉及的戏剧化或摹仿叙述，很可能是作者有意而为之，至少试图在某种意义上揭示出他的小说人物洞察世事的自由伦理诉求。根据小说的独白叙事，罗斯赋予了凯普什非凡的领悟能力。正是通过这样的独白叙事，小说中其他人物的内心活动被有血有肉地叙述出来，给读者留下了深刻的阅读体验。同时，这种叙事也让读者在这些故事人物身上反观或聆听到了自我的精神世界。

　　人物对自我进行倾听时，其内心独白通常表现为幻听（auditory hallu-cination）形式，具有不确定性。

　　"幻听"构成罗斯小说身体叙事的另一种身体感知方式。它源于听觉感知的不确定性。常言道，"耳听为虚，眼见为实"。我们的耳朵并不可靠，无法仅仅根据听到的声音判断出发生了什么事情。这样的认识在实际生活中或许会让人感到沮丧。然而，对于旨在构筑想象世界的故事叙述者来说，听觉感知的不确定性恰恰是其想象的重要来源，并构成故事开端、发展和转向的内在动力，有助于凸显人物性格以及彰显作品题旨。故事讲述人以自己对这个世界的身体体验激活人们对事物的敏感性，从而更深刻地让人认识到叙事艺术的丰富与微妙。根据感知的不确定程度，听觉可分

---

① 〔美〕菲利普·罗斯：《欲望教授》，第293~294页。

为幻听、灵听（weird hearing）与偶听三大类。[1] 它们分别处在真实性、可能性与完整性的对立面上：幻听的不真实在于信息内容的虚假；灵听的不可能是由于信息交流的渠道过于离奇；偶听的不完整缘于信息的碎片化。那么，包括"幻听"在内的这些不确定的"听"觉必定造成表达的不确定。但是，迷离恍惚的听觉事件往往能使文本内涵变得更加丰富动人，带给读者更大的想象空间和更多意趣。正是从这个意义上来说，罗斯小说《欲望教授》中作为叙述者的比较文学教授凯普什，为了准备第二年的比较文学课，围绕当代情欲小说中的欲望与伦理这一争议性主题，在具有相当篇幅的比较文学课导论的开场白构思中，[2] 非常敏锐地在诸多听众在场的授课场景中听到了他所期待的回应，即对话者之间的思想交锋。它以幻听应答的身体叙事形式，在很大程度上消解了欲望/伦理的二元对立。

　　凯普什教授所构思的比较文学课导论开门见山，以师生共同在场的方式，基于"欲望小说"与"教授欲望"，将课上阅读的小说和目前的生活体验联系起来，希望他们双方"在阅读这些书后从生活最神秘、最疯狂的那些方面都能有所收获"。[3] 凯普什在他的比较文学课开场白中并未以教师的身份出现，而是把自己当作这学期第一堂课的课本，并把课堂选作最适合讲述他欲望经历的地方。在凯普什看来，课堂对他的重要性，就像教堂对虔诚的教徒的重要性一样。诚然，他热爱讲授文学课程，并且认为，在课堂上可以像托尔斯泰、曼、福楼拜那样描述生活的斗争。那么，"讨论孤独、疾病、渴望、失落、痛苦、错觉、希望、热情、爱情、恐惧、堕落、不幸和死亡，是件很感人的事……不管喜不喜欢，迟早都要面对"。[4]

　　事实上，在凯普什心中，没有哪部小说比他作为教授的欲望故事更为重要的了。对此，凯普什在欲望与伦理之间，似乎给他自身，也似乎给他的期待听众做出了一段坦诚的告白：

　　　　我无法解释我为什么会认为你们想知道我的隐私，想让你们评判我，想对你们倾诉。我现在还无法给出让自己满意的解释，也无法给

---

① 傅修延：《幻听、灵听与偶听——试论叙事中三类不确定的听觉感知》，《思想战线》2017 年第 3 期，第 99~110 页。

② 〔美〕菲利普·罗斯：《欲望教授》，第 207~211 页。

③ 〔美〕菲利普·罗斯：《欲望教授》，第 209 页。

④ 〔美〕菲利普·罗斯：《欲望教授》，第 210 页。

出让你们父母满意的解释。为什么我要把秘密告诉你们这些年龄只有我一半而且从未谋面的学生呢？绝大多数人都宁愿把这种事藏在心底，或者只告诉他们最信任的人，不论是我们普通凡人还是神职人员。而我为什么会找你们当听众呢？今天我不是以教师的身份出现，而是把自己当作这学期的第一堂课的课本，将自己展现在你们这些年轻的陌生人面前，为什么如此有必要呢？这么做合适吗？请允许我真心地回答这些问题。①

从这段"幻听"的多个自我提问句中我们不难看出，或者更准确地说，听出凯普什教授不仅以自问自答的声音想象自我解嘲，以减轻无奈状况下的心理失衡，而且以文艺幻听症形式进行激烈辩驳，重塑了自己所感受到的"幻听"风景。尽管凯普什对自己的七情六欲的坦诚讲述并不一定意味着他的伦理道德的沦丧或漠视，但跟他之前的师生伦理比较来看，至少在某种程度上消解了伦理与欲望的二元对立。然而，在现实的伦理与道德的夹缝中，凯普什在比较文学课导论一开场就强调他所主张的师生关系处理方式，不断地对他想象中的听众进行激烈的幻听应答：

　　我基本上还是主张与你们维持传统的师生关系——从我的衣着和开场白的风格，很容易就能看出来。即便是近年社会动荡，我依然坚持传统。有人告诉我，我是少有的几个依旧在课堂上称呼学生"先生"或者"女士"，而不直呼其名的教授之一。你们可以随心所欲地穿着……我还是喜欢穿着夹克、打着领带，站在你们面前讲课……而当女生到我办公室讨论问题时，如果她们不嫌麻烦，愿意观察的话，她们会发现我们并排坐着讨论问题时，我都会负责地把对着走廊的门打开。②

从以上所述的"幻听风景"中可以看出，幻听是否真的就是幻听，存在一定争议。由于可能性和逻辑规律不同，叙事中的虚构世界与叙事外的真实世界之间存在一条巨大的本体论鸿沟，两者属于完全不同的"可能世

① 〔美〕菲利普·罗斯：《欲望教授》，第209页。
② 〔美〕菲利普·罗斯：《欲望教授》，第208页。

界"（possible world）。① 这种不同导致在真实世界中无法听到的声音在小说叙事的虚构世界中仍有可能被无须遵循真实世界规则的虚构人物的耳朵捕捉到。

　　从小说叙述者凯普什"拿着一沓信纸，起身准备离开餐厅"② 来判断，小说作者罗斯是用幻听做幌子来暂时迷惑读者，其真实意图是用亦真亦幻的"欲音"暗示凯普什教授作为情欲牺牲品在情与理的疯狂角逐中逐渐走向"变形"的前兆。如果要深入思考小说主人公凯普什在"幻听"应答中的内心斗争，以及他事实上哲学式的沉默与沉思问题，梅洛-庞蒂与利奥塔（Jean-Francois Lyotard，1924—1998）这两大哲学家的观点对我们来说或许不无裨益。他们对"聆听沉默"都提出过哲学看法。尽管二者不同，但实则互补。他们的观点都涉及艺术与伦理的关系，甚至是感知的根本问题。

　　梅洛-庞蒂在《可见者与不可见者》中不失尴尬地指出，一位真正的哲学家必定会缄默不语，并始终保持缄默。③ 也就是说，他的任何言说将会显得苍白无力。然而，有意思的是，哲学家只有借助言语才能解释哲学的意义，这又意味着他不得不打破原有的沉默。正是从这个意义上来说，梅洛-庞蒂认为视觉艺术家往往能够准确捕捉"沉默的真谛"。达·芬奇（Leonardo di ser Piero da Vinci，1452—1519）与里尔克这两位艺术家的"沉默"理念在梅洛-庞蒂的《眼与心》中得到了生动的注解，"不著一字，尽得风流"④。

　　值得注意的是，梅洛-庞蒂的《知觉现象学》认为，所聆听的言说不过是"身体的一种姿态，昭示着一个意义表达的世界"。⑤ 他在后期作品

---

① Pavel，Thomas G. *Fictional Worlds*. Cambridge，Massachusetts：Harvard University Press，1986. 43-54.

② 〔美〕菲利普·罗斯：《欲望教授》，第211页。

③ Kristensen，Stefan. "Figures of Silence：The Intrigues of Desire in Merleau-Ponty and Lyotard." *Research in Phenomenology* 45. 1（2015）：87-107. Brill. Web. 22 Dec. 2019.（参见 Merleau-Ponty，Maurice. *The Visible and the Invisible*. Evanston：Northwestern University Press，1968。）

④ Silent silence speaks in works that exist in the visible just as natural things do.（参见 Merleau-Ponty，Maurice. "Eye and Mind." *The Merleau-Ponty Aesthetics Reader：Philosophy and Painting*. Ed. Galen A. Johnson. Trans. M. B. Smith. Evanston：Northwestern University Press，1993. 146。）

⑤ Speech is a gesture，and its meaning a world.（参见 Merleau-Ponty，Maurice. *Phenomenology of Perception*. Trans. Colin Smith. London：Routledge，2002. 214。）

《可见者与不可见者》中就是这样通过身体的姿态行为，如"视觉、触觉、听觉，以及言说的面部表情和所有的肌肉动作来认知整个世界的"。①

同时，在"聆听沉默"这一哲学问题上，利奥塔在《作为修辞的言说》（*Discourse*，*Figure*，2011）中提出，沉默与言说相对，正如暴力与美貌，无须赘言，"沉默也是决定言说意义的表达形式"。② 在利奥塔看来，沉默便是言说欲望的悖论性存在。正如梅洛-庞蒂在《可见者与不可见者》中所描述的那样，"我们一旦在他者眼中看到他者的形象，我们自身的形象也就在他者的眼中一览无余"③。这不仅是因为他者的存在，而且是因为沉默本身所昭示的言说欲望。

正是由于对"沉默的聆听"，本书发现《欲望教授》的小说人物在"幻听"应答场景中实现了人物叙事世界和读者现实世界的越界。在叙事话语的层面上，读者变成了小说人物的偶听者，阅读过程也就变成了一场偶听事件，读者窥探到了故事现场的所有秘密及其蕴藏的伦理。同样通过这种方式，叙述者在幻听应答或讲述故事的过程中，让他所期待的读者加入了这场关于故事人物的偶听事件。

诚然，偶听这一行为不免侵犯到他人的隐私，甚至公然践踏了他人神圣的个人空间，无论这种事件是有意还是无意而为，都具有侵犯对方领地的意味。④ 尽管偶听甚至偷听事件在现实生活中具有一定的消极性，却被普遍地使用于文学创作中。从古到今，大量的文学名著都不乏这种听觉叙事。⑤ 叙述者讲述的通常是自己所听到的各种私密话语。用戈德哈特

---

① 在《可见者与不可见者》的 1959 年 11 月的手稿中，梅洛-庞蒂提到了视觉、触觉、听觉等不同的身体感觉，这些感觉是抵达世界的一个入口，每一种感觉通达一个世界。（参见 Merleau-Ponty, Maurice. *The Visible and the Invisible*. Evanston：Northwestern University Press，1968. 144。）

② Lyotard, Jean - François. *Discourse*, *Figure*. Minneapolis：University of Minnesota Press，2011. 12.

③ As soon as we see other seers... hence forth, through other eyes, we are for ourselves fully visible. （参见 Merleau-Ponty, Maurice. *The Visible and the Invisible*. Evanston：Northwestern University Press，1968. 142。）

④ Komárová, Natalia L. and Simon Levin. "Eavesdropping and Language Dynamics." *Journal of Theoretical Biology* 264.1 (2010)：104–18. Science Direct. Web. 22 Dec. 2019.

⑤ Adair, William. "Ernest Hemingway's *The Sun Also Rises*：The Novel as Gossip." *Hemingway Review* 31.2 (2012)：114 - 18. Project Muse. Web. 22 Dec. 2019. 参见 Bander, Elaine. "Gossip as Pleasure, Pursuit, Power, and Plot Device in Jane Austen's Novels." *Persuasion* 23 (2001)：118–29. Taylor and Francis Online. Web. 22 Dec. 2019。

（Eugene Goodheart）的话说，文学创作赋予了叙述者"越界"的权利，因为他/她所讲述的故事往往侵入了叙事世界的故事人物的隐私空间。① 哪怕罗斯小说的隐性叙述者讲述的内心独白②正是小说人物凯普什私密不可示人的话语，并完全暴露于读者面前，也是出于叙事艺术的需要。罗斯小说人物的内心独白有助于我们深入理解故事人物凯普什的叙述世界。如果说对幻听事件的讲述在凯普什那里表现为一种子虚乌有的虚幻欲望的叙述策略，那么在菲利普·罗斯的笔下，这种讲述被主要用于传达对欲望与伦理的哲学沉思和人生意义的持续探索。

广而言之，对于小说身体叙事中这种不确定的听觉感知，在维侬（Vernon）看来，一个小说家就是一个偷听者，一个讲述偷听事件的叙述者如果不偷听，是不可能掌握这些人物故事的。③ 因此，从这个意义上来说，叙事艺术背后掩藏的就是一场关于偷听事件的叙事机制。而且，"偷听"的相关界定应该扩展到阅读这一活动中来。"偷听"这一概念的内涵与外延应涵盖所有这类情况，即只要发话者没有意识到自己的话语内容被听到，受话者就可以被界定为"偷听者"。

罗斯小说叙述者向我们讲述凯普什的身体故事时，随着小说故事的不断推进，从一个全知全能的叙述者逐渐转变为掌握人物内心的见证者。可以说，无论叙述者掌握的是否为该故事人物的隐私话语，他本身就是一个"偷听"意义上的讲述角色。在阅读故事的过程中，读者正如故事的叙述者，在故事人物被偷听却不自知的情况下，介入了一场关于故事人物的公开"偷听"事件。由于没有意识到读者的在场，"叙事世界所有的话语和行动都毫不保留地暴露于读者如饥似渴的目光中"。④

严格来说，读者应归入"元叙事偷听者"。这是因为，在故事人物的偷听现场，读者在一旁津津乐道，对故事人物进行品头论足时，最先偷听到故事人物内心话语的是叙事世界的其他人物，而并非读者。实际上，读

---

① Goodheart, Eugene. "The Licensed Trespasser: The Omniscient Narrator in '*Middlemarch*'." *The Sewanee Review* 107.4（1999）: 555-68. JSTOR. Web. 22 Dec. 2019.

② Chatman, Seymour. "Characters and Narrators: Filter, Center, Slant, and Interest-Focus." *Poetics Today* 7.2（1986）: 189-204. JSTOR. Web. 22 Dec. 2019.

③ Vernon, John. "Reading, Writing, and Eavesdropping: Some Thoughts on the Nature of Realistic Fiction." *The Kenyon Review* 4.4（1982）: 44-54. JSTOR. Web. 22 Dec. 2019.

④ Gaylin, Ann. *Eavesdropping in the Novel from Austen to Proust.* Cambridge: Cambridge University Press, 2003. 118.

者置身于叙事世界之外的现实世界，只不过偶听到了这一切而已。我们也许会质疑，如果小说都是讲述人物的私密话语，那么读者除了是一个偷听意义上的角色，还可能是什么呢？事实上，读者介入故事世界，是没有意识到作者或者叙述者就是从现实世界到故事的叙事世界的中介，除非在文本中明显地交代他们在故事中的叙述角色。正是从这个意义上来说，无论是叙述者还是读者，都以不同角色构成了故事创作、讲述以及阅读过程中的"偷听者"，共同体验了故事人物的欲望与伦理。

在《欲望教授》的结尾，小说以"幻听"的身体感知方式，将故事叙述者与读者都纳入了罗斯的"偷听"叙事机制中，从而使他们偷听到了主人公从身体的维度颠覆所谓的欲望与快感的叙述声音。不可思议的是，凯普什对她眼前的这位善良、可爱、忠诚甚至是十全十美的克莱尔·奥运顿小姐，不管如何肌肤相亲，激情与欲望竟然都神秘地消失殆尽。

> 现在我竟没有抚摸你的那种冲动……除非我先提醒自己必须那么做。你的身体曾经与我亲密无间，让我左右自己的生活，但它现在竟然无法唤起我的欲望。……即使在我极度地吮吸克莱尔身上最美妙的部位，即使我用所有的快乐和希望来掩盖我的担忧，我仍在等待房里传出我意想之中的最可怕的声音。①

显然，小说叙述者和读者在此时此刻共同参与了故事人物的"幻听"事件。这种听觉的不确定感进一步强化了叙述者和读者的焦虑感与危机意识，从而在某种意义上意味着欲望/伦理二元对立的消解。

在小说《欲望教授》的叙事世界里，"偷窥者"并不多见，而"偷听者"却在故事人物的身体叙事中随处可寻。有意思的是，这些"偷听者"并没有因此而受到责难，而是紧随故事人物公开地参与了他们的身体故事，以各种身体感知方式体验了人物的内心情感与欲望经历。如果把小说标题 *The Professor of Desire* 直译的话，我们就可以或隐或显地聆听到这个"喋喋不休、永不停歇的教授"的欲望故事。在这样的叙事世界里，自我与他人互听互叙，故事叙述者在讲述故事时也自由穿梭于

---

① 〔美〕菲利普·罗斯：《欲望教授》，第293~295页。

人物的故事世界。故事中的事件一般是人物的行动，而小说主人公凯普什却通过采撷自己脑海中的思绪作为叙事的主要内容。要在一部没有人物行动的故事世界里实现小说人物喋喋不休的内心欲望，或许只有诉诸因幻听的不确定性而引发的迷思了。小说中"等待房里传出意想之中的最可怕的声音"的"我"经历了整夜的噩梦侵袭。此前叙述者还多次讲述主人公在似睡非睡、似醒非醒之际的听觉感知。这些迷离恍惚的聆听，都是在不辨此身安在的状态中发生的，因而能从容实现现实与幻想之间的往复跨越以及对欲望/伦理二元对立的消解。可以说，深谙文学想象的凯普什教授拥有非凡的听觉能力，能敏锐地感知生活中一个个微妙的听觉瞬间。在追求绝对的个人自由的路上，凯普什本可以遵从欲望的召唤，放纵自我，但这样的生活让他心力交瘁；在他获得回归生活正途的机会时，却犹豫不定，生怕自由被婚姻所囚禁。作为比较文学教授的凯普什，一面准备开设课程，讲授欧洲小说中的情欲，一面却跌跌撞撞地奔波在追求学术理性和追逐肉欲满足两条道路之间思索人生，试图用学术般的理性来消解身体的斑斓欲望。尽管小说关于观看与听觉感知的身体叙事在一定程度上放大了故事主人公以及其他人物的欲望书写，然而，也在身体感知的不确定中对人物所处的外部世界进行了质疑和消解。

　　根据以上所述，不可否认的是，罗斯小说的身体叙事终究未能跳出"身心二元论"的写作窠臼，而且在身体叙事的创作中，还不能与意识哲学彻底地颠覆和决裂。然而，他在小说中所体现的身体创作观明显区别于传统的意识哲学观的是，他能够从身体体验视角出发去认识这个世界，无论是视觉感知、听觉感知，还是其他的身体感知，都没有贴上"确定"的标签，从某种意义上说，这暗示了生活中的每个人都在"盲人摸象"这一事实。我们通过身体感知"触摸"到的未必是现实世界的真实面貌。因此，我们对这个世界的认识，本身就是一个幻觉——我们一直生活在自己的大脑所投射的"虚拟现实"和想象世界里。身体感知的不确定性往往引发人生如梦的幻灭感。尽管如此，人类仍然以各种不同的身体叙述方式在不断地感知、猜测、推理、补充，乃至重构自身所处的意识世界。作为小说家，罗斯就是这样，试图用梦幻般的身体感知来触摸、认识和讲述这个世界，从而对这个已经预设了的世界进行质疑、消解和重构。

第五章　《垂死的肉身》身体叙事的
狂欢化伦理建构

　　菲利普·罗斯小说"凯普什系列"之三——《垂死的肉身》，如果从小说的标题来看，就是关于欲望与死亡的主题。小说主人公在真切地感受到死神时刻威胁的同时，以身体的方式对生命的永恒表达了最深层的欲望与追求。欲望构成了推动故事前进又推动叙事发展的重要因素。欲望驱使我们融入世界，并构成了身体与世界交流和融合的主要内容与表征。可以说，欲望叙事就是"通过文本与读者的各种交流方式把人物身体的含义戏剧化。人物身体常常起着这样的作用，即作为我们该如何阅读并评论文本的途径"①。正是从这个意义上来说，在小说主人公的潜意识中，人的身体欲望就是与死神抗争的最佳武器。本书基于该小说的欲望与死亡主题，主要从"爱欲的未完成性"视角探讨该小说中身体叙事狂欢化伦理的建构问题。

第一节　生与死的临界状态

　　在与死神的对抗中，小说《垂死的肉身》与另一部具有同样主题的小说《安息日的剧院》相比，在价值观与故事结局方面显得更有喜剧性。事实上，罗斯深刻地意识到生命是有限的这一残酷的人生现实。尽管我们通过人为方式可以在某种意义上接近永恒，然而，我们的肉身并非不朽。罗斯在完成小说《垂死的肉身》后，已是接近古稀之人。正如他所说，"对于年轻人，时间总是由过去构成的"，但是，当他逐渐变老或者病危时，他"计算时间时就会改成往后数，以接近死亡的远近来计

---

① Punday, Daniel. *Narrative Bodies: Toward a Corporeal Narratology*. New York: Palgrave Macmillan, 2003. 82.

算时间"①。

面对死神的威胁，垂死之人如何以自然爱欲来抵御或者延迟肉身的不死，这几乎构成了全人类尤其是美国社会的生存困惑。《垂死的肉身》是罗斯继"美国三部曲"——《美国牧歌》、《我嫁给了共产党人》（*I Married a Communist*，1998）、《人性的污秽》之后完成的，具有非常典型的美国性。小说讲述了美国社会性癫狂的精神分裂症。不像西欧的影视媒体对裸体艺术的公然接受，美国的影视媒体通过袒露的性器官对大众进行色情式诱惑。小说在人的肉身欲望这一主题上极富煽动性，却又入木三分，简直成了美国读者对抗死亡的重要想象源泉。

诚然，20世纪60年代的美国社会日新月异、飞速发展，大众传播媒介得到普及，生活水平得到了极大提高，休闲娱乐也丰富多彩，已经或正在改变着人们的许多传统观念。尽管物质生活的满足使个性得到了充分的发展，也使精神境界得到了提升，却导致人们处于一个价值体系存在危机的社会里，本能和性欲变得重要起来，社会的意义让位于对性欲的崇拜："个性……从此以后伴随着经济和政治关系的深刻变化的危机和颓废的时期，都经历了这种'动物人'对'社会人'的胜利。"② 嬉皮士和性革命的反主流文化运动彰显了生死更替、新旧更新的狂欢化思想，实际上是对传统价值观的否定，在某种意义上具有颠覆的功能。正如作者在其小说《垂死的肉身》中所宣称的那样：

你能想象年老吗？你当然不能。我那时没有。我那时也不能。我想也没想年老会是什么样子……自始至终（假如你和我同样幸运的话）看着你衰老，凭你持久的活力，你和衰老有着相当远的距离——甚至非常得意地觉得自己与衰老无关。不可避免地，是的，有很多迹象会导致令人不快的结论。③

---

① 〔美〕菲利普·罗斯：《垂死的肉身》，吴其尧译，上海：上海译文出版社，2004年，第141页。（参见 Roth, Philip. *The Dying Animal*. New York：Vintage, 2001.）后文出自同一著作的引文，将随文标出该著作者、作品名称以及引文出处页码，不再另注。
② 〔奥地利〕皮埃尔·齐马：《社会学批评概论》，吴岳添译，桂林：广西师范大学出版社，1993年，第135页。
③ 〔美〕菲利普·罗斯：《垂死的肉身》，第39页。

不仅如此，罗斯在其小说《安息日的剧院》中也提到，在美国，"死亡几乎令人不可置信"①，人们对死亡这一话题只不过是轻描淡写而已。然而，罗斯小说对美国社会犹太中产阶级的生活境遇、性与婚姻所涉及的爱欲与死亡主题给予了特别的关注，在生与死的临界状态中反思身体的欲望/伦理的辩证性。②贯穿于《垂死的肉身》以及之前两部小说《乳房》和《欲望教授》的主人公，即温文尔雅又不乏学术理性的凯普什教授，以第一人称叙述方式对人的自然爱欲进行了近乎怪异的内心对话，并反思其爱欲的未完成性，具有强烈的狂欢化色彩。

第二节　爱欲的未完成性

在罗斯"凯普什系列"小说的身体叙事中，"爱欲"构成其欲望书写的关键词，也是其伦理诉求的主要驱动力。在小说《垂死的肉身》中，爱欲与死亡相伴而行，彼此纠缠，而又相互转化，具有强烈的未完成性。如果将小说《垂死的肉身》与叶芝的诗歌《驶向拜占庭》对照来看，我们会不难发现，二者在爱欲与死亡的问题（Eros/Thanatos）方面存在隐喻意义上的动态转化关系；后者构成了前者的潜文本，不仅是因为小说的标题源于叶芝的这首诗，而且两者都是关于年老与爱欲的主题。叶芝的该首诗相关部分具体如下：

　　……把我的心烧尽，它被绑在一个/垂死的肉身上，为欲望所腐蚀/已不知它原来是什么了；请尽快/把我采集进永恒的艺术安排……
　　　　　　　　——威廉·巴特勒·叶芝《驶向拜占庭》③

如果要在爱欲的未完成意义上讨论身体叙事的问题，即视觉的身体如何实现爱欲的未完成性，那么，视觉不仅是理性的，而且是感性的；身体感知就是理性与感性相互交织、动态生成的必然产物。根据希腊文，"理

① Death...still defies belief.（参见 Roth, Philip. *Sabbath's Theater*. London：Vintage，1995，2016. 159。）
② Encyclopedia Britannica, Inc. *Britannica Concise Encyclopedia*. Chicago；London：Encyclopedia Britannica，2006. 1604.
③ 周珏良：《谈叶芝的几首诗》，《外国文学》1982年第8期，第64~67页。

念"一词 eidos 出自动词 idein，原意是"看到的东西"，表明这种理念性视觉与欲望、伦理等属性不可避免地彼此纠缠，即对身体的好奇与对彼岸性事物的向往联系在一起。身体不仅是通往快乐的桥梁，也是获得知识与力量的钥匙。[①]

当身体成为视觉对象与叙事对象时，故事的指向和意义便附着在欲望性身体上，视觉中的爱欲即揭示身体叙事的未完成意义。凯普什对米兰达（Miranda）、康秀拉等女性身体的窥视及其兴趣渐浓的隐秘欲望直接地推动着叙事的发展。由于身体欲望所指向的对象——性，属于禁忌之列，无论是布鲁克斯"锁眼式"的窥视，还是巴特"脱衣舞式"的观看与叙述，这种欲望对象半裸露半掩盖的状态在窥视者与被窥对象之间形成了某种张力，所以叙述形式是既接近又回避，既逐渐呈现又不断制造悬念的，极大地挑起了观者的好奇心和认知欲，使他们对最终的视觉对象保持足够的期待和欲望，使叙事不断向前发展。

对于小说《垂死的肉身》来说，女性的身体在男主人公的视野中成了观看的风景（sight）。在约翰·伯格看来，"在观看中，男性往往为观看者，而女性为被观看的人"[②]。本书正是从这个意义上关注小说《垂死的肉身》的作者是如何通过观看叙述爱欲与死亡之间的张力的。他不是专门的身体艺术家，而是从一个艺术评论家的男性眼光把观看到的人物身体作为他的主要聚焦对象。

在观看问题上，伯格在《观看之道》中提出如何阐释观看的问题。他提出了一个重要的理论观点，即"不确定性"（instability）。也就是说，"我们的所见与所知是动态变化的"[③]。在小说《垂死的肉身》中，凯普什观看到的是，康秀拉如艺术品般完美的身体在她患上乳腺癌后即将面临消亡这一残酷的现实，意味着哪怕已经完美预设的世界也不得不重新定义。对此，梅洛-庞蒂曾提出，世界的问题可以从身体的问题开始。[④]《垂死的

---

① 欧阳灿灿：《叙事的动力学：论身体叙事学视野中的欲望身体》，《当代外国文学》2015 年第 1 期，第 146~153 页。

② Berger, John. *Ways of Seeing*. London：British Broadcasting Corporation and Penguin Books, 2008. 47.

③ Berger, John. *Ways of Seeing*. London：British Broadcasting Corporation and Penguin Books, 2008. 7.

④ Merleau-Ponty, Maurice. *Phenomenology of Perception*. Trans. Donald A. Landes. London；New York：Routledge, 1945, 2013.

肉身》就是这样，罗斯把"身体"作为小说叙事的切入点。

正如奥勃兰恩（Edna O'Brien）在小说《垂死的肉身》开篇引言中所说的那样，"身体所包含的人生故事和头脑一样多"。① 这句话出人意料，然而意味深长，暗示了与人的身体直接相关的自然爱欲具有非同寻常的意义。

诚然，罗斯小说就是关于人的身体与欲望的故事。小说从第二页开始一直到最后一页，几乎完全都是关于身体及其爱欲受到遮蔽或揭蔽的故事。在凯普什的观看模式下，他不仅是小说的人物叙述者，也是小说仅有的聚焦者。

事实上，凯普什作为小说主人公的地位不可小觑。然而，主人公在小说开篇叙事多页以后才逐渐显露出来——"我肯定他们是那么想的。'大卫·凯普什和他的一位追星少女'。"② 这句话暗示了小说人物这种推延的出场，可以说是作者在跟他的读者赏玩的一个猜读游戏。小说处处留下蛛丝马迹，让读者在小说空灵的叙述声音中去聆听和想象一个"欲望教授"的情感故事。值得注意的是，这个"人物—叙述者"根据他的所见所闻，把自我标榜为既通文艺又识女人的高级知识分子。用伯格的话说，他的观看之道决定了他是一个痴迷的偷窥者（voyeur-jouisseur），"单是观看就已经很有趣了"③。他的态度已经表明女性身体只不过是他的一个观看之物，他自己也就是伯格意义上的"观看者"。他尽可能以观看一个艺术品的眼光去观看女性的身体。譬如，他在描述他的学生情人米兰达的身体时如此说道：

> 米兰达翘起臀部匍匐在地板上或无力地俯伏在我的沙发上或欢快地倚靠在安乐椅的扶手上，似乎忘却了这样一个事实：由于她的裙子滑到了大腿之上，而且她的双腿很不得体地叉开着，她就像巴尔蒂斯的画中人，明明衣着齐整却令人感觉半裸着。什么都藏着，但什么都没藏住。④

凯普什对她或遮或露的身体进行观看的方式，已不仅仅是纯粹意义上

---

① The body contains the life story just as much as the brain.（详见〔美〕菲利普·罗斯：《垂死的肉身》，第1页。）
② 〔美〕菲利普·罗斯：《垂死的肉身》，第21页。
③ 〔美〕菲利普·罗斯：《垂死的肉身》，第10页。
④ 〔美〕菲利普·罗斯：《垂死的肉身》，第10页。

的视觉问题了。而且有意思的是，对于师生关系早已越界的凯普什来说，米兰达丰满的胸部所展现的青春的胴体仿佛置于一个道德伦理学家的批判视野，成了巴尔蒂斯画作中那个初次逾矩的少女。

而且，对于他眼中那个近乎完美的美女学生康秀拉，尽管凯普什已经十分小心谨慎，但他观看她的身体时的眼光也莫不如此。他对康秀拉身体的关注始于她的着装，而且对她身上所穿的衣服进行了精雕细琢的描述。也许我们会认为这种身体遮蔽状态与米兰达根本不同，不存在身体揭蔽状态下的挑逗感。出人意料的是，在观看者的目光下，焦点悄悄发生转移，从着装的描绘逐层过渡到了她的身体展示：

> 她穿一件米黄色丝质衬衣，外加一件剪裁讲究的蓝色休闲上装，饰有金色纽扣，棕色的手袋上泛着名贵皮革的光泽，脚上的小短靴与之相配，一条稍具弹性的灰色针织裙，极尽微妙地显露她身体的曲线。①

事实上，这种观看身体的方式跟观看米兰达的并无两样。凯普什以男性的眼光观看，必然察觉到了身体被遮蔽的部分。凯普什仿佛正在慢慢褪去康秀拉的衣装，一个性感的尤物逐渐呈现在他的面前，这简直就是他所观看到的米兰达的模样。尽管他援引罗马尼亚现代著名雕塑家——布朗库希（Constantin Brancusi，1876—1957）描绘康秀拉优雅、光洁、圆润的前额并无性的暗示，然而，这位因少女裸体雕塑而闻名于世的雕塑家，使小说人物的身体叙述似乎具有了某种程度的反讽意义，即言在此而意在彼。也可以认为，对康秀拉的身体叙述不同于米兰达，因为她并非所谓的"揭蔽"状态。正因如此，在凯普什的观看模式下，她的身体似遮若露，欲露还遮，这就意味着所观之物在遮露之间相互转化。在观看者的视角下，她成为他观看的尤物。同时，受观之物也在掌控着这场观看之景，即受观者让观看者的所见与所知并非确定不变。

简单来说，就是他在观看，她能心领神会。凯普什看到康秀拉的"丝质衬衣敞开到第三颗纽扣处，因此你看得出她有一对魅力十足的漂亮乳

---

① 〔美〕菲利普·罗斯：《垂死的肉身》，第5页。

房。你一眼就能看到乳沟。而你也明白她对此心领神会"①。人物叙述者的男性观看眼光与受观者之间形成了极大的张力，尤其是：

> 当我再往她那里看时，发现她又把夹克穿上了。所以你明白她认识到自己的魅力，不过她还不大明确应该如何运用它，如何对待它，自己又在多大程度上需要它。那身体于她还是陌生的，她还在摸索它，琢磨它。②

直到后来，"一见面，她的举止就给我留下了深刻印象。她知道自己身体的价值。她知道自己的身份。她也知道自己绝不适合我所生活的文化圈——文化可以令她着迷，但她不能靠它生活"③。那么，这就意味着受观者在观看者眼里，绝不是一个静态的客体化对象，而是一个具有自我意识的主体，甚至在某种意义上掌控着这个场景的"视界"。

特别是，当凯普什的所观之物突然出现于一张明信片上时，它简直就是以康秀拉为模特画成的。这张明信片对于凯普什这样的文艺批评家来说，意味着凯普什曾经失去的欲望尤物，意义非同小可。然而，在凯普什最好的男性朋友乔治看来，他已经违反了审美距离的规则。乔治说：

> 你把和这个女孩之间的审美经验情感化——你个性化了这种经验，你情感化了这种经验，因而你失去了对于你的欣赏来说至关重要的距离感……我要说这造成了你对一种独立批判立场的放弃……人们认为坠入爱河后才能使人成为完整的人？柏拉图式的灵魂统一？……我认为你本来就是完整的。而爱情使你破裂。④

对于小说《垂死的肉身》中的故事人物乔治来说，他以批判者的眼光批评痴迷于身体的凯普什。可以说，这是对人类自然爱欲的否定和对追求身体完整性的质疑。我们不难看出，无论人类追求自身身体的完整性是否成为自然爱欲的最好注解，它都揭示了人类在身体或灵魂上的一种永恒的

① 〔美〕菲利普·罗斯：《垂死的肉身》，第5页。
② 〔美〕菲利普·罗斯：《垂死的肉身》，第6页。
③ 〔美〕菲利普·罗斯：《垂死的肉身》，第11页。
④ 〔美〕菲利普·罗斯：《垂死的肉身》，第109页。

欠缺感。而人类的自然爱欲是对身体与灵魂的共同找寻。那么，渴望便构成了爱欲的核心，渴望的对象要么归因于身体，要么归因于灵魂，因为没有了身体或没有了灵魂都不会使人产生爱欲的渴望。因此，人类身体或灵魂的欠缺感成为人类永恒的困惑，并推动着人类不懈的追求。

早在柏拉图的《会饮》关于爱若斯（eros）的探讨中，喜剧诗人阿里斯托芬著名的"人的三种性别"神话的讲述，就是对追求身体完整性的强调。从圆球人身体的分裂，到后来人和自己另一半紧紧地拥抱，都表明人的身体或灵魂存在欠缺感。苏格拉底所论及的通往美善之途的爱的阶梯的起点恰恰是人的身体，即他认为美善源于身体的欠缺感，并孕育于美的身体。对于阿里斯托芬来说，他在追求身体完整性的过程中就存在自身的困境——即使彼此紧紧拥抱，仍会感到某种超越性的东西的遥远呼唤在阻碍着这种拥抱。这种困境在苏格拉底这里得到了某种解决，即他认为这种超越性的东西便是美善，人类对此会感觉到某种无法抵抗的吸引力，经由爱（eros）的阶梯，人类终会瞥见美本身而得到永恒。值得注意的是，在苏格拉底看来，人类通往美善之途始于爱欲，而终于美善。他一方面肯定身体，另一方面又在其思想逻辑的终点上完全放弃了身体，而把自己归属于绝对的灵魂。这也是后来尼采激烈抨击苏格拉底的原因所在。这是因为尼采看到了人的身体和所追求的美善之间、可见与可知之间的悲剧性冲突，即每一个灵魂都是寄居于身体的，未寄居在身体上的美善是残缺的、僵死的、毫无生命力可言的。

由此可见，阿里斯托芬和苏格拉底的不同困境恰好反映了身体与灵魂的欠缺感。这两种爱欲绝望而又顽强地缠绕，不断挣扎而又不离不弃。阿里斯托芬和苏格拉底之爱欲的张力，使人类在激情与理性的结合中达到某种丰盈状态。然而，这种天生具有欠缺感的爱欲追求无法在任何一个身体和灵魂的结合中实现。正是这个原因，萨特认为，爱欲的过程只是一种风雅的诱惑游戏，爱欲是不会有任何结果的，爱欲的追求只不过是不能实现的"欲望和理想"。[①] 这也在很大程度上证明了爱欲的未完成性。

在关于爱欲的"观看之道"中，罗斯的小说人物乔治对凯普什的审美经验情感化提出的批评，对于不乏理性的凯普什教授来说，似乎难以得到认同，因为他很难相信他所观看到的康秀拉这样表面看起来毫无威胁性的

---

① Sartre, Jean-Paul. *Being and Nothingness.* Taylor & Francis Group: Routledge, 2003.

人物存在什么潜在灾难性。这就使关于凯普什对身体的痴恋和对爱欲的追求变成了一场充满未完成性的爱欲游戏。

具有讽刺意义的是，凯普什竟然似懂非懂地接受了乔治对他所说的"情感招致毁灭，是你的敌人"，以及约瑟夫·康拉德所说的"结了婚的男人是失败者"①。于是，在凯普什的观看模式中，他所观看到的这张明信片上的裸体画标志进一步预示了后来爱欲通向美善之途的"未完成性"。整个小说的叙事基调明显走向了狂欢化。叙述者一方面聚焦小说人物的爱欲向死亡的降格，另一方面关注小说人物的爱欲向未完成性的跃升。

综上，本节从小说《垂死的肉身》的主人公的"观看之道"论述了爱欲与死亡之间的张力以及所见与所知的动态转化关系，并基于爱若斯神话关于人类身体或灵魂具有一种永恒的欠缺感，揭示了爱欲的"未完成性"，欲望/伦理二元对立的静止关系受到了消解，并暗示了小说身体叙事中爱欲的降格与跃升。

第三节　狂欢化伦理的建构

罗斯小说的身体叙事对欲望/伦理二元对立的静态关系的消解，在故事中体现为爱欲向死亡的降格与爱欲向未完成性的跃升两条基本线索。它揭示出欲望所建构的狂欢化伦理。

一　爱欲向死亡的降格

在小说《垂死的肉身》的身体叙事中，爱欲向死亡的"降格"成了故事的一个基本线索。凯普什把康秀拉看作"完美"的化身。第一次见面时，他就注意到了她那完美的身体，"仪态优雅"②，以及具有极大诱惑的身姿，一切都是那样"完美的展示"。③ 还有她那对乳房。"康秀拉身体上有两样东西值得你注意。首先是乳房。我所见过的最好看的乳房……这对乳房浑圆、丰满、完美。"④ 康秀拉简直成了凯普什这个文艺评论家眼中的完美典范。如凯普什所说："你完全可以冒称女公爵。普拉多的墙上肯

---

① 〔美〕菲利普·罗斯：《垂死的肉身》，第109页。
② 〔美〕菲利普·罗斯：《垂死的肉身》，第4页。
③ 〔美〕菲利普·罗斯：《垂死的肉身》，第28页。
④ 〔美〕菲利普·罗斯：《垂死的肉身》，第31页。

定有某幅女公爵的肖像看上去像你。你知道委拉斯贵兹的名画《宫女》
吗?"① 显而易见,凯普什把她看作"一件了不起的艺术品,具有一切神
奇影响的了不起的艺术品。她不是艺术家,而是艺术本身。她没有不能理
解的东西——她只要站在那儿,让人观看,我就会理解她的重要性"②。
甚至在康秀拉的月经期间,凯普什也把她看作生活与艺术的完美作品。这
是因为:

> 他也知道她是件艺术品,这个幸运珍贵的女人是一件艺术品。古
> 典艺术,古典式的美人,但是活生生的,而对活生生的美人的审美反
> 应是什么呢,同学们? 欲望。……男人向来就是她的镜子。他们甚至
> 想观看她来月经。③

小说叙事中反复出现的身体膜拜根源于小说人物对完美身体的"迷
思"与狂热,究竟是欲望还是真爱,是一个活生生的人还是一件艺术品,
个中原因不得而知。结果是,不可避免地发生了生活与艺术的越界。"我
发狂,我着迷,而且我被吸引到了(色情电影)镜头之外。"④ 最后他
"违反了审美距离的规则",失去了对于他的欣赏来说至关重要的距离感,
最终造成了"对一种独立批判立场的放弃"。⑤ 对于这些,凯普什最好的
男性朋友乔治很久以前就曾推心置腹地提醒过他。

对审美距离的违反或越界正好预示着从现实生活到艺术永恒的跨界的
狂欢化理想。这就不难理解凯普什为什么要效仿康秀拉的男友卡洛斯曾经
提出的"我不在时不要来月经"⑥ 这个要求。

有意思的是,伴随康秀拉寄来的那张莫迪里阿尼裸体画明信片,死亡
的幽灵接踵而来,至少对于文艺评论家来说就是如此:

> 这个裸体女郎的乳房丰满且略微偏向一侧,仿佛就是以康秀拉自

① 〔美〕菲利普·罗斯:《垂死的肉身》,第 16 页。
② 〔美〕菲利普·罗斯:《垂死的肉身》,第 41 页。
③ 〔美〕菲利普·罗斯:《垂死的肉身》,第 51 页。
④ 〔美〕菲利普·罗斯:《垂死的肉身》,第 45 页。
⑤ 〔美〕菲利普·罗斯:《垂死的肉身》,第 108 页。
⑥ 〔美〕菲利普·罗斯:《垂死的肉身》,第 51 页。

己为模特画成的。画中裸女的双眼紧闭着，像康秀拉一样，除了强烈的性欲外她无以自卫。同时她也像康秀拉一样单纯朴素、优雅得体。这个金黄色皮肤的裸女睡意蒙眬地躺在天鹅绒般柔软的黑色深渊上。在我看来，这深渊容易使人联想到坟墓。一条长长的波浪线，她躺在那里等着你，平静得如死人一般。①

从某种意义上说，爱欲与死亡的二元越界就是文艺评论家的一种乌托邦幻想。但是，对于小说《垂死的肉身》来说，它却讽喻了康秀拉无可挽回的死亡命运，也暗示了凯普什对痴迷于女性完美身体的最终放弃。小说中康秀拉因乳腺癌不得不面对乳房切除术的命运，深刻反讽了人类对完美和永恒的所有渴望与幻想，在伦理现实的无情摧毁下，一切都将化为欲望的泡影。尽管康秀拉在得知自己患上乳腺癌后，曾对痴迷于自己完美乳房的凯普什说："和我的乳房说再见你介意吗？"凯普什回答说："我亲爱的女孩，我可爱的女孩，他们不会毁坏你的身体的，他们不会。"② 有趣的是，这个"完美的艺术品"却逐渐走向死亡的深渊，"她将死在我眼前，她现在就在慢慢死去"③。这种反讽式的人生命运在挂在伦敦泰特陈列馆里的斯宾塞和他妻子四十多岁时的双人裸体肖像上也得到了明显的暗示：

> 斯宾塞蹲坐在他妻子旁边，他的妻子横卧着。透过金丝边眼镜，他在近处若有所思地俯视着她。而我们呢，也同样从近处看着他们：两个裸体就在我们面前，恰好让我们看清他们已不再年轻也不再迷人。两人都不快活。沉重的过去紧随着现在。尤其是妻子，一切都已开始松弛，变得粗大，即将到来的是更大的苦难而不只是长有细纹的肉体。④

可以看出，这幅肖像画描绘的是一个文艺批评家的专业眼光所观看到的景象。小说叙述者凯普什已经超越了个人的主观欲望，最终观看到了生命的真相。

---

① 〔美〕菲利普·罗斯：《垂死的肉身》，第107页。
② 〔美〕菲利普·罗斯：《垂死的肉身》，第143页。
③ 〔美〕菲利普·罗斯：《垂死的肉身》，第140页。
④ 〔美〕菲利普·罗斯：《垂死的肉身》，第156页。

小说《垂死的肉身》的结尾具有明显的暗示。对凯普什来说，康秀拉似乎从欲望尤物变成了一个有血有肉之人。她从最初作为"一般的色情电影人物"开始获得回归现实的可能性。正如凯普什在小说最后所说，"我得去她那儿。她需要我去她那儿……她一整天都没有吃东西了。她得吃点东西。她得有人喂她吃"①。这也暗示了他所观看的艺术品将从欲望的想象世界回归到触手可及的现实世界，也预示了爱欲的永恒完美向死亡的必然现实不断降格。对此，在凯普什内心开始疯狂斗争的危急时刻，小说中一个匿名的叙述声音向他发出了最后的警告："想一想吧。再想一想。因为一旦你去了，你就完蛋了。"② 因此，并非祖克所说的"大团圆式"结局（sense of hope），③ 人类的自我欲望最终难以逃脱身体朽亡的命运。

二　爱欲向未完成性的跃升

在小说《垂死的肉身》的身体叙事中，在叙述者聚焦爱欲向死亡的降格叙事的同时，爱欲向未完成性的跃升构成了故事的另一个基本线索，构成了苏格拉底意义上通向美善之途的"爱的阶梯"。对于年近七旬的凯普什教授来说，尽管他的学识、事业以及人生阅历，他那双精通钢琴、追求永恒的艺术之手，以及他在人生的不同阶段的风流韵事足以让他自信，然而，这也明显地暗示了他的现世身体与灵魂的欠缺感及其爱欲向未完成性跃升的渴望。

其一，爱欲通向美善之途。

毋庸置疑，爱欲所欲求的东西正是爱欲自身所欠缺的东西。欲求即便现在拥有，但尚未永远拥有的东西仍然具有一种欠缺感。也就是说，爱欲的生性欠缺不是暂时的，而是恒久的。苏格拉底引入"欠缺恒久拥有的东西"来界定欲求，无异于从爱欲来界定欲求。人为了欲求更高的、恒久的东西，可以克制暂时的口渴、饥饿（或性需求）等难忍的当下欠缺或需求。这种"恒久拥有"正是爱欲所欲求的。"如果从'爱欲即欠缺'这个出发点，即能证成爱欲的美好面相"④，这恰好证明了爱欲通向美善之途

---

① 〔美〕菲利普·罗斯：《垂死的肉身》，第170页。
② 〔美〕菲利普·罗斯：《垂死的肉身》，第170页。
③ Zucker, David J. "Philip Roth: Desire and Death." *Studies in American Jewish Literature* 23 (2004): 135-44. JSTOR. Web. 10 Jan. 2020.
④ 刘小枫：《从〈会饮〉看后现代审美文化的品质》，《文艺研究》2011年第9期，第14页。

的未完成性。

正是在这个意义上，罗斯小说的叙述者在女性的乳房、大腿以及生殖器方面，极尽叙述之能事。可以说，小说叙述者对爱的在世渴望就成了他自己的身体或灵魂克服"生性欠缺"①的追求。然而，每一次试图满足渴望的行为都蕴含着鲜活不灭的新渴望。因而，渴望永远无法具体实际地得到满足。这就是苏格拉底意义上的爱若斯。它是丰盈和贫乏之子。所以，爱欲本身既不美也不好，而是"生性欠缺"。因此，这个不完美之物对美有着无法抵抗的渴望。

在《垂死的肉身》中，小说人物凯普什对康秀拉十分着魔与迷恋，而"年龄的伤痕"让这段不寻常的爱欲关系成了萨特意义上的一场风雅的诱惑游戏，或者说，是一个永远不能实现的"爱情理想"。爱若斯的双重特性使他总是竭力追求美而又无法得到美。爱若斯介于神和人之间，神必然是有智慧的，所以神不需要再去追求智慧，而那些不明事理或已有智慧的人也不会热爱智慧，两者都不觉得自己有欠缺，只有像爱若斯这样处于两者之间的人才可能去热爱和追求智慧。对于凯普什来说，他知道作为人无论如何都不可能具有和神同等的福分，他能做的只有不断去追求智慧、获得知识，在某种程度上实现神能享受的福分。因此，康秀拉的美构成了凯普什的"生性欠缺"与在世渴望：

> 康秀拉身体上有两样东西值得你注意。首先是乳房。我所见过的最好看的乳房——我出生于，请记住，1930年：迄今为止，我已见过不少乳房。这对乳房浑圆、丰满、完美。是乳头像又圆又大的茶碟的那种。乳头不像牛、羊那种下垂的乳房而是淡棕红色的大乳头，这是十分撩人的。其次是她那光滑的阴毛。一般说阴毛是卷曲的。她的阴毛像亚洲人，光滑、平伏、稀疏。②

可见，在人的自由意志下，人的在世渴望处于不断地生成之中，从而产生永远不息的欲望。自由的选择性使人产生欲望，并使这扇欲望之门永远敞开，从不紧闭。康秀拉甚至被凯普什描绘成现代艺术博物馆的莫迪里

①〔希腊〕柏拉图：《柏拉图的〈会饮〉》，刘小枫等译，北京：华夏出版社，2003年，第70页。
②〔美〕菲利普·罗斯：《垂死的肉身》，第31页。

阿尼裸体艺术品。凯普什收到康秀拉从美国邮局寄给他的明信片时，明信片上的裸女标志进一步诱发了凯普什的在世欲望。

　　然而，康秀拉的乳腺危机却引发了凯普什关于爱欲的沉思，因为这意味着她只有百分之六十的生的可能性，也意味着让凯普什最痴迷的好看的乳房在她正值青春韶华时消失于他的视野。那么，无论是对于男性，还是对于女性来说，它都意味着性、渴望和欲望的种种困扰。在凯普什教授的理性眼光下，关于爱欲的叙述总体上比较克制。正如该小说的标题所揭示的那样，一切爱欲在"垂死的肉身"面前并非指向任何色情意义，爱欲意味着对决死亡的一股强大力量与渴望。这并不像柏拉图的《会饮》里前面五个人所谈及的爱欲——要么是情欲，要么是身体的冲动，要么是治愈伤害的能力，或者是整合秩序的力量，而是借苏格拉底之口讲述的女先知——第俄提玛（Diotima）意义上的爱欲：并不是所有的欲望都能配得上"爱欲"的称号，只有对美善的未完成性的渴求才能称作爱欲。因此，这种爱欲具有很强的哲学色彩。

　　正是在这个意义上，"爱欲"与"美善"连接了起来。在小说《垂死的肉身》中，七十岁的老教授凯普什开始沉思关于自身毁灭的色情电影。[①] 通常来说，"色情电影"一词让我们联想到性行为"令人恶心"或"触目惊心"。然而，罗斯认为"色情电影"中的爱欲诱发了"美善"哲理，这也许就是一个人为何不会止步于年迈时的自然爱欲。

　　　　你能想象年老吗？你当然不能。我那时没有。我那时也不能。我想也没想年老会是什么样子。甚至连假象也没有——没有任何形象。而且任何人都别无所求。在不得不面对年老之前谁也不想去面对它……在垂死和死亡之间得作一区分。这不一定是未受干扰的垂死。如果你很健康，那就是看不见的垂死。生命的终结是必然的，不需要大张旗鼓地宣告……对老年作这样的思考：这只是一个日常事实，即人的生命处于生死攸关之中。人们不可能不知道前面等着他的是什么。死寂将永远包围着人们。除此以外一切都没有什么区别。除此以外人只要活着就会永远不死……难道一个年近七旬的人还应该扮演人类喜剧中耽于肉欲者的角色吗？难道还要不知羞耻地成为一个易于产生性兴奋

---

① 〔美〕菲利普·罗斯：《垂死的肉身》，第45页。

的纵情声色的老人吗？……也许没能遵循生活的老钟对于人们来说还
有那么一点污辱。我认识到我不能依赖其他成年人的道德关怀。但
是，就我所知，无论一个男人有多老，也不会有什么事会停下脚步
的，对于这样的事实我能做什么？①

从凯普什的自我诘问中我们可以看出，对于一个正处于死亡门槛上的
老者来说，如何使本我的自然爱欲实现其未完成性的跃升成了人生的一大
难题。因为哪怕对于一个年轻者，死神也会成为生命中的不速之客，从而
阻碍他通往美善之途。

诚然，死亡对于任何一个爱欲者来说，都可能暗示着欲望的终结。即
使对于身患重病或徘徊于死亡边缘的人来说，他也会表现出对生命的眷恋
与渴望。那么，死亡意味着什么？死亡意味着盖棺论定，死亡也宣告了
"不再拥有"，即不可挽回地逝去。正是从这个意义上来说，小说《垂死
的肉身》的主人公凯普什认为，康秀拉患上的乳腺癌"辜负"了他的痴
恋。正如他之前所提到的"色情电影"，也就是说，你想要色情电影里的
那个女孩，然而色情电影中的他却成了你的代理人。"我的色情电影"不
同于一般的色情电影，因为那是关于嫉妒和苦恼的色情电影。"在我的色
情电影里，你仿效的不是那个得到满足的人，那个得到快感的人，而是那
个没有得到满足的人，那个失去快感的人。"② 那么一个垂死之人带给凯
普什的痛苦莫过于"色情电影"使他产生的那种苦恼，因为那意味着他所
有对美善的渴望从此落空。

其二，外位于死亡的爱欲狂欢。

外位于死亡并对其"超视"，可能意味着死亡向爱欲的转化，并暗示
着爱欲的未完成性。在凯普什的理性目光中，康秀拉之于艺术品正如色情
电影之于审美活动，"不论在什么情况下，在移情之后都必须回归到自我，
回到自己的外位于痛苦者的位置上：只有从这一位置出发，移情的材料方
能从伦理上、认识上或审美上加以把握"。③ 凯普什的"外位性"，即"我
在自身之外看自己"，因为我作为"自我眼中的我"，是视觉、听觉、触

① 〔美〕菲利普·罗斯：《垂死的肉身》，第40~41页。
② 〔美〕菲利普·罗斯：《垂死的肉身》，第46页。
③ 〔苏〕巴赫金：《审美活动中的作者与主人公》，载钱中文主编《巴赫金文集》第1卷，
石家庄：河北教育出版社，1998年，第127页。

觉、思维、情感等的主体，决定了我能在自身之外优先看到某种东西。同样，他人也能在我身上优先看到我自己难以见到的某种东西。小说《垂死的肉身》将近尾声时提及挂在伦敦泰特陈列馆的关于异性同居的一幅画，即英国画家斯坦利·斯宾塞和他妻子四十多岁时的双人裸体肖像。这幅画的性意象与旁边桌子上放着的两块生肉交相辉映，所弥漫的衰老与欲望的基调强烈地暗示了死亡与爱欲的交织共生。

> 就在画的最显著位置，有一张桌子，桌子边上放着两块肉，一大块羊腿和一小块肋条。生肉被刻画得细致入微，这种毫不留情的坦率正如刻画松垂的乳房和疲软的阴茎那样，它们和生肉相距只有数英寸距离。透过屠夫的窗口，你不仅可以看到生肉，而且可以看到这对已婚夫妇的性器官。我每次想起康秀拉，就会看见那块形状像男人阴茎的生羊腿，它就在这对夫妻公然展示的肉体旁边。它太靠近他们睡觉用的席子，因此你看着它的时间越长，它就越显得顺眼……自康秀拉来我这里之后的三个星期以来，我根本无法将他们的形象驱除出我的脑海。①

从以上所述的画面可见，"生肉"和"屠夫"代表了死亡的意象，而肖像画中的"乳房"和"阴茎"代表了欲望的意象。叙述者将这两种意象交叠在一起，并从远处（屠夫窗口）透过"肉体之眼"与"心灵之眼"审视这样的交叠意象，即外位于死亡并对其进行超视，似乎看到了死亡向爱欲的转化，并暗示了死亡—再生、新旧更新的狂欢化镜像。

爱欲的狂欢化与未完成性正如《会饮》中悲剧诗人阿伽通所言，人性爱欲有不老的能力，它可以取消必然的支配力量，使人世获得自由。而"审美的宇宙需要自由的欲求和能力，正是为此而解放这种欲求和能力"②。20世纪60年代，美国社会的性革命彰显了人类的自由爱欲。然而之前，凯普什仍能记得：

> 长大成人的岁月里，人们在性王国里还不是自由民。人们是从二

---

① 〔美〕菲利普·罗斯：《垂死的肉身》，第156页。
② 刘小枫编《德语美学文选》（下册），上海：华东师范大学出版社，2006年，第248页。

楼窗口进屋的窃贼。人们是性王国里的窃贼。你"逮住"了一种感觉。你偷走了性。你勾引、你乞求、你奉承、你坚决要求——一切性都必须得努力才能得到，要违背女孩子的价值观念，假如不是违背她的意志的话。这一系列的规则是你得把你的意志强加在她身上。这就是人们教育她该怎样保持贞操的奇迹。认为一个普通女孩应该无需没完没了的强求就主动地打破常规并发生性行为的想法说不定会把我弄糊涂的。因为两性中的任何一方都不会认为自己与生俱来就有纵欲的权利。①

可以说，在美国社会奋力追求"自由爱欲"的这段时期，性革命应运而生。有意思的是，在爱欲对决死亡的美国社会里，凯普什有意识也可能是无意识地把爱欲作为对抗死亡的最佳武器，驱走死亡的幽灵，让自我的生命得以延伸。对于凯普什来说，性，或者说性行为，是一种神圣的时刻。尽管小说叙事中并没有做出这样的标榜，但实际上他已将性视作一场中世纪的狂欢化的宗教仪式。对于凯普什来说，他在自己的寓所回忆他之前与康秀拉所谓的"不正当"关系，仿佛置身于宗教仪式般的爱欲之中。他说：

> 我弹奏贝多芬同时我手淫。我弹奏莫扎特同时我手淫。我弹奏海顿、舒曼、舒伯特，同时脑子里浮现出她的形象手淫。因为我无法忘记那对乳房，成熟的乳房，乳头，还有她把双乳搭在我的腿上并且抚弄我的方式。②

这些叙述近乎感伤地刻画了凯普什失去康秀拉以后痛苦不堪的内心世界。他只能将自己创伤的情感寄托于古典音乐艺术，从而排遣他内心的孤愁。然而，在《垂死的肉身》的爱欲狂欢中，不可否认的一个人生之谜便是，任凭你在性欲望中如何挥洒自如，最终也驱散不了死亡幽魂的缠绕。正因为死亡导致生性欠缺，欲望永远不可能得到满足。它总是表现为"他者的欲望"，具有未完成性。

---

① 〔美〕菲利普·罗斯：《垂死的肉身》，第72~73页。
② 〔美〕菲利普·罗斯：《垂死的肉身》，第112页。

　　另外，生死临界状态的越界也可能意味着外位于死亡的爱欲狂欢。

　　在小说《垂死的肉身》中，凯普什在看望他最要好的男性朋友乔治·奥希恩（George O'Hear）的时候，目睹的一个生离死别的垂死场景构成了欲望对决死亡的关键时刻。乔治在中风死去之前的临终时刻，尽管已经失去了言语能力，仍然在奋力挣扎着，他的双眼在注视着什么，眼神中甚至还显现出一些东西，一些对于乔治来说不曾放弃的东西。在他竭尽最后的气力与自己的女儿贝蒂吻别后，他又像抓住贝蒂那样紧紧地抓住凯普什并且吻了他的嘴，以表达他对朋友来访的谢意和情谊。关于这个场景的叙事，罗斯在这样一部精短的小说中用了将近十页的篇幅对摄人心魄的告别场面进行了淋漓尽致的渲染和描绘。从临终前死神的困扰到死神的最终降临，小说在这一章节中进行了对死亡与欲望的叙述。这种叙事完全颠覆了凯普什先前说过的美国没有哪一个人会想到年老和死亡的问题，除非不得不面对这样的问题。①

　　凯普什原本可以搪塞不去看望临终的朋友，即使他去了，也可草率处之，大可不必目睹如此狂欢化的场景。然而，他确实去了，而且成了他朋友最大的慰藉。这个生离死别的场面也预示了整部小说狂欢化的高潮，即康秀拉在乳腺癌手术前打电话给凯普什，要他前来陪伴和安慰的场景。尽管他深知在这个非常时刻去见康秀拉必然面临情感的困扰，然而，他以换位的方式考虑到对方的处境，勇敢地迈出了前行的脚步。正是从狂欢化意义上说，凯普什在生死状态的临界点上超越了肉身的自我，甚至可以说，他一直在寻求并且获得了新生的机会，因为他在此临界点明显地暗示了由死亡通向新生的越界意义。

　　这种"向死而生"的越界现象就是巴赫金意义上的"狂欢化"。它是"直接或间接地受到这种或那种狂欢节民间文学（古希腊罗马时期或中世纪的民间文学）影响"②的文学作品所体现的一种狂欢精神，简言之，即作者狂欢化的世界观和文本所呈现的狂欢化的生活。所有这些狂欢化的世界感受在小说中均表现出快乐的越界及其动态转化的未完成性，正如巴赫金在《拉伯雷和他的世界》中表达的20年代的知识分子在当代苏联斯大林主义的特殊年代，以对话方式寻找突围缝隙和表达空间的狂欢化世界

① 〔美〕菲利普·罗斯：《垂死的肉身》，第39页。
② 钱中文主编《巴赫金全集》第6卷，白春仁等译，石家庄：河北教育出版社，1998年，第141页。

观。罗斯小说的结尾通常也是这样，故事人物上演死亡和再生、交替和更新、否定和肯定的剧目，给人留下一个充满游戏色彩的狂欢化空间。狂欢中的未完成性对现存社会的意识形态和伦理标准构成了实质意义的挑战。正是从这个意义上来说，"狂欢化文学并非一个封闭的自足体，而是一种生机勃勃的、具有内在统一性和无限创造力的开放体系"①。对于罗斯来说，这种狂欢化的世界感受不仅是他个人生活的世界观，而且还构成了他文学创作的艺术手段，即独特的狂欢化诗学。

值得提出的是，狂欢化诗学深植于民间诙谐文化，特别是狂欢节文化，可溯源到人类原始时代敬神与渎神、加冕与脱冕等祭祀仪式。古希腊、古罗马时代的酒神节和农神节就是如此。甚至到了等级制度森严的中世纪，狂欢节成了人民大众抵制教会、摆脱宗教桎梏的一种公开合法的方式，即对日常的、官方认定的生活制度的暂时超越：取消一切等级关系、追求平等自由、回归人的生命本体。它表达了构建一个不同于官方世界的另一个世界、另一种生活形式的乌托邦理想。16 世纪文艺复兴时期形成了欧洲狂欢节文化的高峰。17 世纪这种文化随着君主专制制度的稳定而被淡化。狂欢化的世界感受在西方文化和文学中始终以一股隐性的反叛潜流存在，尤其到了 20 世纪 60 年代美国社会的"反主流文化运动"时期，狂欢化的世界感受以一种新的形式得到全面复兴。

巴赫金认为，我们应赋予"狂欢化"这个名词以广泛含义。我们有权在广义上使用"狂欢化的"这个修饰语，而不仅仅是指狭义上的和纯粹意义上的狂欢节形式。狂欢化可以指文学中独特的言说方式和艺术时空的体裁诗学。比如哲学中反对"独白性"的思维，美学中提倡多元共存的审美理念，文化人类学中张扬人的生命存在的自由形式、平民意识，以及狂欢化的"快乐哲学"。②尽管"狂欢化"这个概念在不同学科中指代不同的含义，而且"随着社会的发展而演变为不同形式，起着不同作用"③，但都强调了死亡与再生、交替与更新的文学精神，揭示了世界秩序的未完成性。

罗斯"凯普什系列"小说中的所有人物几乎都没有同时期美国小说刻

① 夏忠宪：《巴赫金狂欢化诗学研究》，北京：北京师范大学出版社，2000 年，第 177 页。
② 孙磊：《狂欢化》，《外国文学》2018 年第 3 期，第 97 页。
③ 吴岳添：《从拉伯雷到雨果》，载周启超等主编《跨文化视界中的巴赫金丛书：中国学者论巴赫金》，南京：南京大学出版社，2014 年，第 360 页。

画人物时典型化的社会属性和独特的人物性格。他的主人公凯普什以及其他人物多是缺乏性格完整性的人物。人物的思想成为叙述对象。主人公是直抒己见的主体。他表现自己的思想，正如陀思妥耶夫斯基的主人公那样，是个冥思苦想、寻根究底的人。他不是一个客体形象，而是一种价值十足的议论，是纯粹的声音。主人公的形象恰恰是通过主人公自己讲述和世界议论生成的，[①] 他的议论与作者的议论具有同等的分量与价值。可见，自我意识成了塑造主人公的"主导成分"。自我意识的主导性给罗斯的人物带来了一些明显的特征，如开放性、反对背后议论、未完成性等。这种本质上是对话的形象描写，使作者从"自我眼中的我"和"他者眼中的我"进行双向的艺术思考，并使主人公不被物化，从而确认主人公的独立性、内在的自由、未完成性与未论定性。他不再具有一般小说里的性格，不再承担一般小说里的典型的任务。小说整体的统一性不再是情节的统一性，小说世界解体为众多由思想组成的主人公的世界。他们的话语、行为模棱两可，常常令人感到诡秘、滑稽而又十分可笑。显而易见的是，他们的思想游弋在生与死、理智与疯狂、地狱与天堂的临界状态。正是从这个意义上来说，罗斯笔下的人物脱离了正常的生活轨道，现存的伦理秩序似乎暂时被取消。在小说这些狂欢化人物所构成的情节、场景中，人与人的相遇、交往、冲突无不充满了错乱、奇诡、神秘的狂欢化的思想意识。在人物的每一种声音里，他能听出两个相互争论的声音。在每一个表情里，他能观看出另一种相反的表情，同时能觉察到信心十足和疑虑不决。在每个现象上，他能感知深刻的双重性和多种含义。一切事物都放在横向层面上同时显现，各抒己见，互相对话，发生矛盾，并没有前因后果的逻辑，却形成杂然纷呈的冲突。人物故事从一种状态向另一种状态骤变所呈现的"转折瞬间"失去了时间的进程，正如陀思妥耶夫斯基小说中独特的"门槛式"艺术时空，隐喻式地展现了处在危机中的人物对人的生活、生存的一种复杂的观念，如生死相依、生生不息、死亡—再生、交替更新等独特的狂欢化世界感受。正如在上文所提及的英国画家斯坦利·斯宾塞和他妻子四十多岁时的双人裸体肖像中，"生肉"和"屠夫"所代表的死亡意象与"乳房"和"阴茎"所代表的欲望意象交叠在一起，以一种极端的方式揭示了狂欢化的

---

① 〔苏〕巴赫金：《陀思妥耶夫斯基诗学问题》，载钱中文主编《巴赫金全集》第 5 卷，石家庄：河北教育出版社，1998 年。

世界感受。

如果我们把狂欢化的文学作品视为一个充满不确定性的王国，那么，"凯普什系列"小说身体叙事对欲望与伦理二元论的质疑与消解，以及在《垂死的肉身》中对爱欲的未完成性叙述则构成了罗斯对狂欢化核心所在的伦理建构。简言之，故事人物在危急时刻或者濒临危机之前，未完成性成为一种新的伦理，一切皆有可能。这正体现了狂欢化的未完成性本质。罗斯在小说中尽管偶尔也会描述一些令人振奋的快意景象，但也根本不存在中世纪意义上的广场狂欢叙事。在这种情况下，小说的狂欢化就是读者在阅读中既身心愉悦而又惴惴不安的世界感受。小说中不少人物及其主题具有巴赫金意义上的狂欢化特征。对于罗斯"凯普什系列"小说的主人公凯普什来说，他不仅是修辞意义上的狂欢化人物，而且具有虚构意义上的未完成性。他令人感觉似生似死，似人非人，甚至像一个精神崩溃的异类。那么，该系列小说所涉及的狂欢化及其伦理构成了一个有趣的探讨话题。在爱欲与死亡这一主题方面，垂死中人以狂欢化方式或病态方式对死亡的必然现实做出对抗和颠覆，明显地暗示了未完成性的狂欢化伦理本质。

罗斯小说身体叙事的狂欢化在于其未完成性，即迷惑性。小说中人物命运必然改变的喜剧性或悲剧性因素，让读者或惶恐不安，或扼腕叹息，这正如小说封面上编者所作的评注。英国古籍（Vintage）出版社出版的《垂死的肉身》的扉页上也写着"既富有哲理，令人回味，又让人爱不释手"①；在同一出版社出版的罗斯另一部小说《复仇女神》（Nemesis，2010）封底上也有类似的评论："罗斯的小说引导他的读者如何体验恐惧、迷惑，以及所有的痛苦经历。"② 读者的困惑，尤其是小说人物自身的困惑，主要在于罗斯小说的虚构世界的人物、事件以及主题具有越界性，虚构与想象的世界完全超越了我们所处的现实世界而不符合人类的正常逻辑，譬如，小说《乳房》的人物畸变或变形等。

罗斯小说身体叙事的狂欢化构成了人们表达个人情感甚至挣脱社会束

---

① "A disturbing masterpiece."（*The New York Review of Books*）"Insidiously disturbing and completely irresistible. You have to go back to some of the classics of European fiction—to Dostoevsky's *Notes from Underground*, Gide's *The Immoralist* and Camus' —to find confessional récits of similar power."（*The Washington Post*）参见 Philip Roth. *The Dying Animal*. New York：Vintage International. 2002。

② Roth，Philip. *Nemesis*. London：Vintage Digital，2010.

缚的一个机会。小说叙事狂欢化中的越界现象往往具有深刻的伦理意义，即人只要在这个世界上活着，就不是盖棺论定的，而是充满未完成性。

罗斯小说身体叙事的狂欢化暗示了现实生活的未完成性。在罗斯的小说中，生活本身就是包含未完成性的一团谜，或者说，为一种神秘的力量所驱使。正是从这个意义上来说，罗斯小说可以解读为人类学之谜。如果我们用一个三角形来阐释这种神秘的牵制关系的话，那么，第一个角表达的就是人类所追求的崇高价值：譬如，《反美阴谋》中对尊严与和平的追求，以及"美国三部曲"中对幸福的追求，等等。这些小说中的所有人物都是追求崇高的人生价值的典范，他们要么是为了追求个人心灵的净化，要么是为了实现自我的圆满人生。然而，生活在本质上却深不可测，往往让这些执迷不悟的人命运多舛、事非所愿。第二个角则代表人生的不可测因素，在一个人的生老病死阶段，会呈现不同的悲喜人生。俄狄浦斯的故事就充分诠释了这一点。因此，人生就像一个大舞台，每个人在这个舞台上上演着不同的悲喜剧。第三个角便是表现人生的真谛，这是人们在经历百般挫折与困苦后，最终领悟到的人生真相。罗斯在小说《事实：一个小说家的自传》中将其命名为"一个最终让人失望的生活真相"。

罗斯小说身体叙事的狂欢化还揭示了文学文本的未完成性。自从他的第一部小说《再见，哥伦布》出版以后，特别是在小说《波特诺的抱怨》面世以后，罗斯本人及他的作品不断遭到误读的命运就证明了这一点。对于年轻时代的罗斯来说，这种误读把他引向了未完成性的文学道路，譬如，凯普什、祖克曼，以及后来的故事人物菲利普·罗斯。这种隐含作者形象可能最初是出于虚构的需要，不过后来逐渐变成了作者的创作游戏。读者可能因为这样的隐含作者形象而把他看作犹太人所谓的"赤子"或"逆子"，甚至是美国社会的"良民"或"叛徒"。

然而，罗斯早期的未完成性创作所遭受的误读经历为何使他斩获多项大奖，成为美国当代文坛的"活神话"（Living Literary Legend）？在诸多因素的背后，我们不妨认为，罗斯的早期创作经历让他意识到人在某种意义上就是一种狂欢化存在。在罗斯看来，如果要从人类学角度看待人的生存现实的话——当然不是从人类学本体论来看——人生就是一场永恒的狂欢。与每年仅在固定时间举行的狂欢节不同的是，这种狂欢将在人的一生中始终存在。因此，生活总是让人始料不及、捉摸不定，具有未完成性。罗斯在他的小说《美国牧歌》中也有过深刻的叙述：

　　　　你在见到他们之前，你已经怀着一种偏见；你见到他们时，也是
　　戴着有色眼镜的；你见到他们之后向他人讲述你的经历时，你再一次
　　坠入了误解的旋涡。对于他们来说，情况也通常如此。因此，一切都
　　是那样不可思议。现实就是这样，想让人们看清现实，但看到的毕竟
　　不是现实。人们总是在反反复复中看不到世界的真相。这就是我们为
　　什么能够意识到我们还活着，因为我们意识到自己还没有见到世界的
　　真相。①

　　对于罗斯小说身体叙事的狂欢化，其未完成性是现实生活与文学文本
交织共融的结果。众所周知，我们不仅不能看清别人，而且也理不清真正
的自己：我们或多或少地意识到自己不是一个简简单单的自我，而是多个
不同的自我形象组成的自我。② 多数情况下，我们幻想成为另一个自我，
或者说竭力隐藏真正的自我，如《放任》中的人物沃莱西（Gabe
Wallach）、《反生活》（The Counterlife，1986）中的人物祖克曼、《人性的
污秽》中的人物西尔科（Coleman Silk）。对于小说家来说，这种不确定性
固然已经司空见惯，却构成了关于小说人物的未完成性诗学原则。对于罗
斯来说，社会现实的未完成性奠定了他的创作土壤和艺术根基。因此，小
说家参与了一场看似荒谬的狂欢化伦理建构——他在创作中进行虚构，并
不示人实情，即让人无以认清真相，从而试图揭示谜一样的生活现实，因
为我们无法认清现实的终极面目。就像祖克曼所说的那样，对于未完成的
生活现实，我们只能在自我虚构的世界里试图认清我们所生活的现实。那
么，从这个意义上来说，所谓的"人物传记""忏悔录""自传"，对于小
说家来说，也只不过是一个未完成的虚构（lies）。罗斯在《事实：一个小
说家的自传》《欺骗》《夏洛克在行动》中就很明显地揭示了这样的狂欢
化伦理。

　　事实上，未完成性及其迷惑性正体现了罗斯小说狂欢化伦理的核心。
它既是文学艺术的魅力所在，又是文学创作的出发点。小说家在其创作中
的虚构性与狂欢化的世界感受正如狂欢节上的参与者，因为跟他们一样体
验了世界的未完成性，既有一定的美学意义，又富有道德伦理以及政治意

---

① 　Roth，Philip. *American Pastoral*. Boston：Houghton Mifflin，1997. 35.
② 　参见 Zuckerman's Lecture on the "Theater of the Self" in the Last Pages of Roth's *The Counterlife*. London：Vintage Digital，2011。

义。对于小说作者来说，他（the real）不同于狂欢场合中的那个他（the fake），现实中的"此他"可以与"彼他"毫无关系，因为文学的狂欢化给了他解放自我的最好托词。对于小说家来说，只要他开始了写作，在他所创作的虚构世界中，作品中的"隐含作者"就显然区别于真实作者。

罗斯小说身体叙事狂欢化的本质在于人物思想意识的未完成性。

其一，这是因为小说艺术狂欢化与节日庆典狂欢节存在实质区别，至少表现在两个方面。第一，狂欢节是在某个时期内举行的庆典狂欢活动，不言而喻，活动一结束，一切即回归正常，而小说艺术的狂欢化并不如此。第二，狂欢节是一种集体大众狂欢活动，是对日常陈规的一次大翻转，具有娱乐性和乌托邦意义。而对于罗斯小说来说，毋庸置疑，更主要在于其思想意识的狂欢，尤其是小说的结尾具有狂欢化意义上的未完成性。① 诚然，罗斯小说的主人公并没有参与到集体狂欢的颠覆行动中去，而主要体现于个人反叛世界或社会的未完成性的结果。罗斯小说中身体欲望的狂欢化并非应许一个美好社会，而是质疑社会现实所发出的未完成性声音，具有尼采意义上"上帝已死"的后现代主义叙述色彩。

其二，罗斯小说的身体叙事具有明显的开放性。对于罗斯小说《垂死的肉身》来说，在这个对自我充满了尖锐嘲讽的作家的笔下，全书所有那些关于肉体的斑斓的狂欢化叙述，都在结尾处因为康秀拉的乳腺癌切除术而被重新注解。这个在开篇中似乎是关于美国人身体的恶作剧式的故事，在结尾处却转化为一则虔诚的肉体之爱的神话。作为理性知识分子的主人公凯普什教授，"试图把色欲转变成某种合适的社交方式。然而使色欲成其为色欲的正是这种彻底的不合适"②。即便该小说的"题材也许是平凡的、低下的、堕落的；所有这一切都有待艺术来拯救"③。正如罗斯本人在评论马拉默德时所说的那样："悲伤地记录人类需求的互相冲突，需求遭到无情抗拒——也可以说是间接地减低——被封锁的生命痛苦挣扎着，

---

① The joyful side of carnival or chaos, in Roth's novels as well as, more generally, in modern writings, is often counterbalanced by a very dim, stern one, even if it still contributes to the comic effect. （参见 "Le Renouveau du Grotesque dans le Roman du XXe Siècle." *Le Renouveau du Grotesque dans le Roman du XXe Siècle*, *Essai d'Anthropologie Littéraire*. Ed. Astruc, Rémi. Paris: Classiques-Garnier, 2010。）
② 〔美〕菲利普·罗斯：《垂死的肉身》，第 19 页。
③ 〔美〕菲利普·罗斯：《垂死的肉身》，第 4 页。

渴望所需要的光明、鼓舞和一点希望……"① 在很大程度上揭示了罗斯小说身体叙事的开放性。

　　其三，罗斯小说身体叙事中的人物欲望成了对美善的爱欲追求。凯普什与康秀拉的一段不同寻常的爱欲关系使主人公颠覆了以自我为中心的迷狂，开始转向关注他者的未完成性存在。如柏拉图所认为的那样，人类的爱是通向知识宝库的大门。通过康秀拉开启的这扇大门，凯普什进入了另一个世界。凯普什教授喋喋不休的自说自话，对爱若斯的不断欲求和人生思索与对至善至美的渴望，成了他自己的身体与灵魂克服生性欠缺的追求，仿佛在德尔斐神庙一种神秘力量的操控下，在人性与神性之间不断"认识你自己"，也就是认识自己的无知。在文学教授凯普什看来，只有认识了自己的无知，才能从心底里涌出对智慧的爱欲，才能成为一个爱智慧者——哲学家。罗斯通过他的小说人物颇具复调性的欲望故事，仿佛不仅旨在邀请读者参与到"什么是爱欲"的哲学探讨中来，其更深层的意图是通过小说人物的爱欲故事引人进一步思考：人是怎样的存在？什么是人所能抵达的最高所在？即使在古希腊时代，《会饮》中的爱欲主题也并非柏拉图关于爱若斯的教诲，而是希腊精英们对于这个主题的未完成性所展开的探讨和对话。② 正如《会饮》的复调式对话逐渐走向高潮那样，"爱的阶梯"的未完成性也构成了罗斯"凯普什系列"小说身体叙事的狂欢化伦理的核心。在 20 世纪 60 年代美国社会价值体系发生危机的年代里，小说人物在伦理和欲望的紧张对峙中对自由的向往与渴望，渗透着作者对现实经验与生命体验的思考，以及对"爱欲"的呵护与高扬。以狂欢化方式在文学想象界发生的一场美学革命尽管在意识形态国家机器面前显得软弱无力，从而暴露出其浓郁的乌托邦色彩，但其追求狂欢的酒神效果和制造民间的狂欢神话却在某种程度上挑战和颠覆了"反主流文化"时代的意识形态。然而，这样的狂欢精神远非拉伯雷时代，如今不复存在。如果说"拉伯雷不相信自己那个时代的话语而走向狂欢，巴赫金为了控诉自己那个时代的话语而挖掘狂欢，而我们面对自己这个时代的话语却只剩下了反讽、调侃和深深的无奈，因为我们既没有能力守护狂欢，实际上也已经不

① 〔美〕菲利普·罗斯：《垂死的肉身》，第 3～5 页。
② Hyland, Drew Alan. "Eros and Philosophy: A Study of Plato's Symposium." Diss. The Pennsylvania State University, 1965. 274.

会狂欢"①，这就是罗斯在其"凯普什系列"小说中揭示的当代知识分子在社会转型时期所面对的语境尴尬。不过，作为处于历史转折期的作家，罗斯正如文艺复兴时期的拉伯雷一样，其先锋性与那个时代紧密联系：

> 与未完成的、正在改造的、充满正在分解的过去和尚未形成的未来的世界有关……在这个充满反讽和未完成性的世界里，没有绝对的肯定，也没有绝对的否定，一切不断地返回出生地（肉体——下部），又从那里更新。②

正是从这个意义上来说，欲望与伦理的二元对峙可能会由先前的紧张走向暂时的消解，一种狂欢化伦理在死亡与再生、交替与更新中生成。

本章论述了罗斯跨世纪创作的"凯普什系列"小说之三——《垂死的肉身》中狂欢化伦理的建构，包括生与死的临界状态、爱欲的未完成性、爱欲向死亡的降格、爱欲向未完成性的跃升四个部分。从狂欢化伦理建构的四部分来看，该小说是对前面两部小说《乳房》和《欲望教授》的欲望书写的递进与深入，从质疑欲望/伦理的二元对立，到消解欲望/伦理的二元对立，直到在爱欲的未完成性中构建狂欢化伦理，实际上表现出了身体叙事对欲望书写更加极端的态度。一方面，死亡与再生、交替与更新构成了狂欢化世界感受的核心所在。在身体叙事中，关于正在或已经死亡的叙述，实质上是关于潜在的新生的欲望书写。另一方面，小说《垂死的肉身》的主人公处在生与死的临界状态，仿佛经历狂欢节仪式上的加冕与脱冕、死亡再生与交替更新的过程。这就暗示了狂欢化的双重性的世界感受同时在小说主人公身上发生，强调了人物爱欲的狂欢化，并揭示了美国社会转型时期传统理性文化、道德法规、意识形态，以及价值观念的未完成性。在主张追求身体刺激、探索欲望，以挣脱各种约束的时代中，身体叙事预示了生活方式的一次革命，不断更新的世界创造力在不断生成。

---

① 赵勇：《民间话语的开掘与放大——论巴赫金的狂欢化理论》，《外国文学研究》2002年第4期，第8页。
② 刘春荣：《重看拉伯雷与民间》，《外国文学研究》2002年第4期，第19~20页。

结　论

　　菲利普·罗斯在美国社会反主流文化运动的影响下，从 20 世纪下半叶一直到 21 世纪初将近半个世纪里，以大卫·凯普什为小说主人公，从身体叙事视角创作了"凯普什三部曲"——《乳房》、《欲望教授》和《垂死的肉身》。这些小说不仅是罗斯也是美国社会转型时期对传统理性文化、道德法规及意识形态和价值观念的系列反思，也是对追求身体刺激、探索身体欲望、挣脱种种约束、革新生活方式而进行的身体叙事的创作实验。本书通过分析该系列小说中身体叙事对欲望/伦理二元对立的质疑与消解，探讨了身体的欲望叙事及其伦理建构的问题，即狂欢化伦理。第一章梳理了罗斯小说身体叙事研究现状，并厘清了"欲望/伦理"的概念范畴。第二章提出了"身体叙事"概念及其语境考辨，以及罗斯的后现代思维与文学理念。第三章至第五章分别结合该系列小说文本，基于身体叙事，围绕身体客体在传统视角下的欲望/伦理二元关系逐步深入解读。本书发现，罗斯不仅质疑和消解了欲望/伦理的二元对立，而且在欲望书写的不确定性中建构了巴赫金意义上的狂欢化伦理，揭示了欲望的未完成性、开放性以及死亡—再生与交替更新的狂欢化的世界感受。然而，面对中世纪式的狂欢节不复存在的时代，这种狂欢化的世界感受只不过是诉诸反讽和调侃而已。人们往往通过游戏或想象方式挑战主流文化。这正揭示了当代知识分子在社会转型时期所处的生存境遇与乌托邦的欲望本质。因此，罗斯在他以身体欲望颠覆或消解传统理性、道德意识与价值观念的意图中，又在一定程度上建构了狂欢化的伦理。正是从这个意义上来说，欲望与伦理在罗斯的身体叙事中构成了既相互消解又相互建构的悖论。

　　一方面，欲望与伦理的二元对立是柏拉图以降以笛卡儿为巅峰的"理性至上"的必然结果。20 世纪西方资本主义社会大规模的生产和消费不仅破坏了人和自然的关系，也造成了人际以及人与社会的危机，并直接威胁到了传统的意识形态和价值体系，从而导致了一股强大的反对遵从资本主义理性文化、道德法规及文化意识形态和价值观念的浪潮，即 60 年代美国社会的反主流文化运动。在罗斯看来，传统的西方社会理性文化，譬如政治制度、意识形态（包括文化、道德、宗教、伦理观念），强调以工作、清醒、俭省、节欲为人生态度的美国新教伦理和清教精神，而最能够打破国家、父母、邻里加诸人类身上的限制、伦理与习俗的，莫过于性和身体的解放。罗斯通过身体叙事的创作实验，试图揭示巴赫金意义上的"人身上的人"；人不是工具理性的产物，而是具有独立意识与自身价值的主体。

需要指出，"人身上的人"是巴赫金对复调小说主人公形象所具有的艺术效应的高度概括。他一方面充分肯定人的物质性与现世性，反对灵肉分离，特别是抬高灵魂、贬低肉身的倾向；另一方面高扬人的精神性，反对过分强调人的"物质性"而导致人的庸俗化倾向。因此，巴赫金认为，人进入纯粹的永无完结的思想领域，关键是要克服自己的"物质性"而变成"人身上的人"。人应该是"人身上的人"，这个"人身上的人"弥合着肉身与灵魂的张力关系，是一个力图不被物化和异化的完整的人。

另外，罗斯小说的身体叙事强调作为主体的人的欲望书写，在质疑和消解欲望/伦理二元对立的同时，又在死亡再生和交替更新的欲望追求中认同甚至巩固了不确定的世界感受，即一种感性的狂欢化伦理。而这种狂欢化伦理不仅反映了美国社会意识形态和价值体系的转型时期人的身体所处的"两个世界""两种存在""两个悖论"，而且揭示了当时人们所秉持的传统的道德、宗教、伦理等西方社会理性文化。因此，罗斯在身体叙事中主张对欲望与幻想的追求，把人们从传统的工具理性的桎梏中解放出来，具有强大的生命力和创造力。同时，欲望的非理性追求也在某种意义上构成了理性的另一种在场，即狂欢化伦理，其反理性之理性在有意或无意中得到了作者的认同或主张。

根据本书前几章关于罗斯"凯普什系列"小说文本分析，我们可以看到，欲望与伦理的二元论揭示了身体的"两个世界""两种存在""两个悖论"的狂欢化语境。这种双重性的社会语境影响到政治、文化、道德、宗教、伦理等制度和观念。基于身体欲望及其伦理的二元关系，死亡再生和交替更新的不确定性预示了社会转型时期其他各个领域的二元关系的消解，以及不断地重构与生成。正是从这个意义上来说，罗斯小说身体叙事的创作实验及其后现代主义的狂欢化思维不仅打破了身体所受到的工具理性的意识形态的桎梏，而且启发了所有受到传统理性文化束缚的其他领域，从一个侧面揭示了世界秩序的未完成性以及作为主体的人应该享有的思想自由和无限的创造力，也同时证明了罗斯"凯普什系列"小说丰富的阐释性和未完成性。

本书还指出了罗斯在身体叙事中如何运用视觉、听觉等身体感知方式，叙述和描写小说主人公的种种欲望，以及作者对主人公的移情和外位性视角，质疑和消解欲望与伦理的二元对立。尤其是在观看叙事中，"自我眼中的我""他者眼中的我""我眼中的他者"的多重视角不断出现于罗斯"凯普什系列"小说中，对欲望与伦理的二元关系起到了消解与颠覆的作用。综观罗斯小说批评研究现状，从观看或听觉等身体感知方面研究身体叙事的欲望与伦理，目前尚不多见。

本书中的"观看"或"听觉"的身体叙事，集中于这些感官之于欲望与伦理的描绘或叙述，这属于身体哲学的具体实践。与同时代的作家托妮·莫里森和亨利·米勒相比，罗斯更注重身体叙事的哲学思辨性。这就使身体叙事成为罗斯身体创作观的一个重要切入点。身体哲学与爱欲伦理构成了一对相互指涉的名称，在罗斯小说中反复叙述的身体与欲望构成了柏拉图意义上关于"爱欲"的哲思与探索，更是巴赫金意义上的狂欢化伦理的实验与建构。

当代美国极富影响的文学理论家、批评家哈罗德·布鲁姆认为，"罗斯在美国当代文坛稳操胜券，不愧为一代喜剧大师"。① 罗斯小说中的爱欲书写不可视为原始性爱或性欲的膨胀，而是与狂欢化小说的开放性、未完成性以及喜剧性相互关联，从某种意义上暗示了身体叙事的哲学转向。这种哲学化身体叙事几乎一开篇就是观看和听觉的身体感知叙事，背后隐藏着的便是对"自我眼中的我""他者眼中的我""我眼中的他者"的外位性视角和哲学式思辨。"菲利普·罗斯研究"的英国权威学者戴维·布洛纳（David Brauner）在《菲利普·罗斯》（*Philip Roth*，2007）一书中认为，"罗斯是一位极具悖论的作家……他的作品充满了矛盾，并不乏冲突与颠覆，深刻地动摇了理性文化与意识形态的结构基础，并在现实与虚构的二重世界中不断发生动态的转化"②。牛津大学哈耶斯（Patrick

---

① Harold Bloom, ed. & intro. *Bloom's Modern Critical Views*：Philip Roth. New York/Philadelphia：Chelsea House Publisher, 2003. 6.

② Brauner, David. *Philip Roth*. Manchester：Manchester University Press, 2007. 19.

Hayes）在《菲利普·罗斯：小说及其力量》 （*Philip Roth: Fiction and Power*，2014）中指出，"如果我们要对罗斯小说的伦理做出准确的界定的话，我们有必要指出其小说的解构伦理，因为这也是当代文学中的另一大传统，即文学伦理学批评的传统"①。尽管罗斯在接受法国作家与评论家芬基克罗特（Alain Finkielkraut）采访时不愿对文学作品的"伦理"一词做出公开的批判，② 哈耶斯却认为，如果要深刻理解罗斯小说的文学价值，其文学创作的解构伦理成为一大突破口。诚然，罗斯小说主人公凯普什所受到的文学传统影响实际上暗示了作者罗斯所受到的影响。然而，罗斯在其小说《欲望教授》中却反其道而行之，一开篇并非指涉所谓的文学大亨，而是用了整整九页的篇幅叙述一个微不足道却在凯普什儿时的眼里身手不凡的"王牌人物"赫比·布若塔斯基——皇家匈牙利度假旅馆的活动主管、乐队指挥、低音歌手、喜剧演员和司仪。在小凯普什看来：

> 他不仅能模仿人们的各种放屁声——轻的像沙沙的春风，响的像二十一响的礼炮，而且还能模仿"拉肚子"的声音。他很快告诉我，他要模仿的可不是哪个半死不活的倒霉鬼的声音——那些他高中时就模仿得很像了；现在，他要把排泄和放屁的声音模仿得像瓦格纳创作的狂飙突进式的音乐一样。③

这个让凯普什难以忘怀的布若塔斯基对凯普什后来的人生的影响，几乎不亚于契诃夫和福楼拜对他的文学影响。事实上，在凯普什探访布拉格的一次睡梦④中，布若塔斯基竟然成了凯普什这个教授的捷克导游。布若塔斯基几乎成了一个势不可挡的犹太逆子布鲁斯（Lenny Bruce）的代名词。他从《波特诺的抱怨》这一成名作开始，影响了罗斯的一生。正是从这个意义上来说，罗亚认为，"小说解读的一个有效途径就是基于罗斯对文学传统影响的态度，即在由巴赫金首倡，克里斯蒂娃推进其发展的互文性和元小说影响下，罗斯的后现代主义创作观有助于我们建构文本、建构

---

① Hayes，Patrick. *Philip Roth: Fiction and Power*. Oxford：Oxford University Press，2014. 15.
② Graff，Gerald. *Professing Literature: An Institutional History*. Chicago：University of Chicago Press，1987. 240-42.
③ 〔美〕菲利普·罗斯：《欲望教授》，第6页。
④ 〔美〕菲利普·罗斯：《欲望教授》，第213~220页。

真理，以及认识作为主体的人的意义"。① 科恩（Josh Cohen）进一步指出，"在真理问题上，罗斯因其双重性哲学观，认为真理不是绝对的，而是永远处于未完成中。因此，它在本质上是死亡—再生与交替更新，意味着无限的创造可能性"。② 不同于托妮·莫里森的《爱》中揭示欲望主体背后的匮乏与缺失的当代黑人女性朱妮尔，也不同于亨利·米勒的《北回归线》中充满虚无主义思想的性描写，罗斯"凯普什系列"小说中的身体叙事通过对"爱欲"的哲思，在死亡—再生和交替更新中更具狂欢化的乌托邦精神。其小说《乳房》中身体变形为一只重达一百五十五磅的女性乳房腺体的主人公大卫·凯普什，在"人与非人""身体与意识"之间，始终以自己的声音叙述着自我欲望与伦理诉求。同一主人公在小说《欲望教授》中，在追求学术理性与追逐肉欲满足的两条道路之间，一面准备讲授欧洲小说中的情欲，一面积极地思索人生；在小说《垂死的肉身》中，在爱欲与垂死之间，其欲望又增添了死亡—再生和交替更新的狂欢化色彩。这三部小说围绕同一主人公凯普什的欲望展开身体叙事，始终与狂欢化哲学观相互关联。一方面，狂欢化为小说主人公提供了狂欢节仪式般的活动背景或舞台；另一方面，小说主人公的欲望与伦理的双重性构成了狂欢化世界观的关键因素。因此，凯普什的欲望追求与伦理诉求既质疑了欲望与伦理的二元对立，又消解了欲望与伦理的二元对立，而且在欲望追求的不确定性中建构了狂欢化伦理。从某种意义上来说，主张欲望追求表面上构成了对传统理性文化的消解和颠覆，实质上又以感性形式构成了关于世界秩序的一种理性哲学观，即狂欢化伦理。

　　事实上，罗斯"凯普什系列"小说中的狂欢化哲学观并不包括中世纪或文艺复兴时期狂欢节类型的广场节庆活动，即各种可笑的仪式和祭祀活动。小说《乳房》中变形为乳房的畸形主人公自说自话，荒谬可笑，除此之外，我们没见到其他典型的小丑和傻瓜、巨人、侏儒等，也没发现典型的骂人的话、顺口溜、神咒等广场语言。然而，小说主人公面对自身的欲望追求与伦理诉求时表现出的意识层面的狂欢，以及作为变形人或文学教授的主人公与其他人物之间随便而亲昵地交往和接触，自由而洒脱，在某

① Royal, Derek Parker. "Roth, Literary Influence, and Postmodernism." *The Cambridge Companion to Philip Roth*. Ed. Timothy Parrish. Cambridge：Cambridge University Press，2007. 26.

② Cohen, Josh. "Roth's Doubles." *The Cambridge Companion to Philip Roth*. Ed. Timothy Parrish. Cambridge：Cambridge University Press，2007. 92.

种意义上摆脱了一切等级关系、特权及禁令，超越了传统的叙事规范，人与人之间平等对话，亲昵接触、插科打诨、俯就和降格，不管是教授还是小丑，是长辈还是晚辈，彼此不分高低贵贱，摆脱了等级制度带来的虔诚、严肃和恐惧，过着自由、快乐的生活，处处充满狂欢节式的欢乐和笑声，人人得到彻底的自由和解放。

这种狂欢化的生活把人看作自由的，把现实世界和现存秩序看作可以变化的，它对一切僵化的教条提出挑战。这就意味着"重建艺术和意识形态的把握方式，抛弃旧的趣味要求"，[①] 便具有中世纪、文艺复兴时期的狂欢化的世界感受了。值得注意的是，"狂欢式的世界感知中，没有丝毫的虚无主义，自然也没有丝毫的不着边际的轻浮和庸俗的名士浪漫型的个人主义"[②]。而且，狂欢式的世界感受既是解构也是建构，既是感性也是理性，因为"狂欢式里如同没有绝对的肯定一样，也没有绝对的否定"[③]。它力图构建人与人之间自由平等的关系、交替更新的创新精神和生动活泼的思维方式。因此，它在本质上是一种具有创造精神、理想精神的积极的世界观和快乐的哲学。尽管在当代世界，狂欢节已失去真正的全民性，狂欢化的世界感受也退化了，然而在社会转型时期，我们仍然能够听到狂欢化世界感受的历史回声。

如前所述，"狂欢化"这种民间文化伦理属于意识形态层面的狂欢化，与社会转型时期的传统理性文化意识形态密切相关，主张一切都是可以变化的，一切事物都具有相对性和双重性。这是基于战胜神和人的权力的理想，坚信人的价值和自由平等，认为现存秩序是死亡—再生和交替更新的过程。因此，在本书看来，身体叙事的狂欢化不仅体现在质疑欲望与伦理的二元对立，而且体现在对二者的消解，并在欲望中构建了既感性又理性的狂欢化伦理。这明显带有中世纪和文艺复兴时期民间文化的历史痕迹。然而，在目前关于罗斯"凯普什系列"小说的学界探讨中，对身体叙事的感性的欲望书写及其狂欢化伦理关注不够，而本书在与身体叙事相关的叙事学、哲学、文化学与伦理学方面做出了初步挖掘和探讨，其所涉及的身

---

① 钱中文主编《巴赫金全集》第1卷，石家庄：河北教育出版社，1998年，第54页。
② 〔苏〕巴赫金：《陀思妥耶夫斯基诗学问题》，北京：生活·读书·新知三联书店，1988年，第224页。
③ 〔苏〕巴赫金：《陀思妥耶夫斯基诗学问题》，北京：生活·读书·新知三联书店，1988年，第179页。

体美学、政治学以及社会学等领域尚有待深入研究。不过，从这个意义上来说，本书所做的研究将起到抛砖引玉的作用。

菲利普·罗斯于美国当地时间 2018 年 5 月 22 日逝世。他被认为是战后最具特色、最具影响力的犹太作家之一，当代美国最重要的作家，被誉为"文学活神话"，曾连续多年被列为诺贝尔文学奖热门人选。在全球读者的心里，恐怕都默默埋藏着这样一个念头：未能授予罗斯诺奖，是诺奖的遗憾。纪念菲利普·罗斯时广为流传的一句话——"向死而生，才能死而后生"，可能是对罗斯小说的狂欢化伦理最精辟的诠释了。这种以感性形式存在的死亡—再生、交替更新的狂欢化世界观，强调了美国社会转型时期传统理性文化意识形态的不确定性、意识对话的未完成性，以及人的价值和创造性。从 20 世纪 70 年代的《乳房》《欲望教授》，到 21 世纪初的《垂死的肉身》，小说中的身体叙事已成为叙述主人公凯普什的典型风格，但在意识层面上的对话探讨尚待深入研究。

本书从观看或听觉等身体感知方式切入身体欲望的书写，并在感性欲望的体验仪式中实现对狂欢化伦理的思考，这不仅有助于更深刻地掌握罗斯"凯普什系列"小说创作的社会转型时期的历史背景和社会意识形态，而且有助于反思和挖掘以感性体验为主的反主流文化的生活方式背后所隐藏的欲望意识及狂欢化的世界感受。更重要的是，通过对狂欢化的历史痕迹的挖掘，有助于透过所有具有不确定性和双重性特征的社会象征系统，对现存的社会秩序、传统理性、社会制度和伦理观念做出辩证思考，并对人的自由和价值做出独特的认识。

参考文献

中文文献

〔苏〕巴赫金：《审美活动中的作者和主人公》，晓河等译，载钱中文主编《巴赫金全集》第 1 卷，石家庄：河北教育出版社，1998 年。

〔苏〕巴赫金：《陀思妥耶夫斯基诗学问题》，白春仁等译，载钱中文编《巴赫金全集》第 5 卷，石家庄：河北教育出版社，1998 年。

钱中文主编《巴赫金全集》第 6 卷，白春仁等译，石家庄：河北教育出版社，1998 年。

〔美〕彼得·布鲁克斯：《身体活：现代叙述中的欲望对象》，朱生坚译，北京：新星出版社，2005 年。

〔希腊〕柏拉图：《柏拉图的〈会饮〉》，刘小枫译，北京：华夏出版社，2003 年。

〔希腊〕柏拉图：《柏拉图文艺对话集》，朱光潜译，北京：人民文学出版社，2005 年。

〔英〕布莱恩·特纳：《身体与社会》，马海良、赵国新译，沈阳：春风文艺出版社，2000 年。

陈世丹等：《后现代主义浪漫传奇文本与当代学术界的荒诞景观》，《中国人民大学学报》2012 年第 2 期。

〔美〕丹尼尔·贝尔：《后工业社会的来临》，高铦等译，南昌：江西人民出版社，2018 年。

〔美〕菲利普·罗斯：《垂死的肉身》，吴其尧译，上海：上海译文出版社，2004 年。

〔美〕菲利普·罗斯：《乳房》，姜向明译，上海：上海译文出版社，2010 年。

〔美〕菲利普·罗斯：《欲望教授》，张廷佺译，上海：上海译文出版社，2011 年。

〔美〕罗宾·R. 沃霍尔：《新叙事：现实主义小说和当代电影怎样表达不可叙述之事》，宁一中译，载〔美〕詹姆斯·费伦等主编《当代叙事理论指南》，北京：北京大学出版社，2007 年。

〔美〕弗雷德里克·詹姆逊：《政治无意识》，王逢振、陈永国译，北京：中国社会科学出版社，1999 年。

傅小平：《普鲁斯特的凝视：不可不读的 100 位外国作家》，南京：江苏凤凰文艺出版社，2019 年。

傅修延：《幻听、灵听与偶听——试论叙事中三类不确定的听觉感知》，《思想战线》2017 年第 3 期。

〔美〕赫伯特·马尔库塞：《爱欲与文明》，黄勇等译，上海：上海译文出版社，2018 年。

〔美〕亨利·米勒：《情欲之网》，北京：时代文艺出版社，2004 年。

〔法〕吉尔·德勒兹：《哲学的客体：德勒兹读本》，陈永国、尹晶主编，北京：北京大学出版社，2010 年。

〔美〕杰·马丁：《总是兴高采烈》，加利福尼亚：圣巴巴拉卡普拉出版社，1978 年。

〔德〕E. 卡西勒：《启蒙哲学》，顾伟铭等译，济南：山东人民出版社，1988 年。

〔法〕拉康：《助成"我"的功能形成的镜子阶段——精神分析经验所揭示的一个阶段》，载《拉康选集》，褚孝泉译，北京：生活·读书·新知三联书店，2001 年。

〔法〕勒内·笛卡尔：《第一哲学沉思集》，庞景仁译，北京：商务印书馆，1986 年。

凌建侯：《狂欢理论与史学考证》，《俄罗斯文艺》2008 年第 1 期，第 59-65 页。

凌建侯：《从哲学—语言学看巴赫金与马克思主义的关系》，《北京大学学报》2002 年第 2 期。

刘爱萍：《"后解构主义"叙事图式的绘制》，《南京工业大学学报》2008 年第 4 期。

刘春荣：《重看拉伯雷与民间》，《外国文学研究》2002 年第 4 期。

刘鹏波：《菲利普·罗斯："伟大的美国小说"创造者》，http：//

www. chinawriter. com. cn/n1/2020/0805/c404090 – 31810908. html 〔2020 –
08–05〕。

刘小枫：《沉重的肉身》，北京：华夏出版社，2004/2015 年。

刘小枫编《德语美学文选》下册，上海：华东师范大学出版社，
2006 年。

刘小枫：《从〈会饮〉看后现代审美文化的品质》，《文艺研究》2011
年第 9 期。

龙丹：《主体与镜像的辩证关系——镜像认同的三种样态》，《外国文
学》2018 年第 1 期，第 109~117 页。

〔美〕罗宾·R. 沃霍尔：《新叙事：现实主义小说和当代电影怎样表
达不可叙述之事》，宁一中译，载〔美〕詹姆斯·费伦等主编《当代叙事
理论指南》，北京：北京大学出版社，2007 年。

〔美〕罗纳德·戈特斯曼编《亨利·米勒评论集》，纽约：G. K. 霍尔
出版公司，1992 年。

罗小云：《大胆的文学实验家——菲利普·罗斯》，《文艺报》2018 年
6 月 8 日，第 4 版。

罗选民：《荒诞的理性和理性的荒诞——评托妮·莫里森〈心爱的〉
小说的批判意识》，《外国文学评论》1993 年第 1 期。

〔英〕马克·柯里：《后现代叙事理论》，宁一中译，北京：北京大学
出版社，2003 年。

〔法〕米歇尔·福柯：《疯癫与文明：理性时代的疯癫史》，刘北成等
译，北京：生活·读书·新知三联书店，2012 年。

〔法〕莫里斯·梅洛–庞蒂：《知觉现象学》，姜志辉译，北京：商务
印书馆，2003 年。

聂珍钊：《文学伦理学批评与道德批评》，《外国文学研究》2006 年第
2 期。

聂珍钊：《文学伦理学批评导论》，北京：北京大学出版社，2014 年。

宁一中：《荒诞文学：一面哈哈镜》，《理论与创作》1993 年第 3 期。

宁一中：《论狂欢化》，《理论与创作》1999 年第 2 期。

宁一中：《"怪异"理论》，天津：天津社会科学院出版社，1999 年。

宁一中：《论巴赫金的话语理论》，《外语教学与研究》2000 年第
3 期。

宁一中等：《实践巴赫金的文学理论》，《外国文论与比较诗学》第 3 辑，北京：知识产权出版社，2015 年。

欧阳灿灿：《叙事的动力学：论身体叙事学视野中的欲望身体》，《当代外国文学》2015 年第 1 期。

〔奥地利〕皮埃尔·齐马：《社会学批评概论》，吴岳添译，桂林：广西师范大学出版社，1993 年。

森原：《巴赫金：在现象学与马克思主义之间——评伯纳德·唐纳尔斯的新作》，《复印报刊资料（外国文学研究）》1997 年第 4 期。

尚必武：《一种批评理论的兴起：〈文学伦理学批评导论〉解读》，《外国文学研究》2014 年第 5 期。

〔荷兰〕斯宾诺莎：《伦理学》，贺麟译，北京：商务印书馆，1958 年。

申丹：《作者、文本与读者：评韦恩·C. 布斯的小说修辞理论》，《英美文学研究论丛》2002 年第 0 期。

宋晓萍：《女性书写与欲望的场域》，北京：北京大学出版社，2011 年。

孙磊：《狂欢化》，《外国文学》2018 年第 3 期。

〔丹麦〕索伦·克尔凯郭尔：《非此即彼：生活的一个片段》，封宗信等译，北京：中国工人出版社，1998 年。

〔英〕特里·伊格尔顿：《审美意识形态》，桂林：广西师范大学出版社，2001 年。

王建刚：《后巴赫金时代的文化研究——以伊格尔顿的文化政治学为例》，《文化艺术研究》2009 年第 6 期。

王林生：《"视觉中心主义"：视觉观看中的理性建构与解构》，《中国文学研究》2020 年第 1 期。

汪民安：《身体转向》，《外国文学》2004 年第 1 期。

汪民安：《身体的文化政治学》，开封：河南大学出版社，2004 年。

汪民安：《尼采与身体》，北京：北京大学出版社，2008 年。

汪民安、陈永国：《后身体：文化、权力和生命政治学》，长春：吉林人民出版社，2003 年。

汪民安、陈永国、马海良：《后现代的哲学话语：从福柯到赛义德》，杭州：浙江人民出版社，2000 年。

王守仁：《谈后现代主义小说——兼评〈美国后现代主义小说艺术论〉和〈英美后现代主义小说叙述结构研究〉》，《外国文学评论》2003年第3期。

王雅华：《理性与非理性的对话——塞缪尔·贝克特〈莫洛伊〉之双重文本解读》，《外国文学评论》2003年第1期。

〔美〕韦恩·C.布斯：《巴赫金如何将我唤醒》，穆雷等译，载周宪主编《修辞的复兴：韦恩·布斯精粹》，南京：译林出版社，2009年。

〔荷兰〕维姆·布洛克曼：《中世纪欧洲史》，乔修峰等译，广州：花城出版社，2012年。

〔美〕卫姆塞特等：《西洋文学批评史》，颜元叔译，北京：中国人民大学出版社，1987年。

伍茂国：《从叙事走向伦理：叙事伦理理论与实践》，北京：新华出版社，2013年。

吴岳添：《从拉伯雷到雨果》，载周启超等主编《跨文化视界中的巴赫金丛书：中国学者论巴赫金》，南京：南京大学出版社，2014年。

吴永熹：《美国文学泰斗菲利普·罗斯病逝》，http：//www.zgnfys.com/a/nflx-55285.shtml〔2019-11-18〕。

夏忠宪：《巴赫金狂欢化诗学研究》，北京：北京师范大学出版社，2000年。

〔法〕莫里斯·梅洛-庞蒂：《眼与心》，杨大春译，北京：商务印书馆，2007年。

〔加〕约翰·奥尼尔：《身体形态：现代社会的五种身体》，张旭春译，沈阳：春风文艺出版社，1999年。

〔英〕约翰·伯格：《观看之道》，戴行钺译，桂林：广西师范大学出版社，2015年。

〔美〕詹姆斯·费伦：《作为修辞的叙事》，陈永国译，北京：北京大学出版社，2000年。

〔美〕詹姆斯·费伦等编《当代叙事理论指南》，申丹等译，北京：北京大学出版社，2007年。

张大春：《语言、身体、他者：当代法国哲学的三大主题》，北京：生活·读书·新知三联书店，2007年。

张金凤：《身体》，北京：外语教学与研究出版社，2019年。

赵勇：《民间话语的开掘与放大——论巴赫金的狂欢化理论》，《外国文学研究》2002 年第 4 期。

曾梦龙：《从小镇男孩到大作家，菲利普·罗斯的"自我消解"式自传》，http：//www. qdaily. com/ articles/65063. html［2019-11-18］。

郑璇、显扬：《美国著名"反犹"犹太作家去世》，https：//mil. sina. cn/2018-05-24/detail-ihaysvix 5330506. d. html［2019-11-18］。

周珏良：《谈叶芝的几首诗》，查良铮译，《外国文学》1982 年第 8 期。

周启超等编《欧美学者论巴赫金》，南京：南京大学出版社，2014 年。

周小仪：《"为艺术而艺术"口号的起源、发展和演变》，《外国文学》2002 年第 2 期。

周文翰：《哈罗德·布鲁姆：反主流文化是理想时代的产物》，http：//news. sina. com. cn/c/2019-10-15/doc-iicezuev2272828. shtml［2019-11-15］。

英文文献

Adair, William. "Ernest Hemingway's *The Sun Also Rises*: The Novel as Gossip." *Hemingway Review* 31. 2（2012）: 114-18. Project Muse. Web. 22 Dec. 2019.

Adam, James, ed. *The Republic of Plato*. Cambridge: Cambridge University Press, 1963.

Adams, Tim. "The Interview: Ivan Klima." *The Guardian*. 2 Aug. 2009. Web. 20 Nov. 2019. < https:// www. theguardian. com/books/2009/aug/02/ivan-klima-interview>.

Aichele, George. "Literary Fantasy and Postmodern Theology." *Journal of the American Academy of Religion* 59. 2（1991）: 323-37. JSTOR. Web. 19 Nov. 2019.

Astruc, Rémi. "Le Renouveau du Grotesque dans le Roman du XXe Siècle." *Le Renouveau du Grotesque dans le Roman du XXe Siècle, Essai d'Anthropologie Littéraire*. Paris: Classiques-Garnier, 2010.

Babb, Genie. "Where theBodies are Buried: Cartesian Dispositions in Narrative Theories of Character." *Narrative* 10. 3（2002）: 195-221. Project Muse. Web. 13 Nov. 2019.

Bakhtin, M. *The Dialogic Imagination: Four Essays*. Ed. Michael Holquist. Trans. Holquist, Michael and Caryl Emerson. Austin: University of Texas Press, 1981.

—. *Rabelais and His World*. Trans. Helene Iswolsky. Bloomington in: Indiana University Press, 1984.

—. *Problems of Dostoevsky's Poetics*. Ed. & Trans. Caryl Emerson. Minneapolis: University of Minnesota Press, 1984.

Bander, Elaine. "Gossip as Pleasure, Pursuit, Power, and Plot Device in Jane Austen's Novels." *Persuasion* 23 (2001): 118-29. Taylor and Francis Online. Web. 22 Dec. 2019.

Bar, Gerald. "Fantasy of Fragmentation in Conrad, Kafka and Pessoa: Literary Srategies to Express Strangeness in a Hetero-Social Context." *Amaltea: Revista de Mitocritica* 3 (2011): 1-21. DOAJ. Web. 19 Nov. 2019.

Baumgarten, M. & B. Gottfried. *Understanding Philip Roth*. Columbia: University of South Carolina Press, 2000.

Belfiore, Elizabeth. "A Theory of Imitation in Plato's *Republic*." *Transactions of the American Philological Association* 114 (1984): 121-46. JSTOR. Web. 22 Dec. 2019.

Bellow, Saul. "The Swamp of Prosperity." *Commentary*, XXVII July (1959): 77-79.

Berger, John. *Ways of Seeing*. London: British Broadcasting Corporation and Penguin Books, 2008. [1972].

Boyers, Robert. "Attitudes toward Sex in American High Culture." *The Annals of the American Academy of Political and Social Science* 376 (1968): 36-52. Sage. Web. 13 Nov. 2019.

Booth, Wayne C. *The Rhetoric of Fiction*. Chicago; London: University of Chicago Press, 1961.

—. *The Company We Keep: An Ethics of Fiction*. Berkeley, Los Angeles and London: University of California Press, 1988.

Bracken, Patrick and Philip Thomas. "Time to Move Beyond the Mind-Body Split: The 'Mind' Is Not Inside but 'Out There' in the Social World." *British Medical Journal* 325.7378 (2002): 1433-34. JSTOR. Web. 16

Nov. 2019.

Braun, Virginia. "Conceptualizing the Body. " *Feminism & Psychology* 10. 4 (2000): 511-18. SAGE. Web. 16 Nov. 2019.

Brooks, Peter. *Reading For the Plot: Design and Intention in Narrative*. Cambridge, Mass: Harvard University Press, 1992.

Brooks, Peter. *Body Work: Objects of Desire in Modern Narrative*. Cambridge, Mass; London: Harvard University Press, 1993.

Bryla, Martyna. " Understanding the Other Europe: Philip Roth's Writings on Prague. " *Revista de Estudios Norteamericanos* 17 (2013): 13-24.

Burnham, John C. "The Progressive Era Revolution in American Attitudes Toward Sex. " *The Journal of American History* 59. 4 (1973): 885 – 908. JSTOR. Web. 18 Nov. 2019.

Button, G. , et al. *Computers, Minds and Conduct*. Cambridge: Polity Press, 1995.

Charles McGrath. "Philip Roth, Towering Novelist Who Explored Lust, Jewish Life and America, Dies at 85. " *The New York Times*, 18 Nov. 2019. <https://www. nytimes. com/2018/05/22/obituaries/philip – roth – dead. html>.

Chatman, Seymour. " Characters and Narrators: Filter, Center, Slant, and Interest-Focus. " *Poetics Today* 7. 2 (1986) . 189-204. JSTOR. Web. 22 Dec. 2019.

Chávez, Karma R. "The Body: An Abstract and Actual Rhetorical Concept. " *Rhetoric Society Quarterly* 48. 3 (2018): 242-50. Taylor and Francis Online. Web. 16 Nov. 2019.

Cherolis, Stephanie. " Philip Roth's Pornographic Elegy: The Dying Animal as a Contemporary Meditation on Loss. " *Philip Roth Studies* 2. 1 (2006): 13-24. ProQuest. Web. 14 Nov. 2019.

Chevere an, Cristina. " The Dying Animal as ' Conté Philosophique '. " *British and American Studies* 24 (2018): 87 – 95, 265. ProQuest. Web. 14 Nov. 2019.

Cixous, Hélène. *Le Rire de la Méduse; The Laugh of the Medusa*. Trans. Keith and Paula Cohen. *Signs* 1. 4 (Summer, 1976): 875-93. Chicago: The

University of Chicago Press, 1976.

Clark, Katherine and Michael Holquist. *Mikhail Bakhtin*. Cambridge: Harvard University Press, 1984.

Cohen, Eileen Z. "Alex in Wonderland, or Portnoy's Complaint." *Twentieth-Century Literature* 17. 3 (1971): 161-68. JSTOR. Web. 13 Nov. 2019.

Cohen, Josh. "Roth's Doubles." *The Cambridge Companion to Philip Roth*. Ed. Timothy Parrish. Cambridge: Cambridge University Press, 2007.

Cohen, Sarah Blacher. "Philip Roth's Would-Be Patriarchs and Their Shikses and Shrews." *Studies in American Jewish Literature* 1. 1 (1975): 16-22. JSTOR. Web. 13 Nov. 2019.

Cohn, Dorrit. *Transparent Minds: Narrative Modes for Presenting Consciousness in Fiction*. New Jersey: Princeton University Press, 1978.

Cole, Jonathan. *Losing Touch: A Man Without His Body*. 1st ed. Oxford, United Kingdom; New York, NY, United States of America: Oxford University Press, 2016.

Connor, Steven. *The Book of Skin*. London: Reaktion Books, 2004.

Dabhoiwala, Faramerz. *The Origins of Sex: A History of the First Sexual Revolution*. New York: Oxford University Press, 2012.

David Brauner. *Philip Roth*. Manchester: Manchester University Press, 2007.

Davidson, Arnold E. "Kafka, Rilke, and Philip Roth's *The Breast*." *Notes on Contemporary Literature* 5. 1 (1975): 9-11. Medalink. Web. 10 Apr. 2021.

Davis, Cynthia J. *Bodily and Narrative Forms: The Influence of Medicine on American Literature, 1845-1915*. Stanford, Calif.: Stanford University Press, 2000.

Davis, Todd F. and Kenneth Womack. "Introduction: Reading Literature and the Ethics of Criticism." *Style* 32. 2 (1998): 184-89. Medalink. Web. 10 Apr. 2021.

De Gelder, Beatrice. "The Perception of Emotions by Ear and by Eye." *Cognition and Emotion* 14. 3 (2000): 289-311. EBSCO. Web. 2 Dec. 2019.

Deleuze, Gilles and Clair Parnet. *Dialogues*. Paris: Flammarion, 1977. Trans. Hugh Tomlinson and Barbara Habberjam, New York: Columbia

University Press，1987.

Derrida，Jacques. *Of Grammatology*. Trans. Gayatri Chakravorty Spivak. Baltimore：John Hopkins University Press，1976.

—. *Writing and Difference*. London：Routledge，1978.

—. *Spurs: Nietzsche's Styles*. Chicago：University Chicago Press，1978.

—. *On Touching*. Trans. Christine Irizarry. California：Stanford University Press，2005.

Dervin，Daniel A. "Breast Fantasy in Bartheleme，Swift，and Philip Roth：Creativity and Psychoanalytic Structure." *American Imago* 33（1976）：102-22.

Dickstein，Morris. "Black Humor and History：The Early Sixties." *Gates of Eden: American Culture in the Sixties*. Ed. Morris Dickstein. New York：Basic Books，1977. 91-127.

Downing，Lisa. "Are Body and Extension the Same Thing？." *Locke and Cartesian Philosophy*. Eds. Hamou，Philippe and Martine Pécharman. Oxford：Oxford University Press，2018.

Duban，James. "Existential Kepesh and the Facticity of Existential Roth：*The Breast*，*The Professor of Desire*，and *The Dying Animal*." *Partial Answers* 15.2（2017）：369-90. ProQuest. Web. 14 Nov. 2019.

—. "Heidegger，Sartre，and Irresolute Dasein in Philip Roth's *The Dying Animal*，*Everyman*，and 'Novotny's Pain'." *Philosophy and Literature* 43.2（2019）：441-65. Project Muse. Web. 14 Nov. 2019.

Dujardin，Edouard. *Le Monologue Interieur：Son Apparition，Ses Origines，Sa Place dans l'Euvre de James Joyce*. Paris：Albert Messein，1931.

—. *Les Lauriers Sont Coupés*. Paris：Le chemin vert，1981.

Edholm，Roger. "The Written and the Unwritten World of Philip Roth：Fiction，Nonfiction，and Borderline Aesthetics in the Roth Books." *Örebro Studies in Literary History and Criticism*，2012. Örebro University. Web. 16 Nov. 2019.

Eliade，Mircea. *The Sacred and the Profane: The Nature of Religion*. Trans. Willard R. Trask. New York：Harcou. 1959.

Encyclopedia Britannica，Inc. *Britannica Concise Encyclopedia*. Chicago；London: Encyclopedia Britannica, 2006.

Epstein, Joseph. "What Does Philip Roth Want?." *Commentary* 1 (1984). 20 Nov. 2019. <https://www.commentarymagazine.com/articles/joseph-epstein/what-does-philip-roth-want>.

Field, Leslie. "Philip Roth: Days of Whine and Moses." *Studies in American Jewish Literature* 5.2 (1979): 11-14. JSTOR. Web. 13 Nov. 2019.

Foucault, Michel. *Surveiller et Punir: Naissance de la Prison*. Paris: Gallimard, 1975.

—. *Discipline and Punish: The Birth of the Prison*. Trans. Alan Sheridan. London: Penguin, 1979.

—. *The History of Sexuality*. Trans. Robert Hurley. Harmondsworth: Penguin, 1984.

Freeman, John. "Philip Roth: America the dutiful." *Independent*. 12 Sept. 2008. Web. 18 Nov. 2019. <https://www.independent.co.uk/arts-entertainment/books/features/philip-roth-america-the-dutiful-926481.html>.

Freud, Sigmund. *Three Essays on the Theory of Sexuality*. New York: Basic Books, 1962.

Frye, Northrop. *Anatomy of Criticism*. Princeton, NJ: Princeton University Press, 2015.

Garner, Dwight. "Death of Author Philip Roth Marks End of a Cultural Era." *The Sydney Morning Herald*. 20 Nov. 2019. <https://www.smh.com.au/entertainment/books/death-of-author-philip-roth-marks-end-of-a-cultural-era-20180524-p4zhcl.html>.

Garrison, James. "Reconsidering Richard Shusterman's Somaesthetics." *Contemporary Pragmatism* 12 (2015): 135-55. Brill. Web. 13 Nov. 2019.

Garton Ash, Timothy. *The Uses of Adversity: Essays on the Fate of Central Europe*. London: Penguin, 1999.

Gash, Anthony. "Shakespeare's Carnival and the Sacred: The Winter's Tale and Measure for Measure." *Shakespeare and Carnival: After Bakhtin*. Ed. Ronald Knowles. London: Macmillan Press, 1998. 177-210.

Gaylin, Ann. *Eavesdropping in the Novel from Austen to Proust*. Cambridge: Cambridge University Press, 2003.

Genette, Gerard. *Narrative Discourse: An Essay in Method.* Paris: Seuil, 1972; Trans. Jane E. Lewin. Ithaca, NY: Cornell University Press, 1980.

Ginev, Dimitri. "Conceptualizing the Human Body Within Practice Theory." *Social Science Information* 58. 1 (2019): 121 – 40. Sage. Web. 16 Nov. 2019.

Goodheart, Eugene. "The Licensed Trespasser: The Omniscient Narrator in ' *Middlemarch* ' . " *The Sewanee Review* 107. 4 (1999): 555 – 68. JSTOR. Web. 22 Dec. 2019.

Gordon, Andrew M. "Philip Roth's Novel *The Dying Animal* and Isabel Coixet's Film Adaptation Elegy." *Philip Roth Studies* 13. 2 (2017): 63 – 69. ProQuest. Web. 14 Nov. 2019.

Graff, Gerald. *Professing Literature: An Institutional History.* Chicago: University of Chicago Press, 1987.

Graham, Don. "The Common Ground of Goodbye, Columbus and The Great Gatsby." *Forum – Houston* 13. 3 (1976): 68 – 71. Medalink. Web. 10 Apr. 2021.

Grebstein, Sheldon. "The Comic Anatomy of Portnoy's Complaint." *Comic Relief: Humor in Contemporary American Literature.* Ed. Sarah Blacher Cohen. Urbana: University of Illinois Press, 1978. 152–71.

Greenberg, David. "The Forgotten Political Genius of Philip Roth." *Politico.* 6 Mar. 2018. Web. 20 Nov. 2019. < https://www.politico.eu/article/philip-roth-the-forgotten-political-genius-of-philip-roth/>.

Gregory, Marshall. "Ethical Criticism: What It Is and Why It Matters." *Ethics, Literature and Theory: An Introductory Reader.* Ed. Stephen K. George. Lanham, MD: Rowman & Littlefield, 2005.

Grossman, Joel. " 'Happy as Kings': Philip Roth's Men and Women." *Judaism* 26. 1 (1977): 7–17. ProQuest. Web. 13 Nov. 2019.

Harold Bloom, ed. & intro. *Bloom's Modern Critical Views: Philip Roth.* New York/Philadelphia: Chelsea House Publisher, 2003.

Hayes, Patrick. *Philip Roth: Fiction and Power.* Oxford: Oxford University Press, 2014.

Hellweg, Martin. "Philip Roth, 'Eli, the Fanatic' (1959) ." *The Vi-*

sion of This Land: Studies of Vachel Lindsay, Edgar Lee Masters, and Carl Sandburg. Eds. Hallwas, John E., and Dennis J. Reader. Macomb: Western Illinois University Press, 1976. 215-25.

Hill, James. "The Cartesian Element in Locke's Anti-Cartesian Conception of Body." *Locke and Cartesian Philosophy*. Eds. Hamou, Philippe and Martine Pécharman. Oxford: Oxford University Press, 2018.

Howe, Irving. "Goodbye, Columbus." *New Republic*, *CXL* June (1959): 117-32.

Hyland, Drew Alan. "Eros and Philosophy: A Study of Plato's Symposium." Diss. The Pennsylvania State University, 1965.

Irigaray, Luce. *Speculum: De l'Autre Femme.* Paris: Editions de Minuit, 1974.

Irwin, Jones. *Derrida and the Writing of the Body.* Farnham; Burlington, VT: Ashgate, 2010.

Isaac, Dan. "In Defense of Philip Roth." *Chicago Review* 17 (1964): 84 -96. JSTOR. Web. 13 Nov. 2019.

Iser, Wolfgang. *The Art of Reading: A Theory of Aesthetic Response.* Galtimore: The Johns Hopkins University Press, 1978.

Italie, Hillel. "Philip Roth, Fearless Narrator of Sex, Death and Jewish Life, Dead at 85." *The Times of Israel.* 23 May 2018. Web. 20 Nov. 2019. <https://www.timesofisrael.com/philip-roth-great-american-jewish-novelist-dead-at-85/>.

Ivanova, Velichka. "Philip Roth's Professor of Desire in the Light of Its French Translation." *Partial Answers: Journal of Literature and the History of Ideas* 11. 2 (2013): 293-304. Project Muse. Web. 14 Nov. 2019.

Johansen, Thomas Kjeller. "The Separation of Soul from Body in Plato's Phaedo." *Philosophical Inquiry* 41 (2017): 17-28. UiO. Web. 16 Nov. 2019.

Josh Greenfeld. "Portnoy's Complaint." (Book Review) *The New York Times.* 23 Feb. 1969. *The New York Times of the Sixties: The Culture, Politics, and Personalities that Shaped the Decade.* ED. John Rockwell. New York: Black Dog & Leventhal, 2014.

Jung, C. G. *The Structure and Dynamics of the Psyche.* New Jersey: Princeton University Press, 1970.

Kaminsky, Alice R. "Philip Roth's Professor Kepesh and the Reality Principle." *Denver Quarterly* 13. 2 (1978): 41−54. Medalink. Web. 10 Apr. 2021.

Karageorgiou, Eleni E. "Stories of the Body: Incorporating the Body into Narrative Practice." *International Journal of Narrative Therapy & Community Work* 3 (2016): 1−7. Social Science. Web. 13 Nov. 2019.

Kliman, Bernice W. "Names in Portnoy's Complaint." *Critique: Studies in Contemporary Fiction* 14. 3 (1973): 16−24. ProQuest. Web. 13 Nov. 2019.

Kliman, Bernice W. "Women in Roth's Fiction." *Nassau Review* 3. 4 (1978): 75−88. Medalink. Web. 10 Apr. 2021.

Komárová, Natalia L. and Simon Levin. "Eavesdropping and Language Dynamics." *Journal of Theoretical Biology* 264. 1 (2010): 104−18. Science Direct. Web. 22 Dec. 2019.

Kristensen, Stefan. "Figures of Silence: The Intrigues of Desire in Merleau-Ponty and Lyotard." *Research in Phenomenology* 45. 1 (2015): 87−107. Brill. Web. 22 Dec. 2019.

Lacan, Jacques. "La Direction dans la Cure et les Principe de Son Pouvoir." *Ecrits*. Paris: Seuil, 1966.

—. "The Mirror Stage as Formative of the Function of the I as Revealed in Psychoanalytic Experience." *Literary Theory: An Anthology.* 2nd ed. Eds. Julie Rivkin & Michael Ryan. London: Blackwell Publishing, 1998, 2004. 441−46.

Landis, Joseph. "The Sadness of Philip Roth: An Interim Report." *The Massachusetts Review* 3. 2 (1962): 259−68. JSTOR. Web. 13 Nov. 2019.

Lavine, Steven David. "The Degradations of Erotic Life: Portnoy's Complaint Reconsidered." *Michigan Academician* 11 (1979): 357−62. Medalink. Web. 10 Apr. 2021.

Lawson, Mark. "The Two Faces of Philip Roth." *Newstatesman.* May 23, 2018. Web. 20 Nov. 2019. < https://www.newstatesman.com/culture/books/2018/05/two−faces−philip−roth>.

Lee, Hermione. "The Art of Fiction." *The Paris Review* 93 (1984). 20 Nov. 2019. <https://www.theparisreview.org/interviews/2957/the−art−of−fiction−no−84−philip−roth>.

Leech, Geoffrey N. & Mick Short. *Style in Fiction: A Linguistic Introduction to English Fictional Prose*. London and New York: Longman Group Ltd., 1981.

Leer, Norman. "Escape and Confrontation in the Short Fiction of Philip Roth." *Christian Scholar* 49 (1966): 132-46. JSTOR. Web. 13 Nov. 2019.

Lippmann, Walter. *Drift and Mastery: An Attempt to Diagnose the Current Unrest*. New York: H. Holt & co., 1917. [1914].

Lord, Evelyn. *The Hellfire Clubs: Sex, Satanism and Secret Societies*. New Haven, Conn. London: Yale University Press, 2010.

Luna, Alina M. "Narrative Bodies: Toward a Corporeal Narratology." (Book Review) *Style* 39.3 (2005): 367-70. JSTOR. Web. 13 Nov. 2019.

Luxon, Nancy. "Michel Foucault, Discipline and Punish." *The Oxford Handbook of Classics in Contemporary Political Theory*. Ed. Jacob T. Levy. Oxford: Oxford University Press, 2015.

Lyons, Bonnie. "Bellowmalamudroth and the American Jewish Genre: Alive and Well." *Studies in American Jewish Literature* 5.2 (1979): 8-10. JSTOR. Web. 13 Nov. 2019.

Lyotard, Jean-François. *Discourse, Figure*. Minneapolis: University of Minnesota Press, 2011.

Malin, Irving. "Looking at Roth's Kafka; or Some Hints about Comedy." *Studies in Short Fiction* 14.3 (1977): 273-75. ProQuest. Web. 13 Nov. 2019.

Mandel, Ann. "Useful Fictions: Legends of the Self in Roth, Blaise, Kroetsch, and Nowlan." *Ontario Review* 3 (1975): 26-32. Medalink. Web. 10 Apr. 2021.

Marcuse, Herbert. *Eros and Civilization*. London: Vintage Books, 1955.

Marven, Lyn. *Body and Narrative in Contemporary Literatures in German Herta Müller, Libuše Moníková, and Kerstin Hensel*. Oxford: Clarendon Press; New York: Oxford University Press, 2005.

Mathews, Peter. "The Pornography of Destruction: Performing Annihilation in *The Dying Animal*." *Philip Roth Studies* 3.1 (2007): 44-55. JSTOR. Web. 14 Nov. 2019.

Maxted, Luke. "'This is Life, Bozo, Not High Art': Life, Literature, and the Academy in Philip Roth and Vladimir Nabokov." *Philip Roth Studies*

14. 2 （2018）：33-50. ProQuest. Web. 14 Nov. 2019.

Mayor, Michael. *Longman Dictionary of Contemporary English.* 5$_{th}$ ed. Harlow：Pearson Longman, 2009.

—. *Longman Dictionary of Contemporary English.* 6$_{th}$ ed. Harlow, Essex：Pearson Education Ltd. , 2014.

McCrum, Robert. "A Conversation with Philip Roth. " *The Guardian.* 1 Jul. 2001. Web. 18 Nov. 2019. <https：//www. theguardian. com/books/2001/jul/01/fiction. philiproth1>.

Mcgarry, Pascale. "Philip Roth et l'Art de Mourir, *The Dying Animal.* " *Word & Image* 21. 1 （2005）：103 – 07. Taylor and Francis Online. Web. 14 Nov. 2019.

McIntosh, Colin. *Cambridge Advanced Learner's Dictionary.* Cambridge：Cambridge University Press, 2013.

Meretoja, Hanna. *The Ethics of Storytelling: Narrative Hermeneutics, History, and the Possible.* New York：Oxford University Press, 2018.

Merleau-Ponty, Maurice. *L'Oeil et L'Esprit.* Paris：Gallimard, 1964.

—. *The Visible and the Invisible.* Evanston：Northwestern University Press, 1968.

—. "Eye and Mind. " *The Merleau – Ponty Aesthetics Reader: Philosophy and Painting.* Ed. Galen A. Johnson. Trans. M. B. Smith. Evanston：Northwestern University Press, 1993.

—. *Phenomenologie de La Perception.* Paris：Gallimard, 1945.

—. *Phenomenology of Perception.* Trans. Colin Smith. London：Routledge, 2002.

—. *Phenomenology of Perception.* Trans. Donald A. Landes. London：Routledge, 2014.

Michel, Pierre. "Philip Roth's *The Breast*：Reality Adulterated and the Plight of the Writer. " *Dutch Quarterly Review of Anglo – American Letters* 5 （1975）：245-52. Medalink. Web. 10 Apr. 2021.

—. "Philip Roth's Reductive Lens：From 'On the Air' to My Life as a Man. " *Revue des Langues Vivantes* 42 （1976）：509 – 19. Medalink. Web. 10 Apr. 2021.

—. "Philip Roth's Hesitations. " *Proceedings of a Symposium on American Literature.* Ed. Marta Sienicka. Poznan: Adam Mickiewicz University Press, 1979. 151-59.

Midgelow, Vida L. *Reworking the Ballet: Counter-Narratives and Alternative Bodies.* Abingdon: Routledge, 2007.

Mikkonen, Kai. "The Metamorphosed Parodical Body in Philip Roth's *The Breast.* " *Critique: Studies in Contemporary Fiction* 41. 1 (1999): 13-44. ProQuest. Web. 13 Nov. 2019.

Miller, Hillis J. *The Ethics of Reading: Kant, de Man, Eliot, Trollope, James, and Benjamin.* New York: Columbia University Press, 1987.

Mizrahi, Moran et al. "Reassuring Sex: Can Sexual Desire and Intimacy Reduce Relationship-Specific Attachment Insecurities?. " *European Journal of Social Psychology* 46. 4 (2016): 467-80. JSTOR. Web. 19 Nov. 2019.

Monaghan, David. "The Great American Novel and My Life as a Man: An Assessment of Philip Roth's Achievement. " *International Fiction Review* 2 (1975): 113-20. OJS/PKP. Web. 13 Nov. 2019.

Montero, Barbara Gail. "Book Review. " *Mind* 124. 495 (2015): 975-79. Brill. Web. 13 Nov. 2019.

Nancy, Jean-Luc. *Corpus.* Paris: Mataillie, 1992; Trans. Richard A. Rand. New York: Fordham University Press, 2008.

Nietzsche, Friedrick. *The Gay Science: With a Prelude in German Rhymes and an Appendix of Songs.* Trans. Josefine Nauckhoff. Cambridge: Cambridge University Press, 2001.

—. *On the Genealogy of Morals.* Trans. Douglas Smith. Oxford: Oxford University Press, 2019.

Ning, Yizhong. "Categorization and Functions of 'Overhearing' in Narrative. " *Journal of Foreign Languages and Cutures* 2. 1 (2018): 134-40.

Parrish, Timothy. *The Cambridge Companion to Philip Roth.* Cambridge University Press, 2007.

Pavel, Thomas G. *Fictional Worlds.* Cambridge, Massachusetts: Harvard University Press, 1986.

"Philip Roth: Portnoy's Complaint Author Dies Aged 85. " BBC News,

18 Nov. 2019. <https：//www. bbc. co. uk/news/world-us-canada-44220189>.

Pierpont, Claudia Roth. *Roth Unbound: A Writer and His Books.* New York：Farrar, Straus and Giroux, 2013.

Pinsker, Sanford. "Guilt as Comic Idea：Franz Kafka and the Postures of American-Jewish Writing. " *Journal of Modern Literature* 6 （1977）：466-71. JSTOR. Web. 13 Nov. 2019.

Plato. *The Republic.* Trans. F. M. Cornford. Oxford：Oxford University Press, 1945.

—. *The Republic.* 2$_{nd}$ ed. Ed. James Adam. Intro. D. A. Rees. Cambridge：University Press, 1963.

—. *Plato: In Twelve Volumes. Vol. 7. Theaetetus*；*Sophist.* Trans. Harold North Fowler. Cambridge, Mass. ：Harvard University Press；London：Heinemann, 1921. ［1996］.

Powell, Joshua. "The Aesthetics of Impersonation and Depersonalization：Samuel Beckett and Philip Roth. " *Philip Roth Studies* 14. 2 （2018）：16-32. ProQuest. Web. 13 Nov. 2019.

Pozorski, Aimee. "Contemporary American Literature, 1933-2018：Or, the Life and Progeny of Philip Roth. " *Philip Roth Studies* 15. 1 （2019）：121-29. ProQuest. Web. 14 Nov. 2019.

Protevi, John. *Political Physics: Deleuze, Derrida and the Body Politic.* London：Athlone Press, 2001.

Punday, Daniel. *Narrative Bodies: Toward a Corporeal Narratology.* 1$_{ST}$ ed. New York, NY：Palgrave Macmillan, 2003.

Rice, Julian C. "Philip Roth's *The Breast*：Cutting the Freudian Cord. " *Studies in Contemporary Satire* 3 （1976）：9-16. Medalink. Web. 10 Apr. 2021.

Roszak, Theodore. *The Making of a Counter Culture: Reflections on the Technocratic Society and Its Youthful Opposition.* New York：Doubleday, 1969.

Roth, David S. " 'The Conversion of the Jews'：What Hath Mother Wrought? . " *Bulletin of the West Virginia Association of College English Teachers* 3. 2 （1976）：39-42. Medalink. Web. 10 Apr. 2021.

Roth, Philip. "Jewishness and the Younger Intellectuals—A Symposium. " *Commentary*，**XXXI** April （1961）：351.

—. *The Breast.* New York： Vintage，1972.

—. "In Search of Kafka And Other Answers." *New York Times.* Feb. 15
（1976）. ProQuest Historical Newspapers. Web. 13 Nov. 2019.

—. *The Professor of Desire.* New York： Vintage，1977. 1994.

—. *Zuckerman Unbound.* London： Cape，1981.

—. "A Conversation With Edna O'Brien： 'The Body Contains the Life
Story.'" *New York Times*（1923 – Current file）Nov 18（1984）：
38. ProQuest Historical Newspapers. Web. 13 Nov. 2019.

—. "My Life as a Boy." *New York Times* Oct 18（1987）：472. ProQuest
Historical Newspapers. Web. 13 Nov. 2019.

—. *Deception: A Novel.* New York： Simon and Schuster，1990.

—. *A Philip Roth Reader.* London： Vintage，1993.［1980］.

—. *American Pastoral.* Boston： Houghton Mifflin，1997.

—. *The Dying Animal.* New York： Vintage International. 2002.

—. *Nemesis.* London： Vintage Digital，2010.

—. *The Counterlife.* London： Vintage Digital，2011.

—. "My Life as a Writer." *New York Times*（1923–Current file）Mar. 16
（2014）：14. ProQuest Historical Newspapers. Web. 13 Nov. 2019.

—. *Sabbath's Theater.* London： Vintage，2016.［1995］.

—. *Why Write? Collected Nonfiction 1960 – 2013*（*The Library of America*）.
New York： The Library of America，2017.

Rothstein，Mervyn. "Philip Roth and the World of 'What If'." *The
New York Times* Dec. 17（1986）.

—. "The Last Word： Philip Roth." *The New York Times* May 22
（2018）.

Roth，Zoë. "Against Representation： Death，Desire，and Art in Philip
Roth's *The Dying Animal.*" *Philip Roth Studies* 8. 1（2012）：95 – 100. JS-
TOR. Web. 14 Nov. 2019.

Royal，Derek Parker. "Roth，Literary Influence，and Postmodernism."
The Cambridge Companion to Philip Roth. Ed. Parrish，Timothy. Cambridge：
Cambridge University Press，2007. 22–34.

Ruth，Hannah. "The Body as Medium and Metaphor： Autobiographical

Interventions or the Construction of the Anti‐narrative. ” Diss. University of Cambridge. 2002.

Sabiston, Elizabeth. “A New Fable for Critics: Philip Roth's *The Breast.* ” *International Fiction Review* 2 （1975）: 27-34. OJS/PKP Web. 13 Nov. 2019.

Sale, Roger. “Philip RothAccounts for His Life as a Man and a Writer: *Reading Myself and Others.* ” *New York Times* （1923 – Current file） May 25 （1975）: 221. ProQuest Historical Newspapers. Web. 13 Nov. 2019.

Salzberg, Joel. “ 'The Artifice of Eternity': The Nude as Topos in Bernard Malamud's 'Naked Nude' and Philip Roth's *The Dying Animal.* ” *Philip Roth Studies* 4. 1 （2008）: 29-38. JSTOR. Web. 14 Nov. 2019.

Sanchez‐Canales, Gustavo. “European Literary Tradition in Roth's Kepesh Trilogy. ” *Comparative Literature and Culture* 16. 2 （2014）: 1 – 9. ProQuest. Web. 14 Nov. 2019.

Sartre, Jean‐Paul. *L'Etre êt le Néant.* Paris: Gallimard, 1943.

—. *Being and Nothingness.* Taylor & Francis Group: Routledge, 2003.

Schaffer, Kay & Xianlin Song. “Narrative, Trauma and Memory: Chen Ran's *A Private Life*, Tian'anmen Square and Female Embodiment. ” *Asian Studies Review* 30. 2 （2006）: 161 – 73. Taylor and Francis Online. Web. 17 Nov. 2019.

Sanoff, Alvin P. “Writers Have a Third Eye. ” *Conversations with Philip Roth.* Ed. George J. Searles. Jackson: University of Mississippi Press, 1992. 209-13.

Schiff, Brian, A. Elizabeth McKim, and Sylvie Patron, eds. *Life and Narrative: The Risks and Responsibilities of Storying Experience.* New York: Oxford University Press, 2017.

Scholes, Robert and Robert Kellogg. *The Nature of Narrative.* London: Oxford University Press, 1966.

Scholz, Susanne. *Body Narratives: Writing the Nation and Fashioning the Subject in Early Modern England.* London: Macmillan, 2000.

Shusterman, Richard. *Thinking Through the Body: Essays in Somaesthetics.* Cambridge: Cambridge University Press, 2012.

Shaheen, Naseeb. “Binder Unbound, or, How Not to Convert the Jews. ” *Studies in Short Fiction* 13. 3 （1976）: 376 – 78. ProQuest. Web.

13 Nov. 2019.

Shields, Carolyn M. *Bakhtin Primer.* New York: Peter Lang Publishing, 2007.

Shilling, Chris. *The Body and Social Theory.* 3$_{rd}$ ed. SAGE Publications Ltd. c1993, 2012.

Shostak, Debra. "Return to the Breast: The Body, the Masculine Subject, and Philip Roth." *Twentieth - Century Literature* 45 (1999): 317 - 35. Pro Quest. Web. 13 Nov. 2019.

—. *Countertexts, Counterlives.* Columbia: University of South Carolina Press, 2004.

—. "Lateness, Timeliness, and Elegy: Philip Roth's Dying Animal on Film." *Genre* 47. 1 (2014): 79. Duke University Press Online. 14 Nov. 2019.

Shrubb, Peter. "Portnography." *Quadrant* 64 (1970): 16 - 24. Oxford Reference. Web. 13 Nov. 2019.

Shusterman, Richard. *Thinking Through the Body: Essays in Somaesthetics.* Cambridge: Cambridge University Press, 2012.

—. *Body Consciousness: A Philosophy of Mindfulness and Somaesthetics.* Cambridge: Cambridge University Press, 2008.

Siegel, Ben. "The Myths of Summer: Philip Roth's The Great American Novel." *Contemporary Literature* 17. 2 (1976): 171 - 90. JSTOR. Web. 13 Nov. 2019.

—. "The Novelist as Narcissus: Philip Roth's My Life as a Man." *Descant Magazine* 24. 1-2 (1979): 61-79. Medalink. Web. 10 Apr. 2021.

Soderlind, Johannes. "TheInterior Monologue: A Linguistic Approach." *Studia Neophilologica* 61 (1989): 169 - 73. Taylor and Francis Online. Web. 20 Dec. 2019.

Solotaroff, Theodore. "Philip Roth and the Jewish Moralists." *Chicago Review* 13. 4 (1959): 87-99. JSTOR. Web. 13 Nov. 2019.

Sommerlad, Joe. "How Philip Roth's *Portnoy's Complaint* Shocked America." *Independent.* 23 May 2018. Web. 18 Nov. 2019. <https://www.independent.co.uk>.

Stanzel, Franz Karl. *A Theory of Narrative.* Trans. Charlotte Goedsche.

Cambridge: Cambridge University Press. 1984.

Statlander, Jane. *Philip Roth's Postmodern American Romance: Critical Essays on Selected Works.* New York; Oxford: Peter Lang, 2011.

Steiner, George. "The Archives of Eden." *No Passion Spent: Essays 1978-1996.* London: Faber and Faber, 1997. 266-303.

Stevenson, Angus, ed. *Oxford Dictionary of English.* 3$_{rd}$ ed. Oxford: Oxford University Press, 2011. Oxford Reference. Web. 15 Nov. 2019.

Stevenson, Angus, and Maurice Waite, eds. *Concise Oxford English Dictionary.* 12$_{th}$ ed. Oxford University Press, 2011.

Stjernfelt, Frederik and Nikolaj Zeuthen. "SimultaneousNarration: A Closer Look. Comments on a Recent Narrative Phenomenon." *Acta Linguistica Hafniensia* 42.1 (2010): 85 - 102. Taylor and Francis Online. Web. 20 Dec. 2019.

Subero, Gustavo. *Queer Masculinities in Latin American Cinema: Male Bodies and Narrative Representations.* London: I. B. Tauris, 2014.

Tandon, Sahil. "Queering Indian Classical Music: An Exploration of Sexuality and Desire." *Sexuality & Culture* 23 (2019): 154 - 74. Social Science. Web. 20 Dec. 2019.

Tian, Junwu. "Nie Zhenzhao and the Genesis of Chinese Ethical Literary Criticism." *Comparative Literature Studies* 56.2 (2019): 402 - 20. Project Muse. Web. 20 Dec. 2019.

Trachtenberg, Jeffrey A. "Celebrated Novelist Philip Roth Dies at 85." *Wall Street Journal* 23 May (2018): n/a. ProQuest Historical Newspapers. Web. 13 Nov. 2019.

Trendel, Aristie. "Master and Pupil in Philip Roth's ' *The Dying Animal* '." *Philip Roth Studies* 3.1 (2007): 56-65. JSTOR. Web. 14 Nov. 2019.

Turner, Bryan S. *The Body and Society: Explorations in Social Theory.* Oxford: Blackwell, 1984.

Ussher, J. M. *Body Talk: The Material and Discursive Regulation of Sexuality, Madness and Reproduction.* London: Routledge, 1997.

Varden, Erik. "Towards the Authentic: Reflections on Music, Desire and Truth." *The Downside Review* 125.438 (2007): 1 - 18. SAGE.

Web. 20 Dec. 2019.

Vernon, John. "Reading, Writing, and Eavesdropping: Some Thoughts on the Nature of Realistic Fiction." *The Kenyon Review* 4. 4 (1982): 44 – 54. JSTOR. Web. 22 Dec. 2019.

Vice, Sue. *Introducing Bakhtin*. Manchester: Manchester University Press, 1997.

Virkar–Yates, Aakanksha. "Absolute Music and the Death of Desire: Beethoven, Schopenhauer, Wagner and Eliot's Four Quartets." *Journal of Modern Literature* 40. 2 (2016): 79–93. Project Muse. Web. 20 Dec. 2019.

Walden, Daniel. "Bellow, Malamud, and Roth: Part of the Continuum." *Studies in American Jewish Literature* 5. 2 (1979): 5 – 7. JSTOR. Web. 13 Nov. 2019.

Warnecke, Tom. "Eros inBody Psychotherapy—A Crucible of Awakening, Destruction and Reparation." *Body, Movement and Dance in Psychotherapy* 13. 3 (2018): 143–55.

Webster, Merriam. *Merriam–Webster's Dictionary of American Writers*. Springfield, Mass. : Merriam–Webster, 2001.

Weinberg, Helen A. "Reading Himself and Others." *Studies in American Jewish Literature* 3. 2 (1977–78): 19–27. JSTOR. Web. 13 Nov. 2019.

Wen, Haiming. "Introduction to the Special Theme on ' Richard Shusterman's Somaesthetics' ." *Frontiers of Philosophy in China* 10. 2 (2015): 163–66. Brill. Web. 13 Nov. 2019.

Williams, Carolyn D. "Narrative Bodies: Toward a Corporeal Narratology." (Book Review) *The Modern Language Review* 100. 3 (2005): 748–49. JSTOR. Web. 13 Nov. 2019.

Witcombe, Mike. "In the Roth Archives: The Evolution of Philip Roth's Kepesh Trilogy." *Philip Roth Studies* 13. 1 (2017): 45 – 63. ProQuest. Web. 14 Nov. 2019.

Wood, Michael. "Just Folks." *London Review of Books* 26. 21 (2004) . 15 Nov. 2019. <https: //www. lrb. co. uk/the–paper/ v26/n21/michael–wood/ just–folks>.

Yates, Wilson. "An Introduction to the Grotesque: Theoretical and Theological Considerations. " *The Grotesque in Art and Literature: Theological Reflections*. Eds. James Luther Adams and Wilson Yates. Michigan: Wm. B. Eerdmans Publishing Co. , 1997. 1-69.

Zlomislić, Jadranka. "Eros and Thanatos—Death and Desire on Campus. " *British and American Studies* 23 (2017): 137 - 44, 287. ProQuest. Web. 14 Nov. 2019.

Zucker, David J. "Philip Roth: Desire and Death. " *Studies in American Jewish Literature* 23 (2004): 135-44. JSTOR. Web. 10 Jan. 2020.

Zucker, Rabbi David J. "Roth's *The Dying Animal* as Homage to Malamud's *A New Life.* " *Studies in American Jewish Literature* (1981 -) 27 (2008): 40-48. JSTOR. Web. 14 Nov. 2019.

后　记

　　本课题在研究和写作过程中先后入选国家留学基金委资助项目、北京语言大学优秀博士学位论文培育计划资助项目、北京语言大学研究生创新基金项目，并通过湖南省社会科学成果鉴定。同时，本书的成形和出版也离不开师者的传道、授业与解惑。

　　首先，我要感谢我的导师宁一中先生。先生为人豁达，宽厚亲切。他既是一位至情至性的诗人，也是一位温文儒雅、治学严谨的学者。他素以"淡泊明志，宁静致远"为境界，具有广阔的学术视野。师从先生五年以来，我不仅深切地体会到他博古通今、学贯中西，而且深深感动于他遵从苏格拉底式对话精神以及对一个个灵魂的唤醒。学高为师，德高为范。先生不仅为我开启了通往学术殿堂的大门，而且身体力行，在学问与生活的细微处点化我的为人处世之道。"世事洞明皆学问，人情练达即文章。"记得初入师门，先生多次邀请国内外学术大家来校讲学，为我提供了不少学习的好机会。这让我感悟到学问中的生活以及生活中的学问，从而在生活与学问之间学习这些方家的道德与文章。最让我感动的是，在师门问学闻道，我一直感到求知的自由与愉悦。先生素来尊重个人的研究自由，同时从专业理论的高度加以引导，让师门保持独特的研究之风，并不断开疆辟土，扩大研究领域，活跃学术思维。先生以"言"与"行"践行着学者之道，召唤着我不断努力，驶向学海的彼岸。在聆听先生的讲学中，我对他的狂欢化理论以及身体叙事理论萌发了浓厚的兴趣。这便是我后来开始认真而持续的身体叙事研究之肇始。对于我的灵感乍现与学术思考，先生总是不吝鼓励、开放引导——"越读书，越会读书"，激励着我不断探索和发现文学中新的有价值的东西。回想本书的撰写经历，从选题、确定逻辑框架和研究方法、资料收集、数易其稿，到最终成文，无不倾注了先生的心血。每次修改所涉及的结构、逻辑、语言等方面的建议与肯定，都让我深切地感受到先生声声在耳的严厉与谦和。先生亦师亦友，引领前行，慷慨相助。遇此良师，如春风化雨，实乃人生至幸。在此我谨向先生致以最诚挚的敬意。

在师门求学的日子里，我还要诚挚地感谢我的师母段江丽教授。她是我攻读英语语言文学专业时引领我学习中国古代文学尤其是进行"红学"研究的一位杰出的专家学者。她的渊博学识、严谨治学精神以及知性智慧成为我毕生追求的典范。

"万物皆有裂痕，那是光进来的地方。"我在学术探索的路上，深切地认识到自己的不足。而这正是我积极吸纳学界诸位前辈学术滋养的绝好机会。我有幸聆听了清华大学陈永国教授与北京大学刘锋教授的西方文艺理论课程。他们深入浅出的授课让我大大拓宽了理论视野，并帮助我找到了切实可行的文学研究路径。

本书是在博士论文的基础上修改完成的。我要感谢清华大学陈永国教授和封宗信教授、北京外国语大学马海良教授、中国人民大学陈世丹教授，以及北京语言大学王雅华教授和胡俊教授。诸位方家学识渊博，治学严谨。他们给我提出的宝贵意见和中肯建议，不仅为我廓清了写作思路，还启发了我对研究创新的纵深思考。

在资料收集的过程中，我要感谢北京大学凌建侯教授、浙江大学周启超教授、北京师范大学夏忠宪教授等在 2018 年为期七天的"巴赫金文学理论"高端学术论坛上所教授的狂欢化文艺理论。他们为本书的写作提出中肯建议，并馈赠了珍贵资料。我还要感谢剑桥大学的 Steven Connor 教授和 Rod Mengham 教授等开设的关于身体认知的后现代文学理论课程与相关讲座；图书馆高级馆员 David Rushmer 在我借阅关于菲利普·罗斯小说的最新研究文献时所提供的慷慨帮助。在英国访学期间，我还有幸得到了罗斯小说研究著名学者、雷丁大学 David Brauner 教授的友好合作，感谢他在访谈中分享的学术思想和治学经验。特别感谢香港城市大学的张隆溪教授、上海交通大学的王宁教授、上海大学的赵彦春教授、北京航空航天大学的田俊武教授，以及北京语言大学的高明乐教授分别在比较文学与文学翻译方面给予的交往机会与学术关怀。

本书的完成得益于英国剑桥大学的访学机会。当时面对新冠疫情的严峻压力，我在保持健康体魄的同时，顺利地完成了撰写工作。我要感谢国家留学基金委、北京语言大学以及我的工作单位怀化学院为我提供的支持与关怀。感谢访友丁立群教授、王洁群教授、温奉桥教授、王湘玲教授、宋涛副教授、谢广宽博士、剑桥大学的晏瑞慈博士、沈博洋博士、马俊博士、赵宏生博士以及英国湖南专家学者协会吴莉莉主席的关照与鼓励。

感谢我的大师兄唐伟胜、刘锋、李伟荣和大师姐张玲、邓颖玲等为我指引学术之路。感谢同门安帅、尚广辉、罗怀宇、吴毅、卢伟、范莎、田英杰、吴东京、兰秀娟、王鑫昊、邓建英等给予我的帮助与勉励。尤其是，感谢安帅与尚广辉在我攻读博士期间及时提供的各种文学理论资料。感谢吴毅、罗怀宇、范莎与田英杰为我能圆留学之梦所给予的指路与帮助。特别感谢王鑫昊在我访学期间不辞辛劳，为我递交项目申报所需的各种材料。更要感谢和我同舟共济、风雨无阻坚持去北大旁听专业课，又共同经受写作考验的兰秀娟。她总是乐观豁达、喜笑颜开地给我抱慰和鼓励。

感谢我的室友苑小鹤和杜丹。苑小鹤留学于澳洲及其优博经历指引着我不断前行。杜丹一心向学而又知书达理的品格深深地感染着我，让我读博的生活充满阳光，积极自信。我还要感谢我的好友李鹏辉、王鹏飞、王飞、李贵成、杨芸芝、王宇豪等博士。他们与我并非同门，但自始至终对我无私的帮助与诚挚的友情让我感动不已。

最后我要感谢我的父母、公婆、爱人、儿子、妹妹及家人。特别要感谢我的爱人，在我北语求学期间独自一人承担照顾孩子的重任。令人欣慰的是，我的儿子聪明机智、坚强自律。正是家人无私的爱和默默的支持成为我勇气的来源和坚持的力量。若不是他们的担当，我就不可能心无旁骛地在学术"朝圣"路上体验到发现的欣喜。

图书在版编目（CIP）数据

菲利普·罗斯小说的身体叙事研究／田霞著. -- 北
京：社会科学文献出版社，2024.5
ISBN 978-7-5228-3563-1

Ⅰ.①菲⋯　Ⅱ.①田⋯　Ⅲ.①菲利普·罗斯-小说研
究　Ⅳ.①I712.074

中国国家版本馆 CIP 数据核字（2024）第 079091 号

菲利普·罗斯小说的身体叙事研究

著　　者／田　霞

出 版 人／冀祥德
责任编辑／赵晶华
文稿编辑／公靖靖
责任印制／王京美

出　　版／社会科学文献出版社·文化传媒分社（010）59367004
　　　　　地址：北京市北三环中路甲 29 号院华龙大厦　邮编：100029
　　　　　网址：www. ssap. com. cn
发　　行／社会科学文献出版社（010）59367028
印　　装／三河市东方印刷有限公司

规　　格／开　本：787mm×1092mm　1/16
　　　　　印　张：12.25　字　数：209 千字
版　　次／2024 年 5 月第 1 版　2024 年 5 月第 1 次印刷
书　　号／ISBN 978-7-5228-3563-1
定　　价／88.00 元

读者服务电话：4008918866